阿云嘎文集

第二卷　长篇小说

作家出版社

我从儿时起就不贪玩。所以，任何时候都能够把精力放在工作和文学创作上。

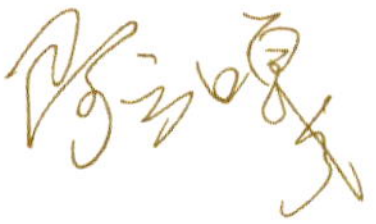

在鄂尔多斯迎接著名作家玛拉沁夫

目　录

有声的戈壁

第一章

一

这一天黄昏，一个流浪汉走进了达古图戈壁。他四十多岁，个子很高，穿着说不清楚是什么颜色的旧衣服，那衣服上落满了尘土，用一根粗大的木棍挑起一个小包裹扛在肩上，神色忧郁。他肯定是走累了，就站住脚望着眼前的戈壁。夏天的黄昏很安静，远处有几家牧户，炊烟在懒洋洋地飘，有几头牛站在水井旁一动不动。那几个牧户、水井什么的在一面半坡上，那里的地势比他现在站的地方稍微高一些，因此他抬高视线才能看到。半坡那边是高地，那些牧户、水井等正处于高地的阴影里，但仍然能看清楚。再往远处看就是无边无际的大戈壁了，太阳落下去的地方是一片美丽的金黄色，金黄色的这边是大戈壁起伏不平的地平线。

他用疲惫的目光冷漠而又缓慢地扫过那几家牧户、水井和牛，大概是在考虑今天夜里在什么地方过夜，或者怎么才能找到一点儿东西吃。

如果那座古城还在，他也许会一眼就认出这个地方。他在戈壁上流浪了整整十八年，而且十八年来一直在苦苦寻找这个地方。十八年前他第一次来这个地方的时候，周围环境其实跟现在没有多大差别，那时候也是一个夏天的黄昏，也看到了几家牧户，还有水井。而且那次他很可能就站在现在这个位置上。

现在他却一点都没有意识到这就是他一直在寻找的地方。原因很简单，那就是十八年前这里曾有一座古城的废墟，现在却没有了，再就是那时候的牧户大部分都住毡包，现在却全变成了房子，无法跟他的记忆对上号。还有一个非常重要的原因，那就是十八年前他没有向人家打听这里的地名，所以他现在虽然知道这里叫达古图戈壁，但不知道这就是他十八年前来过的那个地方。

西方地平线那里的晚霞正在缓慢地变暗。远处的那几家牧户、水井和牛开始模糊了。空气变得凉爽起来，他知道不久就要天黑。

他似乎有点犹豫，但还是朝着牧户走去。

他是十八年前的那个夏天第一次走进戈壁的。那时候他不是流浪汉，而是灾民。他带着又饿又累的老婆，老婆又抱着饿得连哭的力气都没有了的儿子，一家三口由叔伯哥哥带着，从家乡的黄土高坡出发一路逃荒走进了戈壁。那时候他才二十多岁，老婆更小，才十九岁。他那时候感到戈壁永远没有尽头，一旦走进来，就永远也走不出去。在他们走进戈壁的第三天又出了一件事：那个叔伯哥哥丢下他们跑了。他一下子变得连东南西北都分不清了，但没有办法，只能继续走下去。他们在戈壁上又走了两天，感觉并没有走多远，他前天就看到的一道蔚蓝色的高地现在仍然在遥远的天边，再回头看，前一天过夜的那口水井旁边的大卧牛石仍然能够看得到。他们从早晨一直走到黄昏，这时候他突然看到了一座古城。

那古城就坐落在茫茫无边的戈壁上，距他大约三华里，在落日的映照下静默着。距古城不远是两顶旧帐篷和一辆破卡车。有两条肥壮的狼狗在帐篷旁边走动。他本来想去帐篷那里讨要一点吃的，但看见狼狗他胆怯了，决定到古城里去。

“看见那座城了吗？……咱们到那里去……你和孩子……就待在那儿……我去找点吃的和……水。”他对着老婆气喘吁吁地说，额头上满是冷汗。

“我听你的，他爹……”老婆说，声音很低。本来瘦小的她现在似乎变得更瘦更小了，瘦小得已经挤不出声音了。其实她不但挤不出声音，连奶水也挤不出来了。不满周岁的儿子就抱在她怀里，毫无声息。如果不注意看，别人都可能发现不了这个女人还抱着一个孩子，会以为这个女人抱着一堆破布和旧衣服。

如果与他同行的那个叔伯哥哥没有背叛他，他大概也不会陷入现在这种绝境。这次他家乡遭了灾，是他叔伯哥哥把他们全家带出来的。他叔伯哥哥是个流浪汉，常年在外边，偶尔回来就说一些地名：新疆、青海、甘肃、内蒙古西部大戈壁……叔伯哥哥这次说要把他全家带到大西北的某一个地方，还说大西北有他们好多同乡。他们带着水和干粮，虽说少得可怜，但至少能够维持孩子的生命。那孩子是他们这个家族唯一的男孩，还不满周岁。但前天夜里他们在野外过夜，那个该死的叔伯哥哥却带着干粮和水跑了。

一家三口从城墙的豁口走进古城。古城面积不小，好多房屋已经坍塌了，但有些还没有塌，而且城墙、街道的轮廓十分清楚。那些残垣断壁上遗留着岁月流逝的痕迹，使他这个没有文化的粗人都感觉出这里古老、神秘的气氛。

他安顿好老婆，就出去寻找食物和水。他又望了一眼那两顶破帐篷和卡车，狼狗仍在那里走动。再往远处看，便看到了几家牧户，他就朝那里奔跑起来。他这时候显得有点疯狂，甚至都想到了偷和抢。为了救老婆和孩子，他真的什么都不顾了。

他就那么跑着。因为虚弱，他浑身冒冷汗，气短得要命。后来他每每回忆起那天傍晚的情形，心里就难过。多么无助的一家三口！他老婆还不到二十岁，按照《婚姻法》还不到结婚年龄，但穷乡僻壤不管那一套。娶进门的时候他老婆像个没有发育够的女孩，矮矮的，瘦瘦的。其实那个女人跟他结婚前就停止了发育，那是因为饥饿和繁重的劳动。后来家乡遭灾，他们就逃荒出来，接着在最困难的时候又被叔伯哥哥丢弃……现在那个可怜的女人抱着一个更为可怜的小生命蹲在古城的墙脚，而他在为了自己和老婆孩子活命而奔跑着。其实他已经很虚弱了，不仅冒冷汗，气短，还眼前发黑，一阵阵眩晕。但他仍在奔跑，那是一个无助的生命在最后时刻爆发出来的一次无力的挣扎。

等他跑到牧户那里的时候天已经黑了，但他仍然能够看到一口水井，几家牧户散落在井周围。他先到了井跟前，提出半桶水喝了个饱，体力也恢复了一点。他又灌满了军用水壶。现在水有了，但还没有找到吃的。他老婆已经饿得没有了奶水，那孩子连哭的力气都没有了。一想起那个孩子，他心里就像着了火一样。他朝着最近的一个牧户走去，是想去那里讨要一点吃的。正在这个时候，他看见了一峰骆驼。那是一峰高大的红驼，拴在木桩上。他几乎没有犹豫，解开骆驼缰绳，牵上骆驼就往回跑。在他眼里，那骆驼已经不是一个活物，而是一堆香喷喷的肉，老婆吃上骆驼肉，小孩子就有奶吃了……

二

他回到古城时已经是后半夜。老婆和孩子却没有了踪影。他叫着老婆的名字，在城内城外找了个遍，仍然没有找到。于是他决定先把骆驼杀死了再说。因为老婆已经很虚弱了，不可能走得太远，天亮以后可以找到她。

他从包裹里找出刀子、绳索，又抄起棍子，却不知道怎么对这个庞然大物下手。他想了想，抡起棍子朝着骆驼的脑袋狠命地打下去。但那骆驼似乎没有一点感觉。接着他用绳索勒它的脖子，但它脖子下边一道既厚又长的毛简直像厚厚的海绵，绳子根本勒不紧。他就这样徒劳无功地忙乎着，浑身是汗。而骆驼却好像并没有明白他的意图，一直很温驯地站在那里，甚至还用温暖柔软的嘴唇吻了吻他，于是他看到了骆驼的眼睛。天虽然很黑，但他还是看清楚了那是一双美丽、温柔而善良的眼睛，没有戒备，没有怀疑，就那么望着他。他的手颤抖了一下，可是可怕的饥饿很快战胜了犹豫，他抓起刀子朝着骆驼脖子乱捅一气……

他大概真的处于一种半癫狂的状态了，那是因为饥饿，因为紧张，同时也因为一种莫名其妙的快感。因此他对时间的流逝失去了感觉，后来他稍微清醒了一些，才发现天已经亮了，骆驼已经被他杀死，躺在他的脚下，一大摊黑红色的血正在凝固。他疲惫不堪地站在骆驼旁喘着粗气。

接着他走出古城寻找老婆和儿子。天已经大亮了，天空是干净发亮的银白色，大地却比较暗，古城旁边的卡车、帐篷以及远处的牧户在暗褐色的大地上好像在静静地做梦，空气中散发着若有似无的露水的气息。这大概是戈壁上最安静的时候。

他找到了老婆和孩子，他们真的没有走远，但已经昏迷了。老婆紧紧抱着儿子，闭着眼睛一动不动，儿子小小的脸是那么苍白，像睡着了一样。他呼天抢地地哭喊起来，看看天又看看地，再看看周围，他突然看到有一个骑马的人走在不远处，就哭喊着跑了过去。

“救救我的老婆……孩子……”

骑马的人停下来，就朝他过来。他又向前跑了几步就跪下了。

“求你了。救救……他们……”泪水在他粗糙的脸上滂沱着。

骑马的人是个女人，看样子还不到三十岁，她身后还骑着一个四岁左右的女孩，抱着她的腰。

“什么？出了什么事？”女人惊奇地看着他，用生硬的汉语问。

他朝身后指了指：“他们……已经快……不行了……”

女人大概也看到了躺在不远处的母子俩，抖动马缰跑了过去，他也跟在她后边跑。

女人看到他老婆孩子那个样子，惊叫了一声便朝戈壁深处跑去。他不知道她要干什么，但有一种预感，她会帮助他。女人很快赶来几峰母骆驼。她跳下马来，从他老婆身边的包裹里找到了一只茶缸，去挤驼奶。很快，她挤来满满一茶缸驼奶，先给孩子嘴里一点一点灌着，接着又给母亲灌。

他看到母子俩得救了，就浑身发软，蹲了下去。其实他自己也饿得不行了。

戈壁女人看着他们。她也许第一次看到一个饿昏了的母亲和婴儿，因此她虽然在微笑，但眼睛里闪动着惊惧，脸也红红的。看来她是吓坏了。

"天啊，你们……你们怎么就……"她说。

"我们……唉……"他说。他不知道怎么回答她。"我们那个地方遭灾了……"他又说。

"遭灾也不能离开家乡呀，离开家乡会遇到很多困难。"女人说着，看看他老婆怀里的孩子又说，"多漂亮的孩子……"

"我没有办法呀……"他痛苦地说。

这时候那个小女孩突然说话了。"妈妈，咱们的骆驼呢？"小女孩问她妈妈。

"啊，我们本来是出来找骆驼的。"戈壁女人笑了起来问，"我们家的一峰大红驼昨天夜里被人偷走了，你们看到了吗？"

"你说是骆驼……"他问。他当然想起了被自己杀死了的那峰大红驼。

"是啊，拴在家门口，半夜起来一看没有了。"女人说。

他明白了，本来这个女人是带着女儿出来找自家骆驼的，只是因为碰到他们这一家人，为了救活他的老婆孩子才忙了这么一气。这个女人不知道自己的骆驼在什么地方，但他却知道，骆驼已经被他杀死，就在古城里。他犹豫着，我应该说出一切，应该请求她原谅，或者让她打骂都应该……他想着。但心里这么想，嘴上却怎么也说不出来。

“我……没有看见……”他说。

女人显然有点失望。“你们……要去哪儿?”她问。

“我要去投奔我的同乡。”

“你的同乡在什么地方?”

他说出了一个地名。

“那个地方不在内蒙古，也许在甘肃，也可能在青海……”女人说着，看着他的老婆孩子为难地问，“你们……能走到那里吗?你的老婆孩子这么虚弱……”

他叹气说：“难啊……”

“那怎么办?”女人在替他们着急，一双美丽的眼睛在紧张地转动着，最后说，“这样。孩子，留下。你们，走。你们找到那个地方再回来把孩子带走。”

他一开始没有弄明白她的意思，因为她的汉语确实很蹩脚。她又重复了一遍，他才明白了她的意思。他犹豫着，用眼睛询问老婆的意见。老婆歪在那里，仍然很虚弱。她苍白着脸说：“把孩子留下吧。那样孩子才能活命。”说着哭起来。

他也哭了，说：“好吧。给您添麻烦了。”

“唉，唉，你们别哭呀……我知道做母亲的……”戈壁女人笑着说，但眼泪早就流下来了。

他老婆把孩子抱得更紧了，发出撕心裂肺的哭声。他只好从老婆怀里夺过孩子。

戈壁女人心疼地看着他，微笑着点点头，把自己的那个小女孩叫到了身边说：“萨日来，你有一个弟弟了，喜欢吗?”

“喜欢。”小女孩说。

“好吧，那就抱抱弟弟。”

女孩从他手里接过了孩子。他看出来了，这个女孩确实很喜欢孩子。

他和他老婆哭得一塌糊涂。虽说这是把孩子临时寄养在别人家里，但这毕竟是他们第一次离开孩子。再说他们前面的路程还很长很长，什么时候能回来接孩子？两个月？半年？或许是更长的时间？

“好了，别难过了。你们找一个地方落脚，完了就来接孩子。你们要记住我的名字，我叫嘎比拉，我的女儿叫萨日来。记住没有？嘎比拉！萨日来！”女人说着又望着那边的古城说，“这里有一座古城。找到古城就很容易找到我。”

这样，戈壁女人骑马带着孩子走了。她前面抱着他的儿子，身后带着自己的女儿，走出百十米又勒住马转过身向他们挥了挥手。

三

太阳升起时，他带着老婆走了。

骆驼肉他没有带走。其实，当他老婆和儿子被戈壁女人救过来的时候，他也似乎从一场噩梦中终于醒了过来。那是一场多么可怕的梦呀，他拿着刀朝着骆驼疯狂地捅来捅去，那骆驼喘着粗气，低低地呻吟着，最后重重地倒下……他觉得骆驼那双眼睛老是在看着他，那是一双美丽、温柔而善良的眼睛，没有戒备，没有怀疑，有的只是一点点吃惊。后来正是那峰骆驼的主人救了他的老婆孩子，而他却没有勇气将杀死骆驼的事情告诉她……

从他见到那个戈壁女人，到戈壁女人抱着他的儿子离开，前后还不到一个小时。他始于悲痛、绝望，接着是欣喜、慌乱，最后又因为离开孩子而伤心……他的情绪一直处于激烈的起伏之中。因此他对那个女人几乎没有留下什么印象。但奇怪的是，当他离开了女人向着戈壁深处走去的时候，她在他的脑海里却越来越清晰起来。他开始回忆起那个女人很美丽，因为吃惊和难过她的脸色变得很红，一双眼睛在惊惧地扑闪着……现在他越来越感到对不住那个女人了。人家是那么善良，那么热心，把他的老婆孩子从死亡的边缘拉了回来，而他自己却杀死了她的骆驼，接着还欺骗她……

他是带着戈壁女人送给他的干粮和水上路的，军用水壶里装满了驼奶。老婆一直在哭，还不断回头看。

戈壁真是太大了，他们从早晨一直走到黄昏，在感觉里好像并没有走出多远。其实他们真的没有走出多远，两个人都那么虚弱，一天最多也只能走二三十里地。他回头望去，仍然能够看见那座古城。他这时候又惊奇地发现，一些骆驼开始向古城聚集着，而且还有更多的骆驼从戈壁深处拥向那里。骆驼们绕着古城跑来跑去，还不停地哀鸣着。他突然意识到，将要发生某一种事情了……

那些骆驼仍在绕着古城跑着，叫着，声音很凄惨，像是祈祷，像是诉说，像是求饶。它们一边跑着叫着，一边又不停地伸长脖子朝戈壁的西北方向望着。于是他也掉转脑袋朝西北方向望去。结果他看到了一种可怖的景象。

整个西北天空变成了一种十分奇特的暗红色。他立刻想起了那摊骆驼的血，便浑身颤抖起来。那个巨大的暗红色在不断地翻滚着，推进着，具有一股吞没一切的气势。落日的余晖很快被那个暗红色吞没了，天地变得一片混沌迷茫。他这才弄明白那个暗红色原来是风，是他从来没有遇见过的大风。当时他和老婆正好站在一道高坡上，他看到大风就从坡下滚滚而过，沙石的洪流就像奔腾的洪水，以摧毁一切的气势冲击过去。他虽然处在大风的边沿，但这里的风力也不小，有一种看不见的巨大力量让他站都站不稳，他只好跟老婆紧紧靠在一起。他眼看着大风推进到了古城旁边，最先是那台破卡车似乎摇晃了一下就不见了，紧接着那两顶帐篷飞上了天，像两只巨大的鸟一样飞远了。接着什么都看不见了。

就在这时他听到了一种奇特的声音。他当然不知道那就是“地声”，但却惊恐万分。他觉得整个戈壁在颤抖。

“呜……呜……呜……”

“呜……呜……呜……”

“老天爷呀！……”他用变了调的声音叫着……

他搀扶着老婆，冒着风沙，摇摇晃晃地朝前走去。天很快黑了，他什么都看不见了。他根本就没有想到那座古城就在那天夜里被大风沙埋掉了……

他曾问过老婆，杀骆驼那天晚上她为什么抱着孩子离开了古城。老婆的回答着实出乎他的意料。老婆说，她本来在城墙下边等着他回来，却突然看见了那个该死的叔伯哥哥。叔伯哥哥好像还提着铁锹，左看右看地走进了古城。他显然在寻找着什么。她害怕了，趁着越来越浓的夜色，走出了古城。

“原来，他也在那里。”他说，自然想起了那两顶帐篷和破卡车。

他带着老婆又上路了。

他们的路途充满着艰辛。因为饥饿，他们走得很慢，为了喂饱肚子他还必须经常找点活干，有时候一干就是一两个月，甚至半年。他们还经常迷路。这样，过了两年他们也没有走到叔伯哥哥说的那个地方。两年以后老婆死了，是得了一种怪病死的。

当这个他用两口袋苞谷和一只老母鸡换来的瘦小的女人肚子鼓得越来越大，身体却越来越瘦，最后只剩下一丝微弱的气息的时候，他流下了眼泪，他第一次觉得她太苦了。他经常骂她，有时候还打她，但她从来没有说过什么，因为他和她都清楚，那两口袋苞谷和一只老母鸡已经买断了她的一生，同时也换来了他对她打骂的权利。现在她却要永久地离开他，离开这个世界了。当她即将离开的时候，把瘦得不成样子的手伸向了他，像是要抓到什么，而且开始说话。也许，这是她自从嫁给他以后说出来的最长的一段话。

“孩子他爹，以后，你一定要找到咱们的儿子……”老婆说。

“那一定。”

“而且，一定要让他做个好人……一个人苦也好，累也好，再苦再累也不能干没有良心的事。你一定要让咱们的儿子做一个有良心的人。”

“那一定。”

“……你将来，一定要感谢收留咱们孩子的那个戈壁女人。是她救了我们娘儿俩。”

“一定。”

“你还记得吧？那个女人叫嘎比拉。”

“当然记得。”

“她的女儿叫萨日来。”

“记得……”

老婆越来越虚弱了，但一直到咽气，仍在叫着儿子的名字。

他哭着埋葬了老婆，一个人继续向茫茫戈壁的深处走去。老婆死的时候才二十一岁，他二十六岁。

四

十八年过去了，他一直没有离开大戈壁，他一直在寻找恩人，寻找儿子，却再也没有找到。今天他做梦也没有想到现在已经来到自己苦苦寻找了十八年的那一片土地上，没有认出眼前就是他十八年来一直寻找的地方。

但他已经看到水井了。他走了一整天，从早晨到现在还没有喝过一口水。这些年他喝了多少水呀，渴了喝，饿了也要喝，而且都是喝冷水。别说水只解渴不解饿，那是不对的，水照样能解饿。很多次他饿得头昏眼花，没有吃的，他就找水喝——虽然是在干旱缺水的戈壁上，但找凉水总比找吃的要容易一些——结果他头也不昏眼也不花了，至少可以坚持一两个小时。

他朝水井走去。

第二章

一

在同一个傍晚，戈壁女人嘎比拉放牧回来了。她今年已经四十六岁了。

女人到了四十六岁，自然会变得成熟和沉稳，但她年轻时候热心而又单纯的性格仍然保留着不少。听到某某人遇到了什么困难，她总是急得满脸通红，“天啊，怎么办呢?”她说。为了解救别人的困难，她真的可以不顾一切。如果别人伤害了她，她也会惊惧地红着脸说：“怎么会呢？不可能吧?”说完之后也就过去了，再也不会去追究什么。她是个漂亮的女人，但似乎从来没有意识到自己的漂亮，也许她认为漂亮与不漂亮没有什么区别。她从来不懂得刻意打扮自己，穿戴都很随意。她就是这样一个人，在这一片戈壁上生活了一年又一年。

羊群开始朝羊圈走去，她不管它们了，想先回家。气温虽说没有中午热了，但因为没有风，她还是在出汗。这几天她忙得很，德力格尔这两天就来跟她成家。虽说都四五十岁了，但毕竟是两个人要成家了，怎么也得请邻居们来热闹热闹。邻居们听说德力格尔要回来跟她过日子，大家都很高兴。要请客，就需要做好多准备……要做的事情多着呢。她这几天确实有点累，但步子迈得仍然轻快。她边走边望着家乡的黄昏景色，北边的达古图敖包因为地势高，西边的晚霞直接照射在敖包顶上，把那座古老的敖包染成了金黄色。水井那边倒比较暗了，有一个人牵着马朝水井走着，大概是要去驮水，好像是葫芦老汉，但看不太清楚。再往远看，她就看到了骆驼石——那座形状如骆驼的巨石。一看到骆驼石她就微笑了起来，因为她想到了德力格尔。多少年以前她跟德力格尔“第一次”就在那座巨石旁边……

这里就是生她养她的家乡——达古图戈壁。

这一片戈壁叫达古图戈壁，这里有一口水井也叫达古图井，水井北边十华里左右高地上的那座敖包也叫达古图敖包。“达古图”是有声的意思，因为这个地方有一个十分奇特的现象：地声！

地声是一种来自地壳深处的神奇的声音，低沉、持久、摄人魂魄。原来老人们说那声音就像天边的滚雷声，后来有时候有飞机飞过戈壁上空，大家又说那声音很像飞机的声音。关于地声的最早的传说与古城有关。据说那还是成吉思汗时代，守古城的大将触犯了天威，有一天发生了地声，接着便狂风大作，那位大将只好弃城逃跑……再接着是在很多年以前，戈壁上一个有名的牵驼人被人陷害而死，戈壁上就突然出现了那种声音，随着那种声音的持续，整个大地也跟着颤抖。再后来又有一年，戈壁上一匹跑得最快的骏马被盗贼盗走，马的主人思念自己的马，泣血而死，那地声又出现过一次。这些都是年代久远的传说，没有人亲身经历过。从这些传说看，“地声”的出现似乎是一种凶兆，因为它总是有灾难伴随。但其实不是，1950年戈壁解放，一支解放军骑兵部队开进了戈壁，“地声”又出现了，那支和蔼可亲的队伍是在戈壁牧人的欢呼声与“地声”中踏进戈壁的。大家说，那次“地声”是大地的欢呼。于是大家明白，“地声”并不是凶兆，而是一种重大变故的预示。后来大家又亲身经历了一次“地声”，那是1958年。那时候正搞“大跃进”，这里准备搞一个国营农场，成立了垦荒指挥部，开来几台拖拉机，开始开垦草原。开垦是从水井旁边开始的，开垦面积越来越大，最后只剩下距水井十华里左右的那座敖包了。当那几台拖拉机按照指挥部的指令准备把敖包也垦掉，“突突”叫着向敖包进发的时候，地声突然出现了。那次地声持续的时间很长，一些人听到以后怕得发抖，有的人听到以后难过得流泪。据说指挥部的总指挥是个老资格的军人，秋收起义都参加过，他当即决定停止开荒。但那几台拖拉机离他很远，无论他怎么喊叫那些拖拉机手都听不见。几台拖拉机仍然在“突突”叫着，冒着黑烟向敖包冲去。拖拉机手都是年轻人，他们当然也听到了地声，但却没有意识到那是从大地深处发出来的声音，而误以为是远处在打雷，于是没有一点犹豫和停顿。这边的老军人急了，就拔出手枪朝拖拉机上空开了两枪，看到拖拉机停下来了，就说了一个字：“撤!”头也不回地走了。地声终于慢慢消失，但大风接着又刮了起来，刮得天昏地暗，三五步以外什么都看不见了。大风刮了一天一夜，天亮时终于停了下来。躲进毡包里度过了一个不眠之夜的人们走了出来，发现大地静极了，曙色是那么苍白，曙色下边的大地也那么苍白。再细细观察，大家倒吸了一口冷气：地形地貌完全变了，变得他们都认不出来了：从水井到敖包脚下全是一道道新月形的沙梁……

她走近水井的时候有人在叫她。果然是葫芦老汉，他正站在井台上提水。她走了过去。

“你就要当新媳妇啦。做好准备了没有？”

葫芦老汉笑着问。葫芦老汉快六十了，是汉族，还不到一周岁的时候被父亲用箩筐挑着来到达古图戈壁，就再也没有离开。他的名字大概是郝六或者胡六，但戈壁上的蒙古人叫走了音，就叫成了葫芦。他个子瘦小，还有点驼背，样子很滑稽，而且非常爱开玩笑，不管男女老少，见谁跟谁开玩笑，什么话都敢说出口。人们骂他老不正经，他就像受到了表扬一样开心。

“做准备？做什么准备？”她问。

“准备生孩了呀。你别看德力格尔那家伙五十多了，他劲头大着呢。娶了你他就像久渴的骆驼见了水井一样没命地喝，结果是你一个接一个地生孩子。”葫芦老汉说完嘎嘎地笑，声音像乌鸦。

她立刻脸红了，说："天，你怎么说出这样的话？你的四个儿子都娶了媳妇了，你还这么没有正经……"

"儿子娶了媳妇我就不能开玩笑了？谁规定的？"葫芦又笑。

"你就笑吧，迟早有一天让你那些儿媳妇把你打出门去。"她也跟着笑。

葫芦这才开始说起正经事："有什么需要帮忙的，说一声。"

"也没有什么。到时候来喝酒就行。"

"当然要喝。德力格尔你们两个人也不容易，老了才走到一起……"

葫芦老汉感叹着，装满了驮桶，牵着马走了。

她继续朝自己的家走去，看到女儿萨日来出来抱柴火，看来准备做饭。萨日来今年已经二十二岁了，四年前高中毕业回来。她没有看到儿子阿米坦，他大概找跟自己年龄相仿的孩子们玩去了。十八年前那个奄奄一息的男孩如今已经长成了大小伙子，去年高中毕业。嘎比拉的邻居们都说她这半辈子不容易，伺候有病的丈夫伺候了好几年，二十几岁就守寡，带着萨日来过日子，后来又收养了那么一个不满周岁的男孩。但她自己倒没觉得有多辛苦，只是觉得时间过得太快了，不知不觉过了这么多年，女儿和儿子都已经长大，自己也奔五十了。只有去年夏天德力格尔突然来到她身边，跟她约定一起生活的时候，她才一下子感到自己确实很累很累，需要一个男人在身边了。

二

她跟德力格尔相爱是在她十九岁那年。只有她知道，事情是从一天中午开始的，就在达古图井的旁边。德力格尔是个牧马人，那天中午来饮马，她也正好去驮水，他就帮助她提水。因为天气太热，他脱掉上衣洗脸，洗胳膊，还请她帮忙往他身上浇水。德力格尔大她好几岁，是个很稳重的人，话不多，但说话办事丁是丁，卯是卯。在那天中午以前她从来没有想过自己和德力格尔之间会发生什么。在她眼里德力格尔是个大男人，而自己在他跟前只不过是一个小姑娘。

她提出一桶水。桶里的水变成了细细的一条线，撞在他岩石般结实的肩膀上立刻碎成无数个晶亮的水珠四处飞溅。他宽宽的脊背、粗壮的胳膊在她眼前晃动着。这是她有生以来第一次这么近地观察一个年轻男人的躯体。她的心在激烈地跳动。他洗完了，向她道了一声谢就走了。她一直望着他消失在远处。从这一天起，她每天到达古图井取水或者为羊群饮水，总是盼望德力格尔过来。但他却再也没有来。她开始明显地消瘦起来。

有一天夜里大队团支部开会。那时候嘎比拉已经是团员，就去参加会议。散会时已经是后半夜了。她跟诺敏格日乐一起回家。她跟诺敏格日乐是好朋友，两个人年龄相仿，无话不谈。当时诺敏格日乐被好几个小伙子追求着，总是迫不及待地把一些小秘密和新奇的体验告诉嘎比拉。“前天那家伙突然亲了我一口……”“昨天我发现书包里有一个纸条，是求爱信，尽写一些让人害羞的话……”每当诺敏格日乐兴奋地红着脸告诉嘎比拉这些的时候，嘎比拉也跟着诺敏格日乐脸红，而且往往红得比诺敏格日乐还厉害。诺敏格日乐说完，她就陷入了无尽的想象，想象着诺敏格日乐说的那些情节，越想脸越红。

那天夜里诺敏格日乐跟她走着，突然说：“德力格尔爱上你了。”“什么？你说什么？”她问。“他自己告诉我的，让我问问你，有什么想法。”

“那……他这几天怎么不见了？”

“他赶着马群找新的草场去了，大概要走好些天。”

走到岔路口，她跟诺敏格日乐分手了。她继续走在夜色浓重的戈壁上。那是一个没有月亮的夜晚，满天都是星星。她看到了亿万颗星星微弱的光照下的大戈壁，突然想到它就像一个男人的身躯。是的，男人的身躯！厚实、温暖、广阔，蕴含着力量也隐藏着神秘！她陶醉了。她忘记了回家，一个人在戈壁上走了很长时间。就在这一天夜里她从心理上告别了自己的过去。她再也不是那个不懂事的小女孩，而是一个被一个男人爱着的大姑娘了。

她开始日夜思念着德力格尔。有一天她在戈壁上放羊，终于看到了德力格尔的马群。马群到了骆驼石那边开始散开吃草，她走了过去。德力格尔有点吃惊地看着他微笑着。其实她自己都有点吃惊，自己怎么就没有胆怯，没有害羞，就那么坦然地走了过去？两个人拥抱了起来，开始很温柔，后来越来越疯狂，当德力格尔开始解她衣扣的时候她又平静了，闭上了眼睛。后来两个人起身穿衣服，她真的觉得自己完全变了一个人，有点娇羞地望着属于自己的男人。

她把自己的身心彻底交给了德力格尔，但后来他们却分开了。德力格尔带着年轻的寡妇莫德格玛，离开了家乡也离开了她。德力格尔一走二十多年……

三

嘎比拉快走到家的时候无意中回头望了一眼。她绝不是有什么目的，只是出于习惯。牧人都这样，经常往远处瞭望。西边金灿灿的晚霞已经消失，大地越来越暗了。

她看到达古图井上有一个人。那个人站在井台上正在提水。从那个人的体态上她判断，那是一个陌生人。哦，那是一个徒步行走的人，现在来到了达古图井，正在提水，他大概渴了，她想。她的判断是正确的，那个人身边没有马或骆驼，说明他是个步行者，而一个步行过来的人在井上提水，目的只能是为了喝水。

她警觉起来。因为这个陌生人在天将黑未黑的时候出现在这里，而且从他自己在水井上提水喝的举动看，他并不想跟这里的任何一个牧户打交道。那么他来这里干什么？他是路过这里还是另有目的？她的警觉是有道理的。现在的戈壁跟过去不一样了，经常有一些陌生人出现在戈壁上，其中不乏一些形迹可疑的人，牧民牲口和财物被盗的事情经常能听到。

于是她站住脚再进一步观察起来。她首先肯定了那个人不是绒毛贩子、牲口贩子或者皮张贩子，因为如果是贩子就不会徒步行走，他们大部分骑着摩托，有的还开着汽车，最差的也要骑着毛驴。那么他是什么人？是挖药材的？挖墓的？或者是盗猎野生动物的？她又很快否定了。因为那种人一般都是三五个人结伙而行，但眼前这个人是单个一个人。那么……他是来盗牲口的？她觉得有必要去过问一下。

她走过去的时候那个人已经喝饱了水，直起腰来。因为这时候天已经黑了，她只看到他个子很高，脸看不太清楚，她只得到一个感觉：这个人大概长着一张粗糙、冷漠的脸，年龄有四十多岁。

“你来我们这个地方，有什么事吗？”她问。

“哦，没有，我只是路过。”那个人说。

“要去哪儿？”

“朝鲁图。”

他说完跳下井台，走了。

她只好又往回走。人家说是路过，还把要去的地方说得清清楚楚，而且说完已经走了，她没有理由叫人家停下来继续进行盘问。

四

嘎比拉和德力格尔就那样相爱了。自从那一天起，他们几乎每个夜晚都在戈壁深处度过。傍晚，嘎比拉把羊群赶到羊圈附近，就回家简单吃点东西，接着匆匆走向戈壁上某一个地方。那是昨天她跟德力格尔约定见面的地方。他站在黑暗中不停地吹口哨，她就向口哨声匆匆走过去，完了他骑上马，她伸出胳膊，他抓住她的胳膊把她拉上去，她就骑在他身后，而且立刻紧紧抱住他的腰，把脑袋贴在他的后背，善解人意的坐骑就把他们带向戈壁深处。

矫健的戈壁蒙古马大概带着他们跑半个多小时。“马累了。”他说。“我也累了。”她说，装出一副没筋没骨的样子，他就先跳下马，再把没筋没骨的她抱下来。“你是不是恨我？”他经常这样问她。“我当然恨你。”她咬牙切齿。“为什么？”他又问。“因为你把我变成了这个样子……”她说着，开始撕扯衣服说，“你自己看呀，你把我变成了什么样子？”

戈壁再辽阔，每天夜里也被他们的狂热填得满满当当。

她说的是真话，他真的把她变成了另外一个样子：首先是她的个子长高了，体态也变得丰满了，原来那个瘦小的女孩飞快地长成一个高大、健壮、美丽的姑娘。她身体的增长速度让邻居们都吃惊。再就是她的性格也变了，胆怯、腼腆、害羞等字眼已经跟她无缘了，她的说话声和笑声变得圆润而响亮，当那些年轻的男子对她说一些挑逗性的话的时候她也决不会退缩了。她变得骄傲、幸福、自信，因为她有了自己心爱的男人。

她回到了家。

“你弟弟呢？”她问正在做饭的萨日来。

“在他那屋看书呢。”萨日来说，已经做熟了饭，她叫弟弟，“阿米坦，来吃饭。”

嘎比拉这才知道儿子在家。萨日来的叫声刚落，阿米坦就出现在门口。他现在已经是个高大、健康的青年，脸色黝黑，老是露出雪白的牙齿笑，笑容带着善良和天真。嘎比拉家三个房间，中间的屋大一些，有两间房的间量，做饭，接待客人都在这里，嘎比拉也住在这里。两边是两个单独的房子，女儿、儿子长大了，就一个人占了一个。

“晚上咱们炸点果子吧。阿米坦明天去苏木里买点糖果来。酒和砖茶家里有。”嘎比拉说，“你们的德力格尔叔叔说到就到。”

“应该叫爸爸吧？”萨日来抬起头问。她的长相很像母亲的年轻时候。

“这个你们自己看着办，叫什么他都不会有意见。”嘎比拉说。

“当然要叫爸爸。妈妈的丈夫应该叫爸爸。”阿米坦抬起头说，他正鼓起腮帮大嚼着腌沙葱。这孩子从小就爱吃腌沙葱，而他姐姐萨日来又特别喜欢制作腌沙葱，从戈壁上采集来沙葱，泡在酸奶水里边，味道特别鲜美。姐弟俩一个做，一个吃，相得益彰。

“那就叫爸爸吧。”嘎比拉说。

孩子们都长大了，也懂事了，她想道。萨日来和阿米坦真的很心疼母亲，当他们知道母亲要跟德力格尔叔叔成家以后都很高兴。

“妈妈，到那天你穿什么衣服啊？”萨日来问。

“不是有一件只穿过几次的蒙古袍吗？就穿那个。靴子倒有一双新的。”嘎比拉说。

“合适吗？吃完饭你穿着试试，让我看看。”萨日来说。

“别了，老都老了，还试什么？将就着过去就行了。”她说。当着孩子的面试新婚服装，她觉得难为情。

“那德力格尔叔叔呢？穿什么？”萨日来又问。

“我已经给他准备好了。”她说。

她吃饱了，就倒了一碗茶，看着两个孩子吃饭。看着孩子们吃饭是她的一种乐趣。孩子们吃得越多，她越高兴。她想起他们小的时候。她收养阿米坦的时候萨日来才四岁。别看她那么小，却懂得心疼弟弟。而且阿米坦这个名字就是萨日来给起的。“咱们给弟弟起个名字吧，叫什么呢？”她跟萨日来商量。“叫阿米坦。”萨日来脱口而出。“啊，好好。”她赞叹道。阿米坦是“有生命”的意思，但蒙古语里的好多词汇除了表达概念以外还蕴含着很微妙的情感色彩。比如这个阿米坦，就表达心疼、怜悯等情感。自从收养了阿米坦以后，她几乎天天盼着那夫妇俩的到来。她明白离别孩子的父母的痛苦，尤其是母亲的痛苦，也明白活生生离开父母的孩子有多么不幸。刚开始那几个月，她看阿米坦看着看着就流泪。这孩子为什么就这么不幸呢？她想。后来阿米坦慢慢长胖了，她才稍微平静了一点。为了养活阿米坦她专门抓来一峰带羔子的母驼拴在门口，每天挤驼奶。她等阿米坦的父母等了一年又一年，但他们始终没有来。阿米坦稍微开始懂事起她就每天对他讲他的父母。她认为不管怎么样，一个人应该知道自己的父母是谁。阿米坦一开始就那么听着，其实也不太懂她说的意思。后来开始懂了，就表现出不接受。“你是姐姐的妈妈，为什么就不是我的妈妈？”他瞪圆了眼睛跟她喊叫，好像受了天大的委屈一样，让她哭笑不得。再后来阿米坦长大了，再给他讲他的父母他已经没有反应了，好像在听一个听过无数遍的乏味的故事一样。那时候她就骂他：“一个人应该懂得思念自己的父母。畜生才不思念父母呢，不，畜生都懂……”阿米坦就笑，说：“我倒是想思念，可是他们在哪里呀？……”

是啊，他们在哪里？

五

嘎比拉跟德力格尔分手是因为一个非常偶然的事件，究其根源是因为一片庄稼。

那年夏天他们热烈地相爱着的时候，达古图戈壁上有一大片庄稼也在慢慢走向成熟。这一片庄稼长势特别好。千百年来一直在养育牧草的戈壁土壤，对喂足这一片庄稼似乎是不在话下。但这片庄稼并不是像58年那样是上边垦荒的结果，而是公社里自己开垦种植的。那些年全国都在讲“两个阶级”和“两条路线”斗争，而且是“年年讲，月月讲，天天讲”。当“讲”到戈壁上的时候，拥护或者反对开荒几乎成了一个十分重要的分界线：拥护开荒就是无产阶级的正确路线，反对开荒就是资产阶级的反动路线。

58年达古图戈壁上发生了地声和沙暴，国营农场筹备指挥部只好撤走。牧人们每天望着达古图敖包下边那些新出现的新月形沙丘发愁。但老天爷没有让他们发愁太久，那年夏天下了一场大雨，下了整整七天七夜，那些沙丘就被绿草覆盖。事情本来就可以这样过去了，但过了两年“四清”运动到来的时候，公社党委又提出了开荒的口号。按当时盟里派下来的年轻的“四清”工作队队员那木拉的说法——那木拉这个人我们在下边还会写到，就是因为他的原因，导致了德力格尔和嘎比拉这一对情人的分手——这个年轻干部曾说：“58年的大风并不是老天爷的惩罚，而只是老天爷的警告，可惜没有人听那个警告。”人们真的没有重视那次的警告，于是人们——这次不是外边来的国营农场，而是公社里自己组织的——在距达古图敖包较远的地方又开荒种地。

“四清”工作队员那木拉是个年轻干部，据说是盟里师范学校的老师。在达古图戈壁大队牧民欢迎“四清”工作队的联欢会上，他一个人边拉手风琴边唱，都是用蒙古语唱的苏联歌曲，据说都是他自己翻译的。戈壁牧民第一次听到那些新奇的歌曲，就开始学唱，有那么一阵连戈壁上七八岁的孩子都会唱《莫斯科郊外的晚上》《喀秋莎》，还有《共青团员之歌》什么的。一时，那木拉便成了戈壁人尤其是戈壁年轻人心目中的明星。

接着又发生了一件事，就是这个那木拉几乎第一眼看到嘎比拉就爱上了她。嘎比拉听了那木拉的表白，也收到了那木拉给她写的情书，但她并没有当一回事。都是青年男女，她经常听到那样的表白，也经常收到那样的情书，大部分她都不理睬。看她不理睬，人家也就死了心，不再跟她纠缠。但对这个那木拉她却稍微认真了一点，因为人家是干部。她直截了当对那木拉说我已经有了对象，还明确地告诉他说她的对象就是那个放马的德力格尔。这事似乎也就那么过去了，但接着又发生了一个意想不到的情况。

那几天突然传出消息说，那木拉在工作队被批斗了，原因是那木拉散布了反对开荒的言论。他那句“58年的大风并不是老天爷的惩罚，而只是老天爷的警告，可惜没有人听那个警告”的话就是那时候说出来的。多少年以后他这句话变成了名言，而在当时却算是十足的反动言论。嘎比拉听到他被批斗的消息很着急，她知道被批斗意味着什么。在她的心目中，她和他已经是朋友了。她连夜去找他。当时工作队员都住老百姓家，那木拉因为出了问题就被叫到了大队部，住在一间小屋，又派一个工作队员“帮助”他。“帮助”就是审查他写的检查材料，同时也在看管他。她跑到大队部的时候那木拉正一个人坐在灯下发呆，“帮助”他的那个队员大概在另一个屋里睡了。她望着他，一开始不知道说什么好。他的脸色明显苍白了，说：“你为什么来看我？你应该远远地躲着我。”“我是个老百姓，没有那么多顾虑。”她说，“你也应该想开一点。不就是批斗吗？”“批斗倒在其次。”他说，“如果我真的错了，应该批斗。但我没有错呀。58年开荒已经沙化过一次了，我们还要让戈壁再沙化一次？”

他们的谈话持续着。那是一次完全朋友式的谈话，谈了很长时间，两个人都忘记了时间的流逝。他们越谈越投机，两个人靠得也越来越近，后来那木拉抓住了她的手，她也没有觉得有什么不合适，她觉得他们是朋友，后来他突然抱住了她。事后她多次回忆当时的情景，总是觉得那木拉当时的举动是因为心中的悲苦，而丝毫没有其他的意思。不错，当时他们是一男一女两个年轻人待在一起，而且在夜里，但从那天夜里的实际情况看，他已经被批斗，也很绝望，他之所以拥抱她，只不过是一种表达委屈的方式。但有人偏偏认定那是在调戏嘎比拉。

他抱着她哭泣，她就那么静静地站着。当他们终于发现有点不对头的时候，“帮助”那木拉的那个队员站在门口看他们已经很久了。

接着真是糟糕透了。不但那木拉从被“帮助”升级为“隔离审查”，连嘎比拉也回不去了。工作队又抽调几个人，找嘎比拉谈话。“昨天夜里他是怎么调戏你的？”工作队员问她。“他没有调戏我。”她说。她知道他已经被隔离，如果再加一条“调戏妇女”，他被判刑的可能性就有了，她因此下定决心，坚决守住“没有调戏”这个底线。工作队员不厌其烦地教育开导都没有用，最后工作队员们的忍耐也到了极限，就逼问：“如果说他没有调戏你，那就是你主动。你说吧，是不是你主动？”已经被逼到墙角的她，突然觉得看见了一线光明，但她仍然犹豫着。工作队员却步步紧逼，问题的关键已经变成了“谁主动”的问题。后来她终于咬了咬牙说：“你们说得不错，是我主动的。”“为什么？”工作队员问。“因为我爱上了他。”她说。“那他是什么态度？”工作队员问。“他不接受我的爱情。”“那么，究竟是他抱了你，还是你抱的他？”工作队员又追问。“是我抱的，他挣脱了。”工作队员让她写材料，她写了，让她在材料上签名，她签了。她感到很累，同时又感到一身轻松。

正好这时候德力格尔也遇到了麻烦。

戈壁上突然长出了一大片庄稼，我们上面已经说了，那庄稼长势很好，而且日益走向成熟。一大片走向成熟的庄稼对周围牧户的畜群形成了无法阻挡的诱惑，畜群侵害庄稼的事时有发生。我们在上面也已经说了，对待开荒的态度已经是关系到了阶级斗争和路线斗争，那么侵害庄稼或者保护庄稼也成了斗争的标线。生产大队只好抽调一些牧民，在庄稼地周围日夜巡逻，防止牲畜吃庄稼。德力格尔也被抽调了，他与葫芦一个组。

那天一早，乳白色的雾笼罩着达古图戈壁。德力格尔拖着疲惫的双腿走在庄稼地旁边。他已经一整夜没睡，一直在一刻不停地围着庄稼地转，只怕哪一家的牲口来糟蹋庄稼。他跟葫芦是一组，按规定两个人从某一个点分开朝相反的两个方向绕着庄稼地走，走着走着就会碰面，之后两个人再回头走去。但规定归规定，到了夜里德力格尔却怎么也找不到葫芦。他知道葫芦是找一个避风的地方睡觉去了，这就苦了德力格尔一个人。葫芦干自家的活儿很卖力，参加集体劳动却经常偷懒耍奸，这个德力格尔知道，为此他跟葫芦经常吵架。

但那天早晨德力格尔却看见了葫芦。那家伙蹲在一个小土包上，一边抽烟一边笑。距他三五步的地方有几头牛正在吃庄稼，他是看着牛在笑。

德力格尔一看急了，跑过去赶走了牛，接着跟葫芦吵架。

“你瞎眼啦？没有看见牛在吃庄稼？”德力格尔吼着，恨不得把葫芦一巴掌打进地底下去。

“看见了，怎么啦？”葫芦也吼。

“你不知道这是人民公社的庄稼？”

“牛也是人民公社的牛呀。人民公社的牛就不能吃人民公社的庄稼？”

“你讲不讲理？”

“我跟你讲！”

德力格尔知道自己吵不过葫芦，就不作声了。牛已经被他赶走，他气也消了不少，坐在葫芦旁边。

他问：“你昨天夜里去哪儿啦？”

葫芦说：“我回家啦。”

“回家啦？你怎么能回家？”

“我想老婆了，怎么啦？回家抱老婆睡觉也不行？”

两个人正吵着，德力格尔突然看见从庄稼地里竟然又钻出来一群羊。他吓坏了，一群羊有好几百只，都进了庄稼地，这可是天大的责任。他一下站起来，却不知道怎么办好。

“你看……你看见没有？”他说。

葫芦毫不在乎：“不就是一群羊吗？又不是一群老虎。”

“你还想不想抱老婆睡觉了？我看你到班房睡去吧。”

“你别急。我来处理。”葫芦说着，这才在鞋底上磕掉烟锅里的烟灰，朝着羊群喊，“谁的羊群？过来！想破坏四清运动是吧？”

“是我……”羊群后边传来一个女人怯生生的声音，接着年轻的寡妇莫德格玛从羊群后边的浓雾中走了出来。

“哈哈，原来是你。”葫芦嘎嘎地笑。

“我差不多一个月没有睡觉了，每天夜里守着羊群。昨天夜里不知道怎么就睡着了，也就半个钟头左右，一醒来羊群不见了……”莫德格玛满脸虚汗，眼皮浮肿着，说话声音很低，她已经吓坏了。

“没事，没事。大哥饶你这一次。以后你睡不着大哥去陪你。”葫芦挤眉弄眼地笑。

莫德格玛赶着羊群走了。

“德力格尔你小子听着，这件事咱们得保密。莫德格玛太可怜了，脸皮薄，还胆小。”葫芦说。

“当然，当然。”德力格尔说。他现在很佩服葫芦，别看葫芦平常没有一个正经样子，其实这家伙脑子里清楚得很。

但实际上这个秘密根本没有保住，有人早就发现了，而且很快报告了四清工作队。当天晚上葫芦和德力格尔就被叫到了搭在庄稼地中间的那顶大帐篷里接受批斗。

那时候大队党支部的权力已经被四清工作队夺了，因此主持批斗会的也是工作队员。其他人都已经进了帐篷，德力格尔和葫芦却被勒令站在外边等候，而且竟然有一个带枪的民兵站在他们身边。这时候德力格尔倒不着急了，因为他也想明白了，今天的事说到底是牲畜吃了庄稼这么一点事，再大也大不到哪儿去。葫芦更是手舞足蹈，嬉皮笑脸，好像不是来挨批斗，而是来领奖品。“德力格尔，我看咱俩要升官了。”他说。德力格尔没有理他，他觉得现在毕竟不是开玩笑的时候。葫芦继续说下去，“你知道开大会怎么开吗？都是群众先进入会场等，等好长时间，领导才进去，大家鼓掌……”旁边的民兵是个老实青年，只是瞪了他一眼，没有说什么。葫芦说，“咱们还有警卫员呢。”

后来他们被带进了帐篷。帐篷顶上吊着雪亮的汽灯，灯下面挤着不少人，中间空出一点地方，让德力格尔和葫芦站在那里。立刻开始喊口号，责问。德力格尔并不着急，他想大家平静下去再说话。葫芦却马上回应。

“昨天夜里是不是有一群羊进了庄稼地？”有人问。

“没有吧？我没有看见。”葫芦说。

“有人看见了。”有人说。

“是吗？那太不像话了，谁的羊群？”葫芦假装比谁都生气。

“问你呢，谁的羊群？”

“我真的没有看见。这样吧，你们就算是我家的吧。”

“你破坏四清运动。”

“没有，没有。你们这么一批斗，我的认识大大提高了。”

“那你谈谈你的认识。”

“我认识到，羊群是社会主义的敌人，不如都宰掉吃了算了。”

人群中出现了笑声，又很快停止了。

“你严肃一点！”

“我又错啦？好。你们继续批斗我，让我继续提高认识。”

人们喊起了口号，葫芦却嘿嘿地笑。

后来德力格尔都想笑了，因为葫芦这家伙也太难对付了，人家说东他偏说西，人家生气他偏笑，后来好多人都忍不住笑了起来，他却大发脾气。

“你们严肃一点，这是一场阶级斗争！”他瞪着眼睛喊叫。

主持斗争会的工作队员终于明白，跟葫芦纠缠简直是白费时间，于是把目标转移到了德力格尔身上。

“德力格尔你说，谁的羊群？”

德力格尔早就准备好了，说：“我不知道。”

“为什么不知道？”

“因为我虽然看见了羊群，但没有看见羊群的主人。”

人们又开始斥责，喊口号。德力格尔就那么一句话：“不知道。”

德力格尔估计这件事也就这样了。“四清运动”的一个内容就是在牧区划阶级成分，德力格尔家被划为贫苦牧民，葫芦跑回老家弄来一张证明，证明自己家是雇农成分。对这样的阶级成分，不会太为难。因此德力格尔想，最多也就扣点工分，过一段时间便不了了之。

但他想错了，莫德格玛突然被带了进来。

这个美丽而软弱的寡妇苍白着脸，被勒令站在德力格尔和葫芦旁边。

“老实交代，为什么把羊群放进庄稼地？”

她还是早晨对德力格尔他们说过的那几句话：“我睡着了，一醒来羊群不见了……”

“你就那么爱睡觉？”有人问。会场上又有了笑声。

“我……”

“跟谁睡觉了？”又有人问，笑声更大了。“睡觉”两个字这时候已经变成了双关语。

“啊，不是……！”莫德格玛又羞又气，哭了起来。

“你是不是睡在野外了？跟德力格尔在一起？”又一个声音问。

一些年轻人哄笑起来，莫德格玛无法承受了。

“不是……不是那么回事……你们听我说呀……”她哭着喊叫起来。

德力格尔愤怒异常。他是个性情耿直的人，打他骂他也许可以，但决不可以污辱他。

“一群畜生！”他突然喊道。

“什么？你骂谁是畜生？”工作队员问。

“你就是两条腿的畜生。”德力格尔说完就往外走。人们都还没有反应过来他就走到了帐篷门口。这时候有两个人企图挡住不让他出去，他只是把胳膊轻轻一挥，那两个人就趔趄着躲开了。

那天半夜已经睡着了的嘎比拉突然被葫芦的叫声惊醒。

“嘎比拉，快起来开门……”葫芦站在门外叫着，声音沙哑而急促。

“怎么啦？”她边问边坐起来穿衣服，点上了油灯。

葫芦进来后的第一句话就是：“德力格尔走了。”

“走了？去哪儿了？”

“他可能……不回来了。”

半个钟头以后，嘎比拉已经飞快地跑在戈壁上了。葫芦也在跟着她跑，但他已经明显跟不上她了。

葫芦带来的消息是这样的：

德力格尔冲出批斗现场后并没有去什么地方，只是走到离帐篷不远的一个土坡上坐下来生闷气。他没地方可去，只能坐在那里气愤地望着那顶帐篷。他看到帐篷的门开了，冲出来一个人。因为帐篷里有灯光，他认出那个人是莫德格玛。莫德格玛跌跌撞撞地跑着，大概在边哭边跑，很快消失在黑暗里。这时候批斗会也散了，好多人走出帐篷。德力格尔看到了葫芦。葫芦站在那里大声喊着莫德格玛。

“怎么啦?”德力格尔走到葫芦跟前问。

“嗐，那些年轻人，非让她说出她跟你怎么睡的觉。她跑了……”

“那怎么办?”

“去追呀，出了事怎么办?”

于是两个人就去追莫德格玛。因为天黑，他们不知道她去了哪里。天亮时两个人走到莫德格玛家，莫德格玛已经决心走了。

“走？去哪儿?”德力格尔和葫芦问。

“不知道，可是我一定要走。我不能让他们这么欺负。”莫德格玛说着，开始包扎行李，又说，“集体的东西我一点也不要。羊群我留下，只带着我的几只自留羊，骑上我的马……就走。其实毡包是我的，没有办法带走……”

德力格尔和葫芦一起劝她不要走，她却坚决得很。他们只好跟她道别出来。两个人商量，莫德格玛已经决心要走，怎么也得送送她，哪怕送她一两天的路程也好。就在这时候工作队又通知德力格尔去一趟。

工作队把德力格尔叫去以后，真不知道是出于什么考虑，给他看了一个材料，那就是嘎比拉为了救那木拉写的那个“我主动”的材料，上边还有她的签名。德力格尔一看就傻了……

一直到这里，葫芦说得还是比较清楚，接着他也说不清楚了。他说德力格尔当时很痛苦，说是要去找莫德格玛，还说再也不回来了……说完就骑着马跑了……

“那……他……?”嘎比拉自己都不知道应该问什么了。

“他是去送莫德格玛了，可是我估计他不会回来了……”

嘎比拉不相信德力格尔就那么走了，她开始等待，等待他回来后对她说清楚一切。但德力格尔再也没有回来。当她已经明白德力格尔真的不回来的时候，她哭了，但时间并不长，也就那么三五分钟的时间，接着她又坦然了，觉得这就是她的命。

第三章

一

他在井口上喝饱了水。

这时候天已经黑了，他并不急着要走。他现在面临的可以说是十万火急的事情，但他真的不着急，因为他知道，事情再急也不在这一点时间。他本来想坐在井台上歇一歇，但刚才那个女人打乱了他的计划。他已经明显感到那个女人对他的怀疑。他的经验告诉他，遇到这样的情况还是早点离开为好。

于是他离开了井台，也离开了女人的视线，其实他没有走远，走出半华里左右就停下来，仰面躺下休息。他看到辽阔的戈壁天空已经有了很多星星，而且越来越多。

他是路过这个地方，但又不是简单的“路过”，他刚才到水井上也并不单单是为了喝水。他这一路走来，一路总是在观察，寻找机会。

十八年的时间也许不算长，但却足够让一个人发生很大的变化，他已经从一个逃荒的年轻农民变成了一个四十多岁的流浪汉。

那年他埋葬了老婆以后继续赶路。

他记得那是一个深秋的中午，他终于到达了目的地。

荒原上，有一些黄土屋在横七竖八地散落着，很像一些随意扔出去的石块。他站住脚，望着那些黄土屋。按说，这里应该是他要找的地方。前几天他到一个公社所在地干活。那里正准备迎接爱国卫生大检查，正好他去了，就把运垃圾的活儿给了他，不给工钱，只管他吃，晚上还可以在门房里睡觉。他当然很痛快就答应了。这两年多他就是这样，赶十天八天的路，就找活儿干，为的是饱饱地吃几顿饭，增加体力。这是青海与甘肃两省交界处的一个公社所在地，很大的一处院里有两栋青砖房，大概是三四十年以前的，原来的青砖已经变成了灰白色，门窗油漆剥落而又变形。那大院的一个角落里堆积着比房子还高的垃圾。他的任务就是用推车把那垃圾运出去，倒进半华里以外的一条沟里。门房里还有一个老头，晚上睡觉前他跟老头聊起来。他想打听叔伯哥哥说的那个地方。

“你听说过一个叫女儿河的地方吗？”他问。

“什么河？”老头问，看来他的听力不好。

“女儿河。”

“这里根本没有河。连泉眼都没有。”

“我是想奔我的老乡。”

“你老家是哪儿？”

他说出了自己的老家。

“离这里不远倒住着你们那个地方的一些人。有的大概住了几十年。”老头说。

他一听高兴坏了，只要见到老乡，他就觉得有了靠头。

“那叫什么地方？”他问。

“什么地方？没有地名。”

“那里归你们这个公社管吗？”

“谁都不管他们。”

“为什么？”

“因为他们是黑户，盲流。户口不在我们这里，当然没有人管了。”

老头接着说，说不管有时候还是要管的，比如说那一年搞计划生育对妇女进行结扎手术，头一个挨刀的就是那里的三个女人，那里总共也就三个女人。再就是发生案件的时候，警察最先想到的也是那个地方。还有就是遣送了。遣送就是遣送盲流，公安、民政等部门开着卡车直奔那些盲流居住的地方，把他们装上车就走。

“那里归甘肃还是归青海？”他问。

“我也说不清。”老头说。

“怎么？……”

“我在这个地方待了五十年了。那地方有时候归甘肃，有时候归青海，还有一段时间两个省共管。过去是两个省抢着要那个地方，为此听说把官司都打到了中央。后来两个省又都不想要那个地方了，长时间谁都不管，上边的干部也不去那里。前几年说是那个地方归了青海，去年又听说要归甘肃了。我真不知道归过去了没有……”老头说。

他用半个月的时间把那堆如山的垃圾清运出去，接着就迫不及待地走向老头说的那个地方，去找同乡。走了一天再加一个上午，他终于看到了这些黄土屋。

他看到一座土房前面有几个人，其中两个站着，一个蹲着，便走了过去。他知道那三个人是在晒太阳。他们老家就这样，庄稼旱死了，也没有其他活儿可干，男人们就在屋外晒太阳。

那三个人是一个老头，一个中年汉子，还有一个二十多岁的青年。他们毫无表情地望着他。

“这个地方是不是叫女儿河？”他问。

年轻的那个笑了起来：“女儿河？没有听说过。”但老头说话了。

“是，我刚到这里的时候，这个地方就叫女儿河。”老头说，“你怎么知道这个地名？”

他已经听出来了，这几个人的口音跟他一样。他眼睛湿润了。他说出了自己家乡那个地方的地名，接着又说出了自己父亲和爷爷的名字。那三个人似乎有些吃惊地望着他。

“咱们那个地方……又遭灾了吗？”中年人问。

“旱了五六年。”他说。

“怎么就你一个人？”老头问。

他本想把自己路上的遭遇诉说一遍，但犹豫了一下还是没说。一想起那个叔伯哥哥，他就觉得对任何人都不能太坦诚。

“就我一个人。”他说。

那三个人向他打听他们各自的一些亲属的情况，他都一个一个地告诉了他们。他们再也没有说什么。

他在这个地方待了好几天。那天晒太阳的那个老头同意他跟自己住在一起。他发现这里的人成天几乎什么活儿都不干，只是偶尔去十几里以外的沟里背水或者到很远的地方拾柴。其他时间他们白天就那么晒太阳，到了晚上聚集到某一个黄土屋聊天，聊一些非常乏味的话，而且从来不点灯。扯到很晚，大家才散去。晚上睡觉时老头就对他说：“你去把尿盆拿来。”

这里有十几个男人，只有三个人有老婆。据说那三个女人是为了逃避计划生育跟着男人跑到这里来的。她们之中的一个生了五个孩子，另两个也各生了四个。但后来还是被当地政府抓去做了结扎手术。如今那十几个孩子除了大一点的两个以外都光着屁股跑来跑去。开头他还想找点活儿干，但很快发现这里真的没有活儿可干。这里到处是石头，根本不可能长庄稼。他也曾想下套子逮个野兔什么的，但这里连草原黄鼠都很少见。于是他也只好跟那些男人一起晒太阳，扯闲话，只是偶尔去背水或拾柴。

有一天晚上他和老头已经钻进了被窝，老头却侧躺着抽开了烟，抽了很久，似乎在思谋着什么。老头抽的烟里只有很少的成分是叶子烟，大部分成分是晒干了的草叶子。

“该动弹了。”老头好像在自言自语。

“什么?”

“哼，就这么待着，到了冬天吃什么？已经是秋末了呀。”

他没有说话，但已经意识到老头在谋划着某一项行动。

一连几个晚上老头睡得很晚，就那么抽烟想心事。后来有一个傍晚老头带着几个人出发了，其中包括他。除了老头以外其他人都带着绳子、铁锹、镐头等工具。他们走了大半夜，走到一个洼地，老头指着一个地方说：“就这里。挖。”

挖到太阳出来他才明白，老头是带他们来挖一处古墓。他们挖出了一些陶罐什么的，背了回去。回去后老头又派两个人把那些陶罐带到城里去卖。这时候他又惊奇地发现，这里竟还有一头瘦毛驴和一辆平板车。那两个人套上毛驴车，拉着陶罐走了。大约过了一个月，那两个人回来了，毛驴车上有几麻袋粮食。

参与盗墓的只有几个人。天气越来越寒冷起来。没有参与盗墓的那些人陆陆续续地离开了这里，其中包括那三个女人和十几个孩子。据说是到城里捡破烂或要饭去了，天暖了才回来。

这样过了一天又一天，后来下雪了。大地变成了白茫茫的一片。几个年轻一点的出去走了几天，套来几只野兔。大家说过几天就过年了。

除夕晚上，参与盗墓的几个人聚集到老头屋里。老头不知道从什么地方找出了一个煤油灯点上。大家用兔子肉包了饺子，这时候老头又拿出了一瓶酒。

大家开始吃饺子，喝酒。大家说起了老家那个地方。

“听老人们说，咱们老家那个地方原来有一条河，那时候生活很不错，但后来那河没水了。”

“怎么就没水了呢?”

“你没有听人们说，是因为咱们的祖先过分地开荒，所以河水没有了。”

“扯淡！不开荒怎么种地？不种地怎么生活？人呀，活着就是为了喂饱肚子，为了喂饱肚子就得开荒种地。这样说来，人又是为了开荒种地才活着的。”

“那你说，人究竟是为了活着才种地呢，还是为了种地才活着？”

“扯淡！你这问的是什么话呀？那不是一样吗？”

“怎么能一样呢？”

几个人就这么争论着。老头却不说话。等别人争论了很久以后他才发出长长的一声叹息：“唉！”

于是其他人都不说话了，等他开始说。

“河里没水是因为开荒。真的。”他说，“我刚到这个地方的时候，这里也有一条河。开了几年荒，那河就没有水了……我看呀，以后咱们的后代还得搬家。”

“再找一个有水的地方开荒，等没有水了再搬家……”一个年轻人说着笑了起来。

“你别笑。人本来就是这么过来的。”老头说。

接着大家又开始谈起城市，谈女人。

“城里人擦屁股都有专门用的纸。像咱们，擦嘴都没有纸。”一个年轻人说。

“扯淡！即便那样，嘴仍然是嘴，屁股还是屁股。”

“咱们这里屋里都点不起灯，而城里马路上都有灯。”

“城里那些女人，到了夏天，大腿、脚、胸脯都露着。多凉快呀！”

“那是为了凉快吗？那是为了给男人们看。”

“真是人比人活不成，马比马骑不成。人家为什么过那种生活，咱们过得这么苦？”

“谁知道……”

二

第二年春天，他离开那些同乡去接儿子，但走了三个月又只身一人回来了。他没有找到儿子！

这时候他已经有了自己的一座小土房，是一起盗墓的那几个同乡帮助他盖的。他回来钻进了小土房，有两三天再也没有出来。

他一直躺着，不吃，不喝，不睡。他是一路打听那座古城走过去的。开头有人对他说，是有那么一座古城，大概在东南方向。走了半个月，又有人告诉他，听说那古城几年前被风沙埋掉了，你不可能找到那个地方。他听了大吃一惊，但并没有灰心，因为古城被埋不要紧，只要那个戈壁女人还在，他就可以找到儿子。他记得那个女人叫嘎比拉，她还有个四岁左右的女儿叫萨日来。这样又走了十来天，才开始明白，像他这样一个没有戈壁生活经验的人，在这个茫茫大戈壁上找到某一个地方真是太难了。在他眼里，戈壁上某一个地方与另一个地方的地形地貌几乎没有什么差别，都是一样的荒滩，一样的慢坡。当他走了整整一天到了傍晚，自己都怀疑是不是又回到了早晨出发的地方。更为糟糕的是他经常迷失方向。有整整两天他认为自己一直在朝东走，第三天他遇到一个牧人，才明白自己完全走反了。他的信心和决心同时发生了动摇，这样的状况能够找到那个地方吗？

他急得像心里着了火似的，越走越快，有时候甚至开始小跑。他已经进入了一种奇怪的状态。古城，古城……他心里喊着。有那么几次他还真的看到了古城！但当他跑过去的时候古城又消失了。他不明白是自己产生了幻觉还是戈壁上的蜃气在跟他捣蛋。他自己都不清楚究竟走了多少天，赶了多少路。有一天下午他终于发现自己又回到了甘肃的边界。天啊！他喊叫着。怎么又走回来了？他记得很清楚，这里有一条简易公路，公路拐弯的地方立着一个木头牌子，上边用红油漆画着一道杠，杠的两头是两个箭头，一个箭头下边写着“甘肃”，另一头写着“内蒙古”。他现在就正好站在这个牌子下边。大概在一个多月以前，他就是从这个牌子下边走入内蒙古的。

他回过头，用悲哀的眼睛望着。内蒙古大戈壁在他眼前苍茫一片。他望着，望着，发出了绝望的喊叫：“啊！……啊！……”

他这样躺了三天，第三天下午终于爬起来，走出了小土房。

老头走过来了。

“回来了？”老头问。

“回来了。”他说。

“去我那里吃点东西。”

他跟着老头走，感到自己饿得眼前一阵一阵地发黑。

那几个跟他一起盗墓的同乡也陆续地来到老头家。他们问他这些天去哪儿了？他只说去内蒙古走了一遭。他们又问他干什么去了？他说打零工去了。他从来没有对他们说过自己还有个儿子。

“明天一起去挖药材吧。”老头说。

那天夜里他一个人跑到一个小山包哭了很久。大西北的夜空是灰白色的，有几颗又大又亮的星星在他的头顶上方闪烁。

这个地方生长着很多贵重药材，挖到了可以卖好价钱。但据说上边又禁止挖药材，因此他们必须偷偷地挖，再找药材贩子偷偷卖掉。可是这次他们实在不走运。挖了一些药材全被没收了。

大家并不感到沮丧，因为这样的情况他们经常遇到。但这时候已经是秋天了，过了秋天就是冬天，他们必须想办法搞到一冬天和一春天的粮食。

“今年咱们进城。”老头说。

于是他们走了二十多天，走进了一座城市。他发现他那几个同乡在城里不仅有熟人，他们还懂得在城里怎么生活。他们走在一条十分繁华的马路上，突然就拐进了小巷子。在小巷子里七绕八拐地走了好半天，走进了一处破败的大院。大院里收来的破烂堆积如山，有废报纸、旧书刊、废铁烂铜、空酒瓶子、割断了的电缆、井盖……真是什么都有。有二三十个人住在那里，他们走进大院时那些人正在整理那些破烂。

“你们来啦?”有人问。

“来了。”老头回答。

“住这儿?”

“住一两天。”老头说。

老头带着他们在大院里住了两天以后，就让大家分散了。他说：“你们自己去捡破烂吧。但把捡到的破烂都送到这里。吃什么，住哪儿，你们自己想办法。”

他与同乡中最年轻的一个相伴着走出大院。他这是第一次来到大城市，总有一种紧张和别扭的感觉。他这个小同乡看来倒是一点儿都不在乎。“你不要怕。城市人一点都不可怕，他们倒是有点怕咱们这样的人。”年轻人说。

“他们怕咱们？怕咱们什么?”他问。

“怕咱们脏和穷。”年轻人哈哈大笑着说，很骄傲的样子。

“咱们能捡到破烂吗?”他问。

“城市里缺什么也不缺破烂。城市人有一个怪毛病，每天把有用的东西当作垃圾扔，咱们把那些东西捡回去，有的可以自己用，有的可以换钱。”

年轻人的话很快得到了印证。就在走出大院不到两个小时，他就有了一件半旧的夹克衫，年轻人捡到了一副墨镜，到了下午，他们又一人有了一双鞋，一双旧皮鞋和一双旧旅游鞋。除了这些以外他们还捡到了不少破纸箱子、装水泥的牛皮纸口袋、饮料瓶子等，背到大院换了钱。走出大院时已经是满街灯火了。

“咱们吃什么？”他问。他已经觉得饿了。

“下馆子，喝啤酒。”

他一听就吓坏了。“那得多少钱？”他说。

“我请客。”

他们在很小的一家饭馆吃了饭，年轻人还真的喝了一瓶啤酒。年轻人让他也喝点，但他没喝，他从来没有喝过酒。

“现在去车站，睡觉。”年轻人说。

他就这样在城里待了下来。大概过了一个月，一天晚上他与年轻的同伴走进了车站候车室。这是他们过夜的地方。

一排排条凳上，候车的旅客们一个挨着一个挤在一起，有的在昏睡，有的在聊天，也有人在打扑克。他们的脚下是各种各样大小不一的旅行箱、提包、包裹等。高高的天棚上挂着一些灯管，有的早已不亮了，有些还亮着，但上边的灰尘太厚了，射出来的光是昏暗的。整个候车室里弥漫着一种难闻的混合气味，最刺鼻的就是厕所里出来的味。候车室的一个角落里有一个厕所，那里的地下管道早已经不怎么畅通了，尿液有时候都流出来流进候车室。

他和同伴直接去他们经常睡觉的地方，那是一个角落。那里没有凳子，是一块空地。清扫出来的垃圾堆在那里，甚至还有小孩子的粪便。但他们不管这些，照样睡得很死。两个人铺了几张废报纸便躺了下去，很快就睡着了。

睡到半夜，他突然被叫醒。他揉了揉眼睛坐了起来。往旁边一看同伴已经不见了，再抬头看，便看见了几顶警察帽和几顶铁路职员的帽子，另外还有几个干部模样的人。

“起来，起来。”个警察不耐烦地说。

他站了起来。

“你在这里睡一个多月了吧？”一个铁路职员模样的人问他。

“是的。”他说。

“你老家是哪儿的?”一个干部模样的人一手握着笔一手拿着一个本子问他，看样子准备登记。

他说出了老家的地名。

“有户口本吗?”

“户口本……在老家。”

“没错，是盲流。”那个干部模样的人说，“跟我们走吧。”

“不是还有一个年轻的吗？他怎么不见了?”穿铁路制服的人问。

“他就睡在这里，但现在不知道去哪儿了。”他说。

“那家伙可能跑了，不管他。”

于是他就跟着那几个人走出了候车室。他们带着他走了很久，最后带进了一个大院落。那里已经集聚了很多盲流。从那些盲流那里他打听到这个地方叫收容站，是专门收容和遣送盲流的地方。

因为人太多，大家无法躺下睡觉，就那么坐着到了天亮。天刚亮他们就被装上了几辆大卡车，驶出了城区……

三

他睡着了，但很快又醒过来。他知道自己最多睡了十分钟，也就是抽两袋烟的工夫，这个他不会弄错。不需要任何参照他就可以准确地判断出时间的流逝，这是一种流浪汉的本领。

他仍然躺着，望着天上无数颗星星，但脑子却开始活动开了。他必须再一次捋清楚思维。不管多大的事情，他必须自己做出判断，自己拿定主意，而不能靠其他任何人，这是他的人生中一条十分重要的经验。

“儿子……”他嘟哝道。

是的，他活着的唯一意义在于他的儿子。他必须找到儿子。跟好多流浪汉一样，他早已变成了一个冷酷的人，情感冷漠，心硬如铁，但每当他想起儿子的时候，他的心中却会充满柔情。十八年过去了，他仍然能清楚地记起儿子的模样。儿子刚出生，连眼睛都睁不开，过了几天睁开了眼睛，但目光呆呆的。后来孩子会笑了，也会不断地扇动两条小胳膊了。有一天中午他收工回家，一进窑洞就去看炕上的孩子。孩子还不会坐，就那么躺着。他低头看着孩子的脸，孩子的眼睛突然亮了，挥舞着小胳膊笑了起来。他已经认出我是他爸爸了，他想。他对着我笑呢，他看见我很高兴，他又想。他突然感到自己是这个世界上最幸福的人了，在那一瞬间，一切生活的苦难都不存在了，他觉得他再也不需要什么了，有了这个儿子，他够了！

是的，他有儿子，他再不需要什么了。虽然后来在逃荒的路上他离开了儿子，但他相信儿子还活着。因为儿子遇到了一个难得的好人。一个活着的儿子就是他的全部希望，他总会有一天找到儿子。

他还记着老婆临死前的嘱托，那个可怜的女人说“咱们苦也好，穷也好，决不能干没有良心的事”，让他对得起那个戈壁女人。老婆还再三交代，让他一定要找到儿子。他从内心里接受了老婆的嘱托，他心里还隐藏着永久的疼痛，那就是他杀死了恩人的骆驼。因此他决心一直留在戈壁，决不做对不起良心的事，有一天要找到儿子，向恩人赔罪。

但一个流浪汉坚守良心并不容易。

他在被遣送的路上成功地逃脱了。

他不愿意被遣送，因为他不想离开戈壁。

那是一个晚上，卡车突然陷进了沙堆里，负责遣送他们的工作人员让他们下去推车。他认定机会来了。遣送他们的四个人里有两个警察，还带着枪，一看见那枪他就有点心虚，但他不想放过这个逃跑的机会。司机发动马达，大家喊着“一二三”拼命推车，那车却越陷越深，浓黑的柴油烟熏得他们都睁不开眼睛。后来工作人员让大家休息一会儿再推，一些人就离开卡车去撒尿。他也去了。他撒完尿观察左右，有几个人仍在那里撒着尿。他提上裤子朝前走了几步，发现身后没有什么动静，就走得越来越快。大概走出了四五十步，后边突然传来喊声：“那是谁？回来！”他就像听到赛跑的口令似的拼命奔跑起来。

他就这样逃脱了，再没有去那座城市。他已经明白，城内不仅有捡不完的破烂，还有被遣送的危险。他也没有急着回到他那间黄土小屋，怕有人到那里去抓他。于是他就开始到处流浪。

这期间，他再一次进入内蒙古西部大戈壁寻找儿子，但仍然没有找到，他灰心了。就这时候他遇到了那个女人。

他是在一个大热天的中午走进那个女人家的。那天他在戈壁上走了大半天，渴得嗓子冒烟，看见前面山坡下散落着三五户人家，便走了过去。距他最近的是一个破败的院落，土夯的院墙已经有好几个豁口。走进了屋子，他便看见一个三十多岁的女人和四个孩子。他说他口渴得要命，要喝点水。女人说，水缸在那里，你自己喝。于是他拿起水瓢舀水，喝了个够。女人开始跟他说话。

“大哥从哪儿来？”女人问。

他说出了头一天过夜的那个地方。流浪汉都是这样，他们居无定所，只能这样说。

“你给我背一回水吧，我给你做饭吃。”女人说。

“井在什么地方？”

“没有井，前边沟里有泉眼。”

“好吧。”他说。他不怕出苦力，背一次水换来一顿饭他觉得合算。

女人给他拿出一个专门制作的水桶，水桶很大，半圆形，可以用绳子挎在肩膀上。他背着水桶翻过一道梁，找到了泉眼。泉眼很细，下边用石头圈了一个坑，流出来的水积在那里，很浑浊。他费了很大的劲装满了水桶，又背着回到女人那里。

女人在家里熬了一大锅糊糊在等他。他吃了起来，那糊糊里大部分是草籽，还有粗糠，只有很少的粮食。他很饿，几乎将大半锅糊糊吃进肚子里。吃饱了他走到外边。

西边是一道低矮的山坡，几乎一棵草都没有，太阳已经落入山坡后边去了，周围是那么荒凉，他却感觉到了一种久违的温馨。这个女人的家十分破败，但毕竟是一个家，他想道。是啊，老鼠都有一个属于自己的洞，而他却连个洞都没有，他想着叹了口气。

女人出来站在他旁边，跟他说话。

“大哥你一直就这么流浪?”她问。

“一直在流浪。”他说。

“你没有娶过女人?”

“娶过，死了。”

“唉，我那口子也死了。”她说。

“是吗?”

“上山炸石头，就……”

他叹了口气。

“大哥你就不想再找一个女人过日子？老这么流浪也不是个办法呀。你大概四十多了吧?”

“哦，这个……”

“咱们进屋吧，天已经黑了。”

“我去撒一泡尿。”

天真的黑了，他走出很远，站在那里撒起尿来。这个女人对我有意思，他想着。她有四个孩子，过得很苦，但她还年轻，而且不管怎么说她还有房子，他又想。这样想着，他心里热了起来，但接着他又想起自己死去的老婆，想起了儿子！他还没有找到儿子，还没有完成老婆死时对他的嘱托。心里那股热流很快就没有了。他提起裤子回头看去。女人的房子就在那里，而且在院墙豁口那儿有一个黑影，大概那个女人站在那里等他。他犹豫着，干脆坐在地上。

女人的影子仍然在那里，后来就看不见了，她大概进屋去了。

他长长地叹了一口气，起来走了。

他又回到了自己的小土房。那几个同乡都在。跟他一起住车站的那个年轻人对他说，收容站那些人来的那天晚上他正好闹肚子进了厕所，才逃过了收容。

正好是初春季节，荒坡上有了一点绿意。有一天晚上大家又聚集到老头屋里。

“明天咱们去抓藏羚羊。”那个中年同乡说。

年轻的一个问：“藏羚羊过来了？”

“过来了，不多。每年来我们这个地方的藏羚羊本来就不多。”

“可是……那藏羚羊是国家严厉禁止捕猎的呀，抓住了要判重刑。”年轻的说。

“禁止越严厉的动物，就越值钱。”中年的说。

“可是……咱们被抓了怎么办？”

“扯淡！这么大的地方，谁能知道什么人在什么地方干什么？别说抓一半只藏羚羊，就算杀几个人也没有人发现。”

老头说：“你们想去就自己去。我不去。你们要当心。”

看到老头同意了，他们几个人就去抓藏羚羊。他们没有枪支，也没有像样的捕猎用具，他们只好在藏羚羊经过的路径上下套子。藏羚羊非常警觉，但同时又非常不懂得这个世界上还存在着阴谋。有一天，一只带羔子的母藏羚羊落入了圈套。他的同乡们欢呼着，以难以想象的速度跑过去。

当他也跑到藏羚羊跟前的时候，他的心却颤抖了。因为他看到了那羊一双美丽、善良的眼睛。那眼睛分明在祈求着人们放过它。那眼睛似乎在说："我并没有做有害于你们的事情。你们放过我好吗？我还有孩子。你们一定会放过我的。"那只藏羚羊的小羔却不好抓，跑到几百米以外回头看着母亲，并且随时准备逃遁。

同乡们脸上都笑开了花，有的已经拿出了刀子，说藏羚羊不但皮很值钱，而且肉也很好吃。这时候他说话了。

"它多可怜。"他说。"它的孩子会饿死的。"他又说。

当时他确实想到了古城内被自己杀死的骆驼，还想到了自己的儿子。

"你可怜它，谁可怜我们？"一个同乡说。

"你还说孩子？我的孩子也快饿死了。正好用它的肉救活我的孩子。"另一个同乡说。

二十天以后他被抓了。

从他戴着手铐被推上那辆带着警灯的旧吉普车的那一刻起，到他被判刑和出狱，他一直没有弄明白为什么只有他一个人被抓而其他同乡却什么事都没有。其实大家去抓藏羚羊的时候他是被动的，大家说去他也就跟着去了。当那几个同乡要杀死藏羚羊的时候他还阻止过他们。后来别人杀死了藏羚羊，把肉煮熟了，一开始他还不想吃。因为他总是想到藏羚羊那双眼睛，同时又想到那峰骆驼的眼睛。但后来还是吃了，因为他饿得很，藏羚羊的肉又那么香。

审讯的时候他毫无表情。

"藏羚羊是你杀的吗？"

"不是我。"他说。

"那是谁杀的？"

他不说话。

"杀了就杀了，还不承认。"

他仍然不说话，但审讯他的警察大概以为这就是承认了。

"讲讲过程。"警察说。

“下套子抓的。”他说。

“皮呢?”

他又不说话了，藏羚羊的皮大概被他那个中年同乡卖掉了，但他不想牵连别人。

“哼，我知道你卖给贩子了。卖了多少钱?”

他又不说话了。他是懒得说话，他想说不说就这样了，没有用的。他盼望着审讯早点结束，让他去吃饭。他饿得很。

后来他被判了三年。法官宣读完判决书，问他还有没有说的，他摇了摇头。他是懒得说话，懒得为自己辩解，他感到很累。在他看来，待在监狱里和在外边流浪没有多少区别。而且……在这里有房子住，有饭吃。

四

那是好几年以前的一个夏天，他很意外地碰到了叔伯哥哥！那是在戈壁边沿上一个小集镇的饭馆里。据说几十年前曾准备在这个地方勘探石油，来了不少人。大概是为了给那些人的生活提供一些方便，那里出现了一些小卖部、理发店和小饭馆什么的。后来石油勘探下马，勘探队撤走了，那些小卖部、理发店、饭馆却留了下来，附近的牧民经常去那里买东西，喝酒。过了几年一条新修的公路正好经过那里，那里就变成了一个长途汽车站和货场。这个地方就这样缓慢地变化着，人逐渐多起来，房屋也跟着多起来，有人利用村外的小溪开了菜地，有人养起了猪和鸡，变成了一个小集镇。

那几个月他一直在这里一处建筑工地上打工，有时候去小饭馆吃饭。现在这里小饭馆多起来了，大部分没有专门的厨师和服务员，只有老板和老板娘两个人又掌勺又端菜。也有几个单身女老板开的饭馆，那些过路的卡车司机经常在那里留宿。

那天中午他走进了一家他经常去的小饭馆。角落里的一张桌子上有五六个人在喝酒，他一看就明白，他们是皮张和绒毛贩子。虽说有十好几年没有见面，但他一眼就认出了坐在那些人中间的叔伯哥哥。他愣了一下。

叔伯哥哥也认出了他，也愣了一下，走过来了。他们站到了饭馆靠门口那个地方。

“哦，你？……”叔伯哥哥说。

“哼，你！……”他说。

厨房里传来爆炒的声音，飘来一股烧葱味。怒气在他胸中燃烧，立刻把他的眼睛烧红了。他知道一切不幸都是从这个叔伯哥哥引起的。

“咱们到外边说。”叔伯哥哥说。

于是他们走出饭馆。一辆卡车从他们身边驶过，热烘烘的汽油味和细密的尘土裹住了他们。中午的太阳很毒，叔伯哥哥却穿着一件廉价的皮夹克，不知道是为了摆阔还是因为没有其他衣服穿。愤怒使他有一股大哭一场的冲动，但他克制住了，他必须立即做出决断。算账是肯定的，但怎么算？

叔伯哥哥突然说：“我们经常到这个地方，但不知道你在这里。”

叔伯哥哥没有说“我”，而是说“我们”，而且把这两个字说得很慢也很重。那意思很明白：我不是一个人，你不要轻举妄动。

“我一直在找你。”他说。

“找我？找我干什么？”

“你知道我找你干什么。”他喊道，想起了小饭馆厨房里的菜刀。他没有见过这家饭馆的菜刀，但他知道每一个饭馆里都至少有一把锋利的菜刀。但却来不及了。跟叔伯哥哥一起喝酒的那几个人这时候已经走出饭馆，很快把他打倒在地，让他满脸是血。当他终于挣扎起来的时候那些人包括他的仇人已经坐上一辆小三轮摩托车跑了。

他擦干了脸上的血，仇恨地望着三轮摩托车扬起的尘土。

他第二次见到叔伯哥哥是半个月前。那天中午他正走在路上。戈壁上的路不是很多，一旦遇到一条路，那肯定会把你带到某一个去处——一个小集镇或者一个苏木政府所在地。他知道那种地方容易找到活儿干，这是他多年的经验。那天他正好遇到一条大路，就顺着路走下去。天很热，他正走着，看见前面停着一辆摩托车，一个人蹲在车旁修理着车，看来这个人正在赶路，车出了毛病。

“哈，你还不如步行呢。”他幸灾乐祸地笑着走了过去。

修车的人回过头来看他。原来这个人就是他那个叔伯哥哥。

他站住了脚。

他和他现在是一对一，他有把握打败这个仇人。他站着思谋怎么收拾他。

叔伯哥哥说话了：“你别一见我就准备拼命，我有话对你说。”

“那你说呀。”他恶毒地微笑。

“我见到你儿子了。”

“什么?”

叔伯哥哥站起来，掏出脏手帕擦了擦手，又掏出烟点着了，抽着烟说：“我知道你在找他。”

他犹豫了，弄不清这家伙是骗他还是真的知道他儿子的下落。就在他犹豫的那一片刻，对方突然掏出了刀子。叔伯哥哥真的很狡猾，他使用缓兵之计赢得了时间，原来蹲着的他已经站了起来，而且有时间抽刀子。如果他刚才没有犹豫那一片刻而是立即扑过去，那对方连站起身的机会都不会有，当然也来不及抽出刀子，其结果可想而知。

但他仍然没有慌张。不错，对方现在拿着刀子，刀子不长，是那种能折起来的电工刀，但照样可以在他身上扎出窟窿。可是对方扎过来的时候他会闲着吗？

他向前逼了几步，叔伯哥哥围着摩托车转，用刀子一直指着他。他突然飞起一脚，正好踢在对方的胯下。对方蹲了下去。他第一个动作是夺了刀子扔了出去，接着是劈头盖脸地猛抽。叔伯哥哥很快满脸是血了，躺倒了下去，用没有光泽的眼睛仇恨地望着他。他蹲在叔伯哥哥脑袋旁，突然哭了。

“你知道吗？你偷走了干粮和水，我们一家三口差点死了……”他说。

叔伯哥哥没有说话，只是望着他。

“但我们没有死。有一个好心人救了我们。”

叔伯哥哥仍然没有说话，盯着他。

“因为你害了我们，我们没有办法，把儿子留给了人家。我到现在都找不到他。我找了他整整十八年……”

叔伯哥哥仍盯着他。

“你知道我心里有多难过吗？啊！你这个畜生……”

他的眼泪在汹涌着。叔伯哥哥的脸色苍白了，他大概从来没有见到过这样的泪水，他害怕了。

“我知道你是为了那个两亩地。但你为什么要害我的老婆、儿子？你说呀！……”

他说着，哭着，十八年来这些话他每天都想说，却从来没有向任何人说过，今天这是第一次说出来，因此言语和泪水来得特别猛烈。说着，哭着，他举起了拳头，他和对方都清楚，这一拳下去将是致命的。

“唉，我真的知道你儿子……”叔伯哥哥突然说。

“真的吗？”他问，拳头一直举着。

“他已经十八岁了，在一个叫嘎比拉的女人家里……”

他放下了拳头。

他又上当了，躺着的叔伯哥哥突然像猫一样弹跳起来，朝他的脸踢了一脚。他坚持着没有倒下，但两眼发黑，脑袋嗡嗡响。他使劲摇了摇脑袋，眼睛能看见了，看见叔伯哥哥骑着摩托车蹿出三四十米远，又停下来回头看他。

“咱们做一笔交易怎么样?”叔伯哥哥说。

“狗屁!”

“我知道你儿子在哪里。我可以去杀了他。”

“你敢!”

“这有什么敢不敢的，你永远也斗不过我。”叔伯哥哥说，“但我不想杀人。我还可以让你们父子见面。但你必须为我做一件事。”

“什么事?”

“你给我抓一峰野骆驼。那东西现在值钱。”

“到哪儿找你?”

“朝鲁图。”

叔伯哥哥走了。

他一路跟着叔伯哥哥的摩托车印子走了下去。那家伙已经提到了他恩人的名字，看来他真的知道他儿子在什么地方，而且还提出用野骆驼换他儿子的性命。

他一路走一路想，他明白这次是他与仇人之间的最后一搏了。他必须既能保护儿子，又必须把对手彻底击败。摩托车印子一直在他前面，今天落日时分进入了这一片戈壁。他在路上问过一个牧人，问前面的戈壁叫什么地方，那个牧人说前面是达古图戈壁。

后来天越来越暗，摩托车印子看不清楚了。他犹豫着，想找人打听是不是看到了一个骑摩托车的人。

后来他看到了水井。

第四章

一

嘎比拉和两个孩子忙到很晚。她和孩子们炸了不少果子，弄得满屋都是油烟味。萨日来把门窗全打开，准备打扫一下。

“行了，行了。你们去睡觉，别的事我来做。”嘎比拉说。

“妈，你还没试衣服呢。”萨日来说。

“试什么衣服？我不是说不试了吗？”

“还是试试吧。”萨日来说着就去翻箱子，找出了母亲的蒙古袍。

嘎比拉半推半就地穿起了袍子，萨日来又找出一条纱巾扎在她头上，接着又让她穿靴子。嘎比拉只好让女儿摆布着，就怕突然有哪个邻居进来。她总是想把跟德力格尔成家的事办得平淡一点，至少让别人看着平淡一点。女儿都这么大了，她真的不想张扬自己的婚事。

萨日来从竖柜抽屉里又找出一个小镜子，非让母亲照不可。她没有办法，只好拿起镜子照。她看到了一个中年女人，她不知道别人眼里的自己是什么样的，她自己却能看出自己脸上有太多的岁月痕迹。多年的戈壁风沙使她的脸变得粗糙而干燥，头发虽说仍然很浓密却开始出现了白发，眼角有几道刀刻般的皱纹……她叹了口气。

“妈妈，看你多漂亮。”萨日来说着，也不知道是真话还是有意那么说。

“漂亮这话早已经不适合我了。”她说着脱掉了袍子。

阿米坦已经睡觉去了，等萨日来也走出去后她一点睡意也没有了，就那么静静地坐着。她好像现在才想到自己已经生活了四十六年，而这四十六年又是那么漫长，经历了那么多的事情……

刚刚出去的萨日来在外边叫着："妈妈，快出来看啊，谁回来了?"萨日来在外边喊。

一峰四岁的母野驼站在门口，它就是"宝日呼恒"。萨日来站在它身旁，不停地对它说着，笑着。嘎比拉也笑了，其实她刚才一听萨日来在外边叫，就已经知道是宝日呼恒回来了。

"宝日呼恒"是四年前来的，那是萨日来高中毕业回来半年以后的那个春天，当时它大概只有半岁。那天发生了沙暴，大风刮了整整一天，到了傍晚才停下来。萨日来和母亲那时候正在羊圈旁边忙乎着，当时沙暴虽然停了，但天空中飘浮着厚厚的浮尘，整个戈壁都是灰蒙蒙的。就在那一片灰蒙蒙中，她们家养的几峰骆驼回来了。她们正看着，发现家驼后边又若即若离地跟着一个小小的野驼羔。小驼羔显得十分虚弱，简直就像一个模糊的影子一样在那里摇晃。"哟，来客人啦。"萨日来高兴地喊道。嘎比拉却说："可怜的小东西，肯定是与母亲走散了。快，挤点驼奶，再拌一点奶油，滚热……"母女俩就这样忙乎起来，真的像迎接稀客一般。当萨日来靠近小驼羔的时候，它还想逃跑，但它已经没有那个力气了。萨日来很容易抓住了它。她看到小驼羔的眼睛很温柔，而且泪光闪闪，使她心疼得不得了。"找不到妈妈了？不要紧，来到我们家，你什么都不怕了……"她说着。她把它抱进毡包，找出奶瓶给它喂奶。母女俩忙乎了大半夜，它才像一个累极了的孩子安静地睡在火撑子旁边。"它太虚弱了，明天起，让咱们家的母驼给它喂奶吧。"嘎比拉说。

第二天凌晨，太阳还没有升起，萨日来家外边就传出了劝奶歌。从那天开始，每天凌晨和黄昏，那支劝奶歌就按时唱起。有时候是萨日来唱，有时候是嘎比拉唱。一直唱了十多天。一开头，那峰母驼根本不想认领它这个野孩子，又踢又撞，暴躁异常。但唱着唱着，它就安静了，望着遥远的天边，好像在沉思着什么，又似乎在回忆着什么。小驼羔这时候就拱向母驼的奶头。天边的霞光是那样地绚丽，戈壁静极了，悠扬的歌声向戈壁深处飘去……

孤独的白驼羔
饿极了在哀鸣
思念起妈妈
在不停地哀鸣
你听到了吗?
你听到了吗?

可怜的小驼羔
在戈壁上蹒跚
为了寻找母亲
它走了一天又一天
你看到了吗?
你看到了吗? ……

歌声在不屈不挠地呼唤着爱，呼唤着容纳。终于，大滴大滴的泪珠从母驼的眼里开始滚落，母性被歌声唤醒，又变成滚滚奶流，从小驼羔的嘴角流下来。每当这个时候，嘎比拉和萨日来总是互相看着微笑起来。

小驼羔就这样在嘎比拉家长大了。因为母女俩对它过分地疼爱，它简直像一个淘气而又爱撒娇的小姑娘。她们为它起了一个十分好听的名字，叫宝日呼恒——紫色的姑娘，因为它是一个紫色母驼。那时候萨日来的弟弟阿米坦在旗里上高中，它简直就成了她们家庭的一员，与她们形影不离。但后来有一天它突然离开了她们。那是它长到两岁的时候。

那天黄昏，戈壁深处传来几声野骆驼的叫声，已经卧下准备过夜的它突然伸长了像鸵鸟一样颀长的脖子，开始倾听那个声音。看它那个神情，肯定是某一种奇特的感觉开始复苏了。接着它也叫了一声，那边立刻也有叫声回应过来，于是它起来，边叫着边迫不及待地走向戈壁深处。萨日来开始不顾一切地去追它，还不停地“宝日，宝日……”地叫它，但它没有停下来，而且越跑越快，很快消失了。天已经黑了，萨日来只好站在那里，气得直骂它：“没有良心的，忘恩负义的家伙……”嘎比拉来到了她身边说：“它毕竟是野生的，不过它还会回来的。”“是吗?”萨日来问。“是的，因为这里是它的家。”嘎比拉说。

从那一天起，嘎比拉和萨日来每天都盼望着它回来，但一直不见它的踪影。过了半个月，它真的回来了。

当时又是一个美丽的黄昏，萨日来跟嘎比拉坐在家门口边乘凉边喝茶，就在这时候它突然出现在前面草滩上。它一边叫着一边跑过来，就像一个离家太久的孩子边喊边跑过来一样。母女俩也迎着它跑去。它来到她们身边，像是受了天大的委屈一样叫着，用脑袋蹭她们，接着又寸步不离地跟在她们身后。母女俩把家里的油饼、点心什么的一股脑儿全拿出来塞进它的嘴里，它才心满意足地卧在门口，一直到第二天太阳出来才走的。

从那次以后每隔十天八天，它就奇迹般地出现在她们面前。它每次都接受热情的款待。“我的姑娘又回娘家来了。”嘎比拉欢快地叫着迎接它。萨日来却说：“妈你别理它，它吃完咱们的点心，又该去找它那个野丈夫去了。”边说边笑，把点心不停地塞进它的嘴里。半个月前，野母驼又回来一次。萨日来一见它就喊叫起来：“妈，它真不知害羞，已经怀孕了。”嘎比拉却欣喜地笑着：“我的姑娘长大了。”

现在宝日呼恒又回来了。它喝完了萨日来为它提出来的大半桶水以后，又死乞白赖地跟在她身后，吃了她的半袋饼干和好几块点心，就卧在房子右侧的一个地方不动了。那是它常过夜的地方。

已经是后半夜了，嘎比拉慢慢进入睡眠状态。一开头她满脑子都是德力格尔。她回忆起他宽厚的肩膀，有力的双臂，还有他粗重的气息……我这是怎么了？都快五十的人了呀，她责备着自己。接着她的脑海里突然出现了傍晚的那个情景：一个陌生人在井台上提水，他说是路过这里，要去朝鲁图……

二

他突然听到有人在说话，就在水井那边，而且夹杂着汉语。

他放眼望去，什么都没有看到。但他断定说话的人就在水井旁边，很可能就在井台上。

“进城打工？咱爸不同意呀。”

“咱们是为自己活着，又不是为你爸活着。”

“可是……你没听咱爸说，再过两年，给咱们每家盖一处砖房。”

“就在这个荒滩上，盖起皇宫又有什么用？”

“那你的意思是？……”

“这里的一切都留给你的几个哥哥，我们什么都不要，到城里生活。”

“可是……”

他听出来了，说话的是一男一女，很可能是一对小夫妻，他们一会儿说蒙古语，一会儿又说汉语。他断定这两个人是汉族，是从小在蒙古族中生活长大的汉族，因此他们的对话夹杂着两种语言。他在戈壁上流浪了十八年，不仅能听懂蒙古语，还会说简单的日常用语。所以这两个人的话他都能听得懂。井台上的两个人仍在说话。他现在听明白了，媳妇要进城，丈夫却下不了决心，下不了决心的原因是他们的父亲。

“你爸一天比一天老，为什么非要让你们待在这里？其实他也应该考虑回老家了。”女的说。

他的心震了一下。因为他听出，那个男的说汉语的时候明显带着一种他所熟悉的口音。那是他家乡的口音呀！怎么？这里住着他的一个同乡？

那夫妻俩的声音渐渐远去，大概是要回家。他跟上了他们。见到一个同乡，比见到其他人更容易打听到一些情况，这个他懂。

三

葫芦老汉回到了家。

低矮的土房里点着煤油灯，光线昏暗。他老婆和儿子、儿媳妇等正在炕上玩扑克，看见他进来，他们纷纷溜下了炕，像正做着错事被逮住了一样神情慌张。

“喀！喀……”他威严地清清喉咙，蹬掉了鞋上炕。老婆立即给他端来茶水，儿媳妇给他递上烟袋。

“羊圈看过了？”他问。

“看过了。”媳妇和老婆同时说。

“草棚呢？”

“看过了。”儿子禀报。

“不要看过就没事了，以后要认真检查。”他说。

“唉。”几个声音同时回答，像几个忠实的奴仆。

这就是葫芦老汉的另一副面孔，在外边他嬉皮笑脸，惹这个逗那个，回到家里立刻就变成了太上皇。他四个儿子四个儿媳，还有他老婆，大家见了他就像耗子见了猫一样瑟瑟发抖。

葫芦二十五岁那年回了一趟老家，就领来了他现在的老婆。他老婆那时候看上去像个大孩子，见了人总是低着头看着脚尖，不敢抬头也不敢说话，却很能干活，不怕吃苦。因此大家都很心疼这个女人。葫芦就是从那个时候开始当起了家里的太上皇，走进家门老婆必须马上给他端茶点烟。就那样葫芦还经常打那个可怜的女人。邻居们经常看见那个女人哭叫着跑出屋子，葫芦提着鞋从后边追出来，追上了压倒就用鞋底抽。挨完打那个老婆还边抽泣边伺候葫芦喝茶吃饭。邻居们又好气又好笑，好气的是葫芦欺负老婆，好笑的是大家第一次发现鞋还可以用来打老婆。每当葫芦打老婆邻居家的女人们就跑过去，有的哄他老婆，有的骂葫芦。葫芦根本不买她们的账。“我自己的老婆，想打就打，想睡就睡，关你们什么事！”

那个女人跟葫芦就那样过了下去，接连生出了四个儿子。葫芦为四个儿子都娶上了媳妇，一直筹划着给每个儿子盖一处砖房。葫芦非常精明，随着草场逐年退化，他把牲畜头数一直控制在一定的数量，每年卖不少羊。卖羊的钱怎么花家里的人是不敢过问的。反正近十来年他每年买一些砖瓦、木料堆放在现在住的房子后边。

葫芦喝了两碗茶，吸足了烟，才说：“睡觉。”

一直站在地下等候吩咐的老婆和大儿子儿媳妇这才松了一口气。儿子儿媳出去了，老婆开始扫炕，铺被褥。

“老四两口子哪儿去了？”他问老婆。

“吃完饭就出去了。”老婆说。

“哼，兔崽子……”

葫芦没让四个儿子念太多的书，小学毕业后就让他们辍学，进城拜师父学手艺。现在他的四个儿子都有自己的手艺，他们分别是毡匠、皮匠、泥瓦匠和钉鞋匠。每年四个儿子大部分时间都出去挣钱，回来后把钱如数交给父亲。他从儿子们的收入里只抽出很少的比例扔给他们，让他们两口子自己花。

他又哼了一声，他知道儿子和儿媳妇们在想什么！他们想分家，想自己过自己的日子，想把他们老头老太太扔下不管。没门，老子要在这里盖起四处砖瓦房，建起一个……什么来着？啊，对，“家族庄园”。

他又哼了一声，打起了呼噜。

“有人吗？”

外边一个陌生的声音在叫。葫芦醒了，老婆已经摸索着点上了油灯。

“谁呀？”葫芦坐起来边穿衣服边问。

“是过路的。”

葫芦已经听出来了，外边的陌生人是他老家那个地方的口音。

昏暗的灯光下，葫芦老汉看到了一个陌生人站在门口。他是什么人？为什么半夜来我家？这是葫芦老汉头脑里产生的第一个疑问。他带着这样的疑问观察起那个人。油灯光确实太暗了，他看不清他的脸色、表情，也看不清他的衣服，看到的只是一个高大粗壮的影子。但他能够感觉出来这是一个衣着破旧，满身寒酸的人，很可能是一个流浪汉。

老婆早已穿好衣服下地，也看着进来的人。

“我是个过路人，迷路了……”进来的人说。他没有说是葫芦的同乡，更没有说自己是跟着一对年轻的夫妇找到这儿的，只是装作一个迷了路，在很偶然的情况下恰好碰上葫芦家的人。这说明他的老到。

葫芦并没有让座，而是连珠炮似的提出了一连串的问题：你迷路了？要去哪儿？你是什么人？来我家是问路吗？你从哪里来？……他大概是想用这个方式在气势上先压倒这个半夜闯进来的不速之客。

“有水吗？先给我喝两口。”那个人说，并没有理睬葫芦的问话，似乎用手把葫芦的挑战轻轻地一拨，就拨到了一边。

“给他倒一碗水。”葫芦恶狠狠地说。“你也太粗鲁了一点，半夜闯进来还想装出一副理直气壮的样子？你想诈唬我吗？”没门！他想道。

老婆给来人倒了一碗水，那个人一口气喝完，用手擦了擦嘴，就坐到了炕下边的一个板凳上，说：“听口音我们可能是一个地方的人……”

葫芦根本不买这个账。“你不是迷路了吗？是问路吧？”他说。

“我要去朝鲁图。”

“去朝鲁图干什么？”

“要工钱。我在那里干过活儿。”

“那好，我给你说，出了门朝东走，走两华里左右你就会走上大路。经常走马车的那种大路。你就顺那大路走。”葫芦想结束谈话了，说完长长地打了个哈欠对老婆说，“太晚了，睡觉。”

来人站起来准备走了，但又问：“今天你看见一个人了吗？一个骑摩托的人，五十多岁，口音跟我一样……”

“没有，没有。”葫芦回答得很干脆也很不耐烦。

四

他从葫芦家里出来时已经是半夜了。他走着，这时候月亮升起来了，那月亮很远，月光也很朦胧。在朦胧的月光下他看到了几个牧户，还有水井，接着……他看到了卧在那里的一峰野骆驼！

第五章

一

就在这天夜里，一台破旧的吉普车在赶往达古图戈壁的路上抛锚了。

这是从城里通往达古图戈壁的简易公路，要经过一道坡。坡并不陡却很长，人们称“四十里坡”。吉普车是在半坡上抛锚的，走着走着突然停了下来，轰鸣了几声便没有了动静。三个浑身散发着汽油味的人下了车，他们是两男一女。两个男的在骂骂咧咧，女的一下车便呕吐起来，她是晕车了。

“这还叫汽车呀？牛车都不如。”一个男的说。

“不早不晚，深夜在半坡上抛锚，这不是要咱们的命吗？妈的！”

两个男人骂着，站在路边伸着懒腰。朦胧的月光下他们看到坡顶黑乎乎的轮廓。接着一个走到路边哗哗地撒尿，一个找了一块石头坐下来抽烟。

女的呕了一气，呻吟着走到抽烟的男人身边，有气无力地说：“拿一瓶……矿泉水……”

这三个人是一对夫妇和一个司机。车坏到什么程度现在还不好说，不管怎么样他们现在想先休息一会儿，吹吹风。他们已经一刻不停地跑了好几个小时，一直呼吸着刺鼻的汽油味，在激烈的颠簸中被抛来抛去。

“有吃的没有？”抽烟的男人问司机。

司机说：“没有吧？让我想想……”

中午他们在路边餐馆吃的饭，点了好几个菜，还喝了啤酒。菜剩下不少，服务员问他们要不要打包带走，他们说不用。现在这两个男的后悔了，如果把剩菜带来了多好。女的倒一点食欲都没有，她刚才差点把五脏六腑都吐出来了，现在一听到“吃”字就想吐。

司机摇晃着钻进车里，找了半天不知道从什么地方找到了几颗装在塑料袋里边的苹果。

“这是我十几天前买的，当时觉得不好吃就扔在车里了。现在不知道能不能吃。”他说着把苹果递给了另一个男人。

那个男的一连吃了两个带着汽油味的苹果，而且吃得很快，吃完把苹果核抛向路边的黑暗中。

“这车能修好吗?”女的问。

“估计能。”司机说，打了个哈欠。

那木拉这次是第二次进入达古图戈壁，而他妻子却是第一次。现在他们坐在半坡上的路边，望着天边的月亮和朦胧的大戈壁发呆。

那年那木拉开始被“帮助”，接着又被“隔离审查”，再后来就被工作队开除了，回到了原单位。一个被“四清”工作队开除了的人就是“有问题”的人。接着是十年“文化大革命”。他被批斗、流放，吃尽了苦头。那时候他是个被谁都瞧不起的人。后来“文革”结束，他被平反了，恢复了工作和名誉，补发了工资，又成了香饽饽。现在他是市环保局的总工程师，生态建设领导小组的高级顾问，还兼任着一所大学的客座教授。

他这次进入达古图戈壁是带着一项重要任务的。

很少人知道最近在市高层领导内部发生了激烈的争论。争论是由开发达古图戈壁麻黄草资源的方案引起的。达古图戈壁上生长着成片的麻黄草。麻黄草是一种珍贵的药材，提炼出麻黄素以后每吨可以卖几十万元。于是市里有的领导就提出在达古图戈壁建麻黄素厂。他们的理由很简单也很合理，牲畜是不吃麻黄草的，所以在戈壁上麻黄草是一种“无用”的植物。但如果那里建起麻黄素厂，那些无用的麻黄草就立刻变成了宝贝。因此他们在开发方案中归结出建厂的几大好处和重大意义：一是可以提高地方财政收入和牧民收入；二是可以引进外资，扩大开放；三是建一座现代化工厂，可以促进偏远戈壁地区的生活方式的改变……

但这个方案遭到了另一部分领导成员的激烈反对，继而引发了争论。那木拉支持反对的一方，急得整夜整夜地睡不着。妻子就骂他皇帝不急太监急，人家市长、局长都不着急你着哪门子急？你只不过是个工程师，说得好听点是知识分子，说得不好听就是书呆子一个。他说我是市里生态建设领导小组成员，我有责任。妻子说你知道让你在领导小组起什么作用吗？起装饰作用，就好比古代女人头上插的花一样，是为了好看，是专门为了让别人看的，但拿主意的是脑壳里的大脑而绝不是插在头发上的花。他不管妻子怎么说，第二天一早就去找分管副市长，他们之间发生了激烈的争吵。“一吨麻黄素值多少钱你知道吗？”副市长问那木拉。“你说的是经济效益。但还有一种效益叫生态效益。一亩麻黄草的生态效益是什么你知道吗？”那木拉反问。“没有经济效益用什么来搞生态保护？”

“生态都破坏了能有经济效益吗？”

就这样针锋相对地吵了很长时间，后来副市长说了一句话：“我看咱们永远说不到一起，因为我是副市长而你是工程师。”那木拉一听这话气得脸都白了，喊道：“我怎么也想不明白，你们为什么总是跟地上的植被过不去？”副市长也喊：“你认为我们再谈下去还有意义吗？”那木拉也认为没有必要再跟这家伙争论了，就去找其他领导。那些领导有的很热情有的却冷漠，但不论哪一个都没有明确表态支持他的意见。最后一个接待他的领导听完他的陈述后和蔼地笑着，一边拍他的肩膀一边往外走，“咱们……边走边谈。我还有个会……”他没有办法，只好跟着走到走廊里。那位领导说：“你这个脾气也该改一改了。总是图一时嘴皮上的痛快不行。当年你不是就那么一句话吃了苦头吗？”那木拉再不想说什么了，他知道对方指的是他在达古图戈壁上说过的那句名言：“58年的大风并不是老天爷的惩罚，而只是老天爷的警告，可惜没有人听那个警告。”

而反对建厂的那一部分领导却非常重视他的意见，因为他的理论有力地支持了他们的观点。他计算出了好多数据，其中既包括一株麻黄草的蓄水功能与固沙功能，又包括铲掉每一亩麻黄草至少会造成多大面积的水土流失等。他知道他计算出来的这些数字都是压了又压的保守数字，但看着这些数字他仍然吓坏了。这些写在纸上的保守数字一旦变成了现实，将是一种可怕的结果。他的这些数据变成了反对派有力的武器。

争论在深化，也在激化。矛盾激化的结果是提交到更上一级领导那里去裁决。上级领导也非常重视这个争论，找一些专家论证，结果提出明确的意见：一是必须将环保效益放在第一位；二是请那木拉工程师到实地进一步进行调查，提出更加科学的数据；三是没有最后论证前麻黄素厂不能动工。

其实上级的倾向很清楚：支持反对派的意见。

现在那木拉的文件包里就装着上级领导的这三条意见。

“到达古图戈壁还有多远？”妻子问。

“大概还有五十公里。”他说。

“见了嘎比拉你能认出来吗？”

“大概能吧。”

“我很想看看她是什么样的女人？”

“为什么？”

“不知道为什么。”

那木拉的妻子在刊物当文艺编辑，喜欢写诗。从谈恋爱那时候起那木拉就给她讲达古图戈壁和嘎比拉。但妻子一直没有得到一个关于嘎比拉的清晰印象。

“她漂亮吗？”她问。

“好像是……漂亮。”那木拉说。

“你给我具体描述一下，她是什么样的？”

“我……描述不清楚。”

“一个诗人与一个搞自然科学的对话怎么就这么难？”

那木拉没有给她描述出一个清楚的印象，却引起了她无限的想象与向往。她从来没有去过大戈壁，但她有自己的想象：高高的蓝天下是一望无际的大地，是那么静谧，那么空旷。她在戈壁上走着，终于看到了一座敖包，那是达古图敖包，敖包南边的戈壁上有一口井。有一个女人站在井台上迎着她微笑……

此时那木拉的脑海里显现的却是另外一个情景：那年他被工作队开除了，一个人提着行李到公路边，等长途班车过来。这时候一个人过来了，是葫芦。

“你要回去啦？”葫芦问，表情怪怪的。

“是啊，要回去。”他回答。

“回去了好。成事不足败事有余的家伙。”葫芦恶狠狠地说。

“我……怎么啦？”

“妈的！你知道你干了什么事吗？”

“我干什么了？”

葫芦一边骂他一边说。他才明白自己闯了多大的祸。为了让他解脱，嘎比拉不仅把那天夜里的责任完全揽了过去，而且为此付出了那么大的代价。

“是吗？我都不知道这些。”他说。

“不知道你就没有责任啦？哼！”

“我不走啦。”他突然大喊道，“我要找工作队说清楚，嘎比拉一点责任都没有，是我的责任。”

“你想对着嘎比拉的心口再扎一刀？你快滚吧。”葫芦骂着。这时候班车过来了，葫芦先把他的行李扔上了车，接着又把他硬推上去。

汽车开动的那一刻，他泪眼模糊地看了一眼达古图戈壁。静谧，辽阔，浑厚，坦荡，这就是在他最后一眼中的达古图戈壁。就在这最后一刻，达古图戈壁已经深深地铭刻在他心里。

二

这一天夜里还有一个人赶着二百多只羊走到了达古图戈壁边沿，在那里过夜。这个人就是德力格尔。

羊群卧在一面斜坡上，倒嚼声在懒洋洋地持续着。他的马在羊群旁吃草。他拿烟袋抽着烟，望着夜色浓重的戈壁。按说，一个戈壁牧人的生活应该比较简单，但他这几十年却比一般的牧人复杂一些。那年他骑着马，很快追上了莫德格玛。莫德格玛牵着马，赶着十几只自留羊走着。“你来干什么？”莫德格玛看着他问。“我来照顾你。没有一个人照顾，你怎么生活？”他恶狠狠地说。其实当时他自己都没有想好今后应该怎么办，是把莫德格玛送到一个地方安顿好了再回去，还是自己也永远地离开家乡？当时他只知道莫德格玛一个人离开家乡并不容易，需要有一个人帮助她。就这样，他陪着莫德格玛一天一天地走下去了。他也看出来了，他一旦离开了莫德格玛，这个软弱的女人会很困难。“你这次出来，要去什么地方落脚？”他问。“我母亲活着的时候告诉过我，我的一个舅舅在翁根乌兰戈壁。”她说。“具体住在翁根乌兰戈壁的什么地方？那里很大一片地方都叫翁根乌兰呀。”

他说。“不知道……”她答道。

莫德格玛不仅不知道舅舅家住在具体哪个公社哪个大队，甚至还不知道她的舅舅叫什么名字。因此他们到了翁根乌兰以后，德力格尔就到处打听这里有没有一个人在达古图戈壁有一个外甥女。打听了几天一点结果都没有。他终于明白当务之急不是找到莫德格玛的舅舅，而是为莫德格玛找到一个居住的地方。好在他是个牧马人，过去放马群来过这个地方，有几个朋友。他就向他们借到了一顶毡包，还用几天的时间建了一个小羊圈。接着他又去购买锅碗瓢盆等生活用具，真是没完没了。他终于意识到了，有他在，莫德格玛也许会过得不赖，如果他一旦离开，这个女人将会很不幸。他思考了好几天终于对莫德格玛说：“我们一起过吧。”“那嘎比拉怎么办？”莫德格玛问。“不知道……”他深深叹了口气说。

他和她就这样过了下去。过了两年，“文革”爆发了。他没有想到，一个从城里关押所逃出来的“现行反革命分子”那年冬天突然来见他。

那个人就是当年的四清工作队员那木拉。

当蓬头垢面的那木拉出现在眼前的时候，德力格尔以为见到了一个疯子。莫德格玛将刚出生几个月的孩子紧紧抱在胸前，似乎是提防着疯子的突然袭击。

“你们也认为我是一个危险的敌人吗？太可悲了。”那木拉说。

德力格尔看了他半天，终于认出来了。

“我的天！你怎么变成了这个样子？”他喊道。

“我被抓了，是逃出来的。”

莫德格玛也认出了那木拉。她放下孩子，急忙端出家里平时舍不得吃的奶酪、点心等，又开始炖干牛肉。德力格尔开始考虑如何让那木拉躲过追捕。

莫德格玛看着狼吞虎咽的那木拉，心疼地说：“如今受委屈的人是越来越多了。”她是想起了自己所受的委屈。

那木拉边吃边说：“这样的状态不会持续太久。因为非正义的东西最终是短命的，这是规律。现在的关键问题是我们必须活着，活着迎接正义的最后胜利。但我这次逃出关押所，千辛万苦跑到你们这里，并不是因为怕死，而是想对你们澄清一件事……”

德力格尔和莫德格玛望着那木拉，不知道他有什么重要的事情竟跑这么远的路来找他们。

那木拉说起了嘎比拉，说起了那个夜晚和接着发生的一切。德力格尔听得目瞪口呆，莫德格玛哭了起来，她是为嘎比拉哭泣。

“嘎比拉现在怎么样?”莫德格玛问。

那木拉说：“我本来想先去看看她，后来听说达古图戈壁那里形势很紧张，就没有去。但我打听到了，嘎比拉已经结婚了。”

“找了什么人?”莫德格玛问。

“巴拉嘎尔。听说他们已经有了孩子，是个女孩。”

“哦，哦……”

德力格尔和莫德格玛当然知道巴拉嘎尔，巴拉嘎尔也住在达古图戈壁，是一个本分而善良的青年，跟年老体弱的母亲相依为命过日子，四清运动中家庭成分被划为牧主。

“巴拉嘎尔人倒老实，但他那个成分……”莫德格玛忧心忡忡地说。

“只要人好就行。”德力格尔说。

那木拉该说的话说完了，也吃饱了，就要走。德力格尔和莫德格玛再三劝他留下来。他们说这里地广人稀，比较容易藏身，让那木拉在这里待一段时间，等风头过后看情况再说。但那木拉坚决要走，他说像他这样的身份决不能再让别人受牵连了……

德力格尔现在想着这些，坐了很久。他和莫德格玛从那木拉口里听到嘎比拉已经结婚以后，心里一块石头总算落了地。后来又听说巴拉嘎尔病故了，两个人又难过了一段时间。“文革”结束后两个人曾商量回达古图戈壁看看嘎比拉和乡亲们，但因为孩子还小，家里忙，一直没有成行。十多年前莫德格玛患病去世了。这个善良的女人其实一直认为嘎比拉的不幸是自己造成的。她在生命的最后时刻对丈夫提出了一个要求：让他回到达古图戈壁跟嘎比拉过日子。前两年他和莫德格玛生的两个孩子都长大成家了，他把房子、家具、大畜和一半的羊分给了两个孩子，就去跟嘎比拉见面，并商定回达古图戈壁跟嘎比拉一起生活。这次他赶着这二百多只羊，牵着一匹马出来。

赶着羊群走得很慢，每天只能走二十华里左右。他走到这里已经走了十多天。

昨天傍晚他看到几个牧户和一口水井，他准备给羊群饮水，还准备在那里过夜。干渴了一天的羊群见了水井就涌了过去，他跳上井台开始提水。就那个时候几个年轻人过来了。

他们是几个二十刚出头的年轻人。他们一来就诈唬他。

“哪儿来的？你在干什么？”他们问。

看到他们一副霸道样子，德力格尔不高兴了。“我在提水，你们看不见？”他说。

“这是我家的水井。”一个年轻人说。

“这口井三十年以前就在这里。我还饮过马。怎么就变成了你的？”德力格尔问。

“这一片草场已经分给我们家了，当然包括这口井。”

“那……怎么办？”

“你饮羊群可以，但交钱。”

“什么？交钱？交多少？”

“这群羊有二百多只吧？交二十块吧。”

“好，好。这样下去你会发大财的。”德力格尔气得要命，但什么办法都没有。

这时候有一个老头过来了。老头看了一眼德力格尔高兴地叫了起来："哈，你不是德力格尔吗？怎么在这里？"

德力格尔也认出了老头，老头年轻时也是牧马人，跟德力格尔是好朋友。"原来你住在这里呀？"他说。

"这是你们的德力格尔叔叔。"老头对那几个年轻人说。

刚才那个年轻人不好意思了，跳上井台从德力格尔手里夺过井绳说："叔叔你跟我爸去休息。羊群交给我。"

他在朋友家住了一夜。今天早晨朋友还再三挽留他，让他休息几天再走，但他还是走了。他想早一点赶到嘎比拉身边。

今天他终于走到了达古图戈壁的边沿，明天就可以到嘎比拉那里。他长长地吁了一口气。

三

司机钻到车里睡觉去了。

那木拉和妻子一直坐在路边。妻子现在已经恢复过来了，显得很精神。诗人的本性似乎又回到了她身上，她觉得这里一切都是那么奇特……

"你说那里曾经有过一座古城？"她问那木拉。

"有过呀。我都进去玩过。"

"你给我讲讲。"她说。

"讲什么？"

"就讲那座古城呀。"

"古城？怎么讲？"

"怎么讲都可以。"

那木拉真不明白妻子想听什么。但思考了片刻，就决定给她讲古城的传说。

“古城据说是成吉思汗时代的。”他开始说，“它的战略位置十分重要，因此成吉思汗派他手下的一员大将守护着它……后来这座城却失守了，你知道为什么吗？并不是因为敌人的进攻，而是因为守城那位大将的一个错误的行为。”

“是吗？他犯了什么错误？”妻子问。

“……当年，这座古城地处交战双方的前沿。负责守城的大将当然是个智勇双全的人，打仗勇敢不说，还经常能够想出一些别人做梦都想不到的计谋。他出色的谋略为他带来了无数次胜利，最后一次却造成了不战而败，他只能弃城而逃。有一次，这位大将得到消息说，敌方的军队即将要来攻城。于是这位大将又动开脑子了。他想找出一个更为聪明的办法守住城池。经过日夜苦思冥想，他自以为终于想出了一个妙计，那就是围绕城周围开挖好多条既宽又深的壕沟。他设想，对方是骑兵，很难越过那些壕沟，只能在壕沟那边望城兴叹。他们要想攻城也可以，但其结果只能是连人带马全掉进沟里。他立即命令手下的兵民开挖壕沟。他好像已经看到对方的军队隔着壕沟一筹莫展的样子，又好像看到敌方的骑兵争先恐后地掉进沟内。他微笑了。”

“你看见他笑啦？”妻子想逗他。

“我当然没有看见，但我想他肯定是笑了。”那木拉说，“但千里之外的成吉思汗却怎么也笑不出来，他已经听说了守城大将在干什么。‘他真是愚蠢透顶。他根本不懂得比敌人的骑兵更为可怕的是什么。’成吉思汗当即派快骑去劝阻那个大将的愚蠢行为。但已经迟了。壕沟已经挖好，敌军还没有到来，却发生了一件奇特的事情：有一天，不知道从什么地方涌来了那么多的野骆驼，绕着城外边的壕沟又跑又叫。野骆驼真是太多了，相互拥挤着，碰撞着，而远处仍有无数的骆驼像洪水般涌来，城外很快变成了波涛汹涌的褐红色的海洋。城内的守军包括那位将军全傻了眼，他们已经意识到将要发生某一件意想不到的事情了，但又想不明白究竟要发生什么，是不是敌军马上就要到来？其实敌军还没有来，老天爷却发怒了：那一天刮起了一场风，而且刮得越来越大。一见到风，挖壕沟时挖出来的那些沙土堆好像一下子被注入了生命，随着大风开始涌动。刚开始，那些条状的沙土只是像一条条冬眠已久的巨蛇开始复苏似的微微蠕动，接着又开始翻转、打滚，很快又变成一个个黑色的旋风拔地而起。据说那个大将和全体士兵当时都站在城内的高处，没有人说一句话，没有人动一下，望着那个可怕的景象发呆。但他们脑子里想到了同样两个字：完了！当飓风带着密集的沙砾冲进城内街道的时候，戈壁上又突然出现了'地声'，他们只能弃城逃跑……"

"那……敌军呢？来了吗？"

"敌军并没有来。因为占领一座空城已经毫无意义！"

"完了以后呢？"

"几个月以后，成吉思汗骑着马来到了这座空无一人的城里。他望着那些仍然完好却没有生气的房屋、街道，沉思良久，便命令立一块碑，并口授了碑文……"

"碑文写了什么？"

"不知道。"

妻子久久不语，才问："你刚才说那天发生了地声？"

"对，发生了地声！这是关于地声最早的传说。"

"啊，地声！……"妻子陷入了无限的遐想。

那木拉的妻子是南方人。

那年那木拉被工作队开除回到单位，每天坐在宿舍写检查。一个星期天上午他正在宿舍，一个年轻姑娘敲门进来。

"你是那木拉吗？我来看你。"姑娘说着伸出了手。

他跟姑娘握了握手，心里感到不可思议。现在连同学朋友见了他都躲着走呢，怎么会有一个陌生的姑娘来看他？

姑娘看他愣在那里，笑着说："怎么连座儿都不让？"说完自己找了个凳子坐了下去，又说，"给我倒杯水吧，今天太热了。"

"哦，哦……"他好像这才从梦中醒了过来，找水杯倒水。

"我们不认识呀，你怎么来看我？"他问。

"你是名人呀。我崇拜名人。"姑娘笑着说。

"名人？"

"小地方很容易出名，你的名气已经很大了。"

"是臭名。"他苦笑着说。

"对香和臭，每个人的标准是不一样的。"姑娘说。

"你认为我还不臭？"

"我认为你很棒！"

"是吗？"

姑娘告诉他，她是刚从大学毕业分配到这里的大学生。有关部门召集他们这些大学生搞了一次关于正确处理"红"与"专"关系的教育活动。教育活动中给大家印发了正反两个方面的典型材料。反面典型材料就是那木拉的材料，其中收录了他很多"错误言论"。姑娘认真看了他的材料，却被深深吸引住了。于是她就打听到了他的单位，今天又迫不及待地来见他。

"你认为我的那些话是正确的？"他问。他已经被批得一无是处，但内心里一点都不服。现在突然出来一个人肯定他的观点，他真是喜出望外。

"先不说是不是正确。我首先认为你的基本精神是正确的。"姑娘说。

"什么？基本精神？"

"你有一种自由思考的精神。自由思考是接近真理的唯一途径。"

“啊，你是这么想？……”

就这样，他们成了无话不谈的亲密朋友。那木拉虽说每天写检查，但他的自由并没有被剥夺。他可以上街，可以会友。那些日子里他和她经常在一起。他们谈诗歌，谈哲学，她给他念自己的诗作，他对她说达古图戈壁、地声、嘎比拉……

他们相爱了。那木拉曾经那么热烈地爱恋过嘎比拉。那是他的第一次爱恋，没有想到他现在却爱上了一个与嘎比拉完全不同的姑娘！是的，她们是完全不同的两个人，从气质、思维、性格到体态相貌……两个人之间存在着巨大的差别，但他觉得两个人同样可爱。

妻子从来没有到过戈壁，却深深迷恋着戈壁。她说她总有一天到那个叫达古图戈壁的地方看一看，完了写出很多首诗，专门出一本关于戈壁的诗集。“戈壁上存在着自由精神。”她常说。“你怎么知道?”他问。“就是从你的叙述里知道的。那个环境，还有那个叫嘎比拉的姑娘……”她说。

他们在路边坐了很久，戈壁一片朦胧……

第六章

一

萨日来一早就发现宝日呼恒不见了。宝日呼恒可从来没有这么早地离开过。它每次回来，都要卧到第二天太阳出来才走，多少次都这样，但今天太阳还没有升起，它却不在了。

“它怎么就走了呢?”萨日来自言自语着。这时候她看见母亲嘎比拉驮着水从水井那边走来。

水井距她家大概有两千米。这时候太阳还没有升起，戈壁上显得很安静。散落在水井四周的几家牧户羊圈外边卧着羊群。但牧人们早已起来了，有的在羊圈那里忙着什么，有的走向水井。萨日来的母亲嘎比拉仍在那里走。她牵着一匹老马，马上驮着两个硕大的木桶，那是戈壁上驮水用的，叫“驮桶”。嘎比拉终于走到萨日来跟前。

“妈，宝日呼恒不见了。”萨日来说。

“一早就不见了，而且，你弟弟也不见了。”嘎比拉说。

“什么？阿米坦去哪儿啦?”萨日来说着，跑进弟弟住的那间小屋，发现弟弟真的不在了。她昨天晚上很晚还看到阿米坦躺在炕上看书呢，难道半夜起来走了？他能去哪儿？也许……他去找那个文化人类学者去了？萨日来想。文化人类学者是去年来的，说是要寻找一块石碑，还说那块石碑应该在这片戈壁上的一座古城里。牧人们对他说，别说是一块石碑，连那座古城都在十八年前的大沙暴中被埋掉了，我们都说不清楚那古城原来的确切位置了。这个学者却固执得很，说非把古城和石碑找出来不可。他是个年轻人，就住在嘎查里，离这里只有五华里。萨日来的弟弟阿米坦经常去找那个学者，还帮助他扛那些仪器。但怎么说也不会半夜去找他吧？

萨日来站着想了那么一会儿，又出来帮母亲卸驮桶。

“阿米坦真的不在了。”她说。

“你发现没有？夜里还来过另一个人。”嘎比拉脸上毫无表情地说。

“什么？”

“你看看脚印。就在宝日呼恒卧过的那个地方。”

萨日来跑去看了看。她终于看到一个模糊的脚印，脚印好像很大，确实不太像弟弟的脚印。在认踪方面，她的眼睛远不如母亲尖锐。

“他是什么人？”她问母亲。

“不知道。”

其实萨日来不久又发现，除了阿米坦以外，另一个人也不见了，那就是那个年轻学者。

萨日来去嘎查找那个文化人类学者是喝完早茶以后。所谓的嘎查就是戈壁上两栋旧砖房，过去叫大队部，后来又改叫嘎查。她想去看看弟弟是不是在那里。

那个学者确实很年轻，脸色苍白，戴一副带金边的近视镜，很像一个没有发育够的高中生，但他已经是个副教授。他还有个很浪漫的名字，叫萨楚日拉图，是闪光的意思。他成天扛着那些仪器在戈壁上转悠。萨日来一想起他就哭笑不得，因为她发现他已经爱上了她。

那是去年秋天的事。她在野外放羊，他走了过来。两个人就那么站着说了一会儿话，一开始，两个人说的是那座古城。

“那古城究竟是怎么被埋掉的呀？”他问。

“因为发生大沙暴呀。大沙暴刮了一夜，第二天天亮古城就不见了。人们都傻了眼。那年我都四岁了。”

“你给我讲讲当时的情况好吗？”

“我才四岁，好多情况都不记得了。反正，头一天傍晚好多骆驼都聚集到古城周围又跑又叫，有家驼也有野驼。接着大沙暴就来了。”

“但我听有人说，古城被埋掉另有原因。”

“什么原因？”

“我听说，那天有人准备盗走古城内的一座石碑。老天爷为了保护石碑，就来了一场大沙暴，把古城埋掉了。”

“你说的是那件事呀。”萨日来笑了起来。

“你也知道那件事？”

“那几天，古城旁边真的出现过两顶旧帐篷和一辆破卡车，还有五六个人。据说那是一些文物盗贼，是专门为了古城里的石碑来的。”

“他们是不是把石碑盗走了？”萨楚日拉图问。

“有可能吗？连整座古城都被埋掉了，他们能盗走那里的石碑？再说了，据说那沙暴首先冲击的正是那两顶帐篷和汽车。一眨眼工夫汽车就不见了，帐篷也飞走了。听说那几个文物盗贼倒没死，连滚带爬逃了出去。”

“太神秘了。听说那天还发生过地声？”萨楚日拉图问道。

“对，听大人们说发生过地声。但我没有记忆，当时我真的太小了。”

“多么可惜呀。当时如果有录音机，把地声录下来多好。”

萨日来一听这话就忍不住想笑。在她看来，任何人想找到那个古城是不可能的事。因为古城已经被埋到地底下去了，难道要把它挖出来？能挖出来吗？就说真的把古城挖出来，谁能说萨楚日拉图要找的那块石碑就一定在城里头？

萨日来这样想着，准备走了。他却好像不想让她走。

“萨日来……姐……”他叫道。

“什么事?”她回头看他。她看到他脸涨得通红，眼睛在神经质地忽闪。她很是吃惊，接着似乎突然明白了什么。他大概是想……她想着便怒火中烧，看你那个德行吧，她想。但接着她又大笑了起来，她还从来没有见到过他这样可怜的男人。

“你怎么啦?”她又问。

“我……我……”

“你是不是爱上我了?”

“啊，没有，没有……”他说，但他的表情已经说明，她的话正中要害。

她又大笑，说：“我劝你不要爱我。你也不想一想，我长得这么健壮而你又那么瘦弱，你不怕将来……”没说完又笑。

他的脸色由红变白，想说什么又没有说。萨日来这才意识到自己过分了，就说：“你别生气，我是跟你开玩笑呢。来，坐过来，我告诉你……我已经有未婚夫了，就是那个牧马人乌日根达赖。其实，你爱我没有用，你是大城市里的学者，我只不过是戈壁上的牧民，你爱我不会有结果。城里好多漂亮姑娘在等着你呢。”

自那次以后萨日来总是觉得对不住他。她经常去看他……

她到了嘎查，看到他住的房间里没有人，便去问做饭的老头。

“我也在纳闷，他一早就不在了。”老头说。

“昨天晚上他回来了吗?”

“回来了呀，半夜我起来，还看见他看书呢。”老头说。

她的感觉告诉她，昨天夜里好像发生了某一件事情，但还不能够确定是什么样的事情。戈壁上这时候太阳已经升起来了，明晃晃地照着。

二

嘎比拉起得比萨日来早，起早是她多少年的习惯了。因此她今天早晨比女儿更早发现了阿米坦和宝日呼恒都不在了。她当然立刻想起了昨天晚上在达古图井上碰到的那个人，于是比女儿更早有了一种感觉：昨天夜里发生了某一件事。接着她又发现了那个陌生的大脚印。

但她确实不明白究竟发生了什么样的事，骆驼有可能被偷走，但阿米坦呢？一个十八岁的大小伙子无论如何不可能在睡梦中叫别人抱走吧？于是牵来马，驮上驮桶去驮水。其实驮水并不是主要目的，她是想顺便到井上看看昨天那个人的脚印。

她到了水井旁，但一早已经有一些人和牲畜来过，把昨天晚上的脚印都踩没了。这时候她看见葫芦老汉过来了。葫芦老汉今天好像变了一个人，很严肃。

“嘎比拉，昨天晚上你看见一个人了吗？”他问。

“看见了，就在这里。我还问了他几句话呢。”嘎比拉说。

“是不是一个四十多岁的人，个子很高？”

“天黑我没有看清，但差不多。”

“他还去了我家。”

“是吗？什么时候？”

“很晚了，我已经睡下了。”

“他去你家干什么？”

“他说要喝水。其实他有别的目的。”

“什么目的？”

“他打听一个骑摩托的人。”

“我看到了脚印，我们家的宝日呼恒被他牵走了。阿米坦也不见了。”

“得弄清楚发生了什么。”

“是啊，是啊。”

“但不要着急。”

“我知道。”

就这样，在一个非常普通的夏日的清晨，萨日来和她母亲发现一峰野骆驼和两个大活人不见了。嘎比拉对这件事情很慎重，没有对萨日来说昨天晚上的那个人和今天早晨的猜测。因此，萨日来虽然觉得事情有点蹊跷，但还是想得比较简单。她觉得不管是野骆驼还是人，都有可能因为某种原因半夜出去到某一个地方。比如那野骆驼，虽说这两年总是太阳出来后才走，但偶尔也完全有可能提前走掉。再说阿米坦，他已经是年满十八周岁的小伙子了，也许去找戈壁上某一个牧羊女约会去了。晚上灯下看书，很可能是他的一个小小的鬼把戏，那是有意给他母亲和姐姐看的，等母亲和姐姐进入梦乡，他便悄悄地溜了出去。再说那个年轻的学者萨楚日拉图，更有可能半夜出去找他那个古城。据在嘎查做饭的老头讲，他已经不止一次地这样干过，晚上本来已经在躺下看书，突然认为那座古城肯定在某一个地方，爬起来就走。

于是，萨日来从嘎查回来，母女俩就开始挤奶，接着母亲出去放羊，萨日来则站在家门口开始捣酸奶。

挤鲜奶和捣酸奶，是戈壁上的女人夏日里每天必须做的最重要的两件事情。每天一早挤下来的鲜奶倒进缸里，经过一天一夜发酵成了酸奶，于是第二天早晨挤完奶以后，就必须有一个人开始捣酸奶。经过不断地捣，把酸奶里的奶油分离出来，再把酸奶经过熬制、过滤，制作出奶酪。她们每天这样循环往复，度过漫长的夏天和半个秋天，因为每天在奶子里浸泡，她们的手变得细润而肿胀。

萨日来正捣着酸奶，无意中抬起头瞭望了一下天边，结果她大吃一惊。因为她看到，在西北方向的地平线上不知什么时候出现了一道褐黄色的晕带。她当然知道那是什么。

发生沙暴了，她想道。

她想起了刚刚出牧的母亲，更想到了到现在都弄不清楚究竟去了什么地方的弟弟阿米坦和那个文化人类学者萨楚日拉图。

三

萨日来在飞快地跑着，去迎接母亲。她边跑边不时地望一眼西北天空。那里现在已经不是一条晕带，而已经是一座巨大的褐黄色的山！“那山”在戈壁的天边拔地而起，正朝这边凶猛地推进。早晨还很晴朗的天空，这时候已经变得灰暗了，太阳仍然挂在当空，但也已经没有早晨那样灿烂了。空气中开始有一种冷飕飕的感觉。

她现在必须跟母亲商量出一个办法来。大沙暴很快就到来，而一峰母野驼和两个大活人却不见了踪影。究竟怎么办?

她跑到母亲和羊群旁边。

“妈，起沙暴了。”她说。

“我看见了。”母亲说。

“阿米坦还不回来……”

母亲说：“我寻找脚印，弄清楚了。是一个陌生人牵走了宝日呼恒。你弟弟和萨楚日拉图两个人好像是跟在那个人的后边走的。”

“是吗?这是怎么回事?”她一听就着了急。

“具体情况还不清楚。”母亲说。

“我去找他们。”

“是应该去找找。但先把水井保护好。”母亲说，“你先帮我把羊群赶回去，关进羊圈。完了咱们一起再回到水井那里。”

“啊，水井！……”萨日来说。她刚才一着急，把一件最重要的事情忽略了。

那件最重要的事情就是保护水井。水井是这一大片戈壁上唯一的水源，维系着这里人畜的生命。如果水井被沙暴埋掉了，这里这几户牧民和他们的牲畜肯定一天都活不下去。因此每当发生沙暴，母亲总是带着她和阿米坦最先跑到水井那里，用毡子盖住井口，再用石头压好毡子。她们还在水井旁边栽了一棵榆树，为的就是水井一旦被埋掉，根据榆树的位置可以比较容易地找到水井的方位。大沙暴连一座古城都可以埋到地下让人找不到，让一口水井消失掉就更不在话下了。

“把水井盖好了，你留在家里，我去找他们。”母亲又说。

“你一个人去？”萨日来有点担心。

“我的经验比你多一些。”母亲说，“再说，乌日根达赖那孩子需要你去照顾。”

萨日来没有说话，算是同意了母亲的安排。乌日根达赖就是萨日来的未婚夫，是牧马人，最近两个人吵了架，他喝得酩酊大醉，现在正在一顶帐篷里睡觉。

井口已经盖好，羊群也已经关进圈里。萨日来稍微松了一口气，想趁这个机会去看看乌日根达赖。

乌日根达赖不是这里人，他是前年赶着马群寻找草场到这里的。他在这个地方待了一夏天，跟萨日来相爱了，从那以后他每年春天都来，到了冬季再回去。

她喜欢他一副自由散漫，什么都无所谓的神态。其实年轻的牧马人都是那个样子，而且他们中的大部分人在姑娘面前显得很有信心，他们好像认为每一个姑娘都会理所当然地崇拜他们，并会主动投入他们的怀抱——不是因为别的，只因为他们是牧马人。乌日根达赖跟那些年轻的牧马人一样一副自由散漫，什么都无所谓的样子，与他们不同的是他对姑娘却很认真，丝毫没有趾高气扬的样子。这一点让萨日来很满意。但最近他们吵架了，起因是乌日根达赖提出要进城做生意，萨日来一听就火了。

“你怎么能这样!”她说。

“大家都说，草场越来越退化，放牧不好放了。”乌日根达赖说。

“大家都说？你自己没有脑子呀?”

乌日根达赖笑着说：“人们说做生意容易致富。有了钱咱们在城里买房子住……”

“那你自己去，找一个穿高跟鞋的当老婆，住楼房。今后你我没有关系。”萨日来说。不知为什么，她这个高中毕业生对城市里的生活方式却怀有排斥心理。她觉得城市那种地方去玩玩、逛逛、购物都可以，长久地生活在那里她却受不了。

“唉，唉，我这不是跟你商量吗?”乌日根达赖说。

萨日来气呼呼地转身就走。她有十来天没有理睬他。这期间他来找过她几次，她没有理他。她真的有点伤心，她一心爱着的人竟然想进城做生意！昨天她听母亲说乌日根达赖喝醉了，在他的小帐篷里睡觉。他的住处就是那顶小帐篷，搭在水井西边的坡上。

她正朝小帐篷跑着，天突然暗了下来。这是因为大沙暴带起的浮尘挡住了阳光。周围的一切变得十分怪异，一种说不清楚什么颜色的光像烟雾一样弥漫着，弄的什么都看不清楚。她奔跑着，看到黑暗中一个灰白色的物体，那就是乌日根达赖的帐篷。再往前走，她又看到拴在帐篷旁边的马。可怜的马，让它的主人就这么拴了一天一夜，她想着，又愤愤然起来。

她钻进了帐篷。帐篷里比外边更暗了。多么熟悉的气息，那是男人的汗味、酒味和皮制马具散发出来的气息，使她感到那么亲切。她的眼睛一下子不能适应帐篷里的黑暗，但还是看到乌日根达赖四仰八叉地呼呼大睡，身边有好几个酒瓶子东倒西歪。

“你起来吧，去我家。我给你做面条。”她的声音又低又亲切。看到他的样子她心疼了，久久地盯着他的脸。他只有二十四岁，但她今天晚上似乎从他的脸上看到了生活的苦难所留下的痕迹。一个单身男人真不容易，她想。

他没有醒来。

“你还在生我的气呀？好了，我向你认错。起来吧。”她又说。

他仍在睡着，一点儿反应也没有。

“妈妈和阿米坦都不在家，今天夜里你去我那儿住吧。”她又说，口气像哄一个撒娇的孩子。其实她明白，今天夜里谁也别想睡安稳觉。

看他仍然没有动静，她不耐烦了。她说：“发生沙暴了，但你的马群在哪儿？你的那匹马拴了那么长时间，你怎么不管？”

他翻了个身，又睡去。

“你就这样死了算了。”她说完走了出去。

四

嘎比拉走着，突然看到前面是一处洼地。她停了下来，望着这个巴掌大的地方发呆。这里埋着她的丈夫。

她等德力格尔等了两年，她想他会回来的，至少他应该回来跟她见一面。但没有，他再也没有回来。两年以后她听一个出远门的邻居回来说，他见到了德力格尔，德力格尔在很远的一个地方，已经跟莫德格玛生活在一起了，还有了孩子。她这才彻底死了心。

那天她在戈壁上放羊，葫芦过来了。

“你怎么了？愁眉苦脸的，是想男人了吗？”葫芦问。

“你怎么这时候还取笑我？”她委屈地说。

“看来你什么都不明白。”

“那……你明白了什么？”

“那我给你开导开导。”葫芦说，“现在是突出政治，但什么是突出政治你知道吗？”

她望着葫芦，葫芦像个大首长似的背着双手在她面前走来走去，说：“突出政治，就是什么都是政治。58年不是号召消灭麻雀吗？那就是政治。谁不打麻雀谁就是政治问题。后来说麻雀没有问题，不要打了，那也是政治，谁再打麻雀，也是政治问题。戈壁上长草还是长庄稼也是政治，牲口吃了庄稼也是政治。你明白没有？”

她望着葫芦，不知道这家伙接着还会说什么。

“男女之间的事也是政治。你让那木拉那样有问题的人拥抱了，肯定是政治问题。你还感到委屈？你委屈什么？但话又说回来，我们是为政治活着的吗？不是！我们是为了自己过日子。所以你更不应该感到委屈。你就照自己的想法过你的日子。管他别人说你什么。”

葫芦说完走了。听了他一番宏论，她心里敞亮了不少。后来她嫁给了巴拉嘎尔。

巴拉嘎尔那年已经三十岁了。“四清运动”中牧区第一次划阶级成分，他家就被划成“牧主”，因为解放前他父亲有很多牲畜。但“四清”时他家已经很穷了。他是一个笨拙、善良的人，与自己的老母亲两个人过日子。因为成分问题，他一直娶不上媳妇。那年冬天他母亲病倒了，嘎比拉就经常去帮助他们家。那年的冬天冷得出奇，雪下得很大。她每天去巴拉嘎尔家，先烧火让毡包里暖和起来，接着为病老太太做饭。把老人安顿好了就去羊圈里喂那些瘦弱的羊，有时候还跟巴拉嘎尔一起到达古图井给羊群饮水。雪在他们脚下嘎吱嘎吱响着，寒风像刀子一样让他们的脸生疼。但劳动能让人愉快，她和巴拉嘎尔就那么操劳着，经常相互望着微笑。

她已经看出来了，这个家没有一个女人不行，一个病老太太，还有一群羊，家里家外一大堆事，巴拉嘎尔根本应付不过来。巴拉嘎尔确实很笨，虽说不怕吃苦，但好多活儿都干不好。她开始考虑是不是要嫁给巴拉嘎尔了。不错，巴拉嘎尔不是一个出色的男人，家庭出身也不好，而且长得又黑又矮，个头还没有她高，但他十分善良，有一颗金子般的心。她想起了葫芦的话："照自己的想法过日子。"但她仍然犹豫着。

让她最后下决心的是巴拉嘎尔的母亲。有一天她给老太太做饭，躺着的老太太一直望着她，似乎有话要说。当她把饭送到她嘴边的时候老太太开始说了。"我这个病呀，看来好不了啦。"老太太说。"您别这么说呀。会好起来的。"她说。"好起来更好，好不起来也没有什么。人总要死的。我放不下心的是巴拉嘎尔呀。这个孩子没有本事，将来过不好日子的……"老太太说。"让他娶个媳妇不就好了？"

"唉，像我们家这样的成分，我儿子又那么笨，谁家的姑娘愿意来？"

"慢慢找吧，其实巴拉嘎尔是好人。"

"将来你如果有可能，我就求你经常来帮帮他……"老太太流泪了。

看到老太太流泪，她也跟着流泪了。

那天夜里她就跟老太太住在一起。她失眠了。巴拉嘎尔住在草棚里。羊圈旁边有一个储草的棚，最近母羊开始下羔，巴拉嘎尔夜里就住在那个棚里，为的是夜里接羔方便。到了后半夜她爬起来，穿好衣服去了草棚。草棚里生着铁炉子，羊粪火烘烘燃烧，把小小的草棚变得很暖和，巴拉嘎尔和衣靠墙睡着了，身边放着一盏点着的马灯。

"怎么不脱衣服睡？"她进去说。

巴拉嘎尔惊醒了，坐起来问："羊下羔了吗？"

“没有，没有。我刚去看了，都安静着呢。”她说。“脱了衣服钻进被窝里睡，那样能休息好。”她又说。

“啊，没事的。我习惯了……”巴拉嘎尔显得有点紧张。他肯定第一次遇到这样的情况：半夜正睡着，有一个年轻姑娘突然闯到他身边……

“你应该娶个媳妇啦。”她说。

巴拉嘎尔嘿嘿笑着，脸也红了。

“我给你当媳妇怎么样？”

“啊，啊……怎么能？……”巴拉嘎尔紧张极了。

“我已经答应你母亲了。”

“啊？……”

她心疼地望着巴拉嘎尔，拿掉了他头发上的草屑，说：“脱了衣服睡吧。听话……”

第二天一早她带着巴拉嘎尔走进了毡包，两个人对着老人跪拜下去……

一个家庭就这么组成了。让她没有想到的是过了几年巴拉嘎尔精神出了问题。他们成家不久巴拉嘎尔的母亲去世了。从小跟母亲长大的巴拉嘎尔无法承受那种打击，变得精神恍惚起来，但还没有大问题。接着“文革”开始，他是个牧主成分，就被拉去批斗，三斗两斗他的情况就不妙了，而且越来越严重。嘎比拉哭着照顾那个可怜的人。萨日来那时候还不满周岁，她累得要命……

她静静地望着埋葬巴拉嘎尔的这个地方，心里默念着：你就安心睡在这里吧，我不会忘记你，萨日来也不会忘记，萨日来已经长大了……

她继续走下去。看来这次沙暴很厉害，德力格尔肯定在路上，还赶着羊群，他不会出什么问题吧？她想着，感到很不安。

那是去年夏天的一个下午。她刚从草场上回来，就有一个骑马的人来到她家。那是一个五十多岁的陌生男人，因为太阳快落了，屋里比较暗，她请客人坐在炕上喝茶，自己在张罗着做饭，没有注意那个人长得什么样。

"看来今年这里旱了。"男人说着。

"你们那里草场怎么样?"她问，准备烧火做饭。

"都一样，也是旱。"男人说完突然又说，"嘎比拉你真的认不出我了吗?"

"什么?"她抬起头开始观察客人，看着看着突然惊叫起来，"我的天！你不是德力格尔吗?"

德力格尔哈哈大笑。

那时候阿米坦在旗里上学，萨日来那几天又不在家。睡觉时她让德力格尔睡在侧屋里，自己睡在大屋。其实她根本睡不着。到了半夜，德力格尔来到她身边，她靠在他胸前哭了，她突然感到满肚子委屈。

"你怎么连招呼都不打就走了?"她问。

"人在年轻时候都傻。"他叹息着。

"其实当时那个情况……跟你想的完全不一样。"她说。

"后来我知道了。"德力格尔说。

"怎么知道的?"

"那个那木拉找到了我。"

"什么?"

"那是两年以后，'文革'已经开始了。那木拉被抓了，但后来他逃出来了，就一直打听我的消息，打听到了我那儿。那时候我已经跟莫德格玛生活在一起了。他说他还了解过你的情况，他知道你已经跟巴拉嘎尔结婚了……"

"那个那木拉是个好人。"

"是好人。"

“现在想起来这件事就像某一个人跟我们开了一场玩笑，但我们却被玩了几十年……”嘎比拉说。

“是呀，有的事情真的像开玩笑。”

德力格尔是专门来找她的。他说莫德格玛去世已经十来年了，两个孩子也已经成家，他也老了，想回来过日子。嘎比拉同意了。

第七章

一

他牵着骆驼甩开大步走着。

他知道这是一次冒险，失败的可能性很大，但他没有办法，他已经没有退路了。叔伯哥哥早已知道他儿子在哪里，而他却找不到儿子！这本身就是一个巨大的威胁。他想用这峰母野驼做诱饵引出叔伯哥哥，最好把那家伙带到一个荒无人烟的地方……

当然他要跟叔伯哥哥问清楚，他是怎么知道儿子在一个叫嘎比拉的女人那里的？那个女人住在什么地方？怎么走才能找到她？

如果他这些计划能够实现，他就可以找到恩人和儿子，他将在恩人面前长跪不起，要求恩人用严酷的手段惩罚他，解除他内心深处十八年的隐痛。

他一刻不停地走着，还不断地观察着周围的情况，但很少回头看，因此他没有看见西北天空出现的沙暴。但走着走着他觉得整个戈壁上出现了一种淡黄色的光晕，就好像在戈壁上覆盖了一层黄色的薄膜似的。于是他抬头看太阳，结果大吃一惊，太阳已经被一层黄色的雾吞没了。起沙暴了，他回头望去。他看到的是一座巨大的褐黄色的山！当然那是一座移动着的山，那山几乎占了整个西北天空，正在缓慢地朝这边移动。

他有点着急，但绝没有紧张。十八年来他在戈壁上多次遇到过沙暴，他有经验对付。他知道遇到沙暴必须找一个既避风又比较高的地方等待沙暴过去。如果在地势低的地方，尤其在风口上，那就有可能被流沙埋掉。有一次大沙暴持续了三天三夜，他在一个高坡上的大石头下边躲了三天三夜，不吃，不喝，也不动。等沙暴过去后他站起来，就像一只从土堆里钻出来的老鼠，浑身是土。

他现在开始计算时间，计算从这里到朝鲁图用多长时间。他估计大沙暴来这里最快也需要两个小时，他现在需要考虑的是能不能在两个小时里走到朝鲁图。计算的结果他很失望，他没有去过朝鲁图，但知道朝鲁图是一个集镇，现在他再怎么放眼瞭望，连个集镇的影子也看不到，说明朝鲁图在前面那一道横梁的那边。那横梁有多远？至少有三十华里，走到那儿大概用三个小时。

他决定还是走下去，而且要加快速度，能走多远就走多远，等大沙暴来了看情况再说。

二

两个年轻人在戈壁上走着。他们就是阿米坦和萨楚日拉图。昨天半夜他们是在毫无准备的情况下出来的。

先说阿米坦。昨天夜里他根本就没有打算去跟谁约会，因为他没有可约会的人。他半夜起来走到外边，只是因为想小便。因此他就迷迷糊糊地走了出去，走到拴马桩那边撒起尿来——蒙古人的习俗，拴马桩在家的西边，灰堆和垃圾堆在家的东边，要解手，男的往西走，女的则往东走——他就是按照这个习俗一出家门就往西走，一直走到了拴马桩西边。他正迷迷糊糊地撒着尿，就觉得有某一种动静，而这个动静在与他完全相反的方向，具体说大概在东边灰堆和垃圾堆那边。于是他就一边撒尿一边掉转脑袋去看。

月色很朦胧。因为已近农历月末，月亮只不过是一个模糊而稍微弯曲的细条。但阿米坦仍然能够看见一个人和一峰骆驼。说得更具体一点，就是一个人正牵着一峰骆驼在那里走，骆驼就是宝日呼恒，人却不知道是谁。

当时他仍然有点迷糊，年轻人觉重，半夜醒来很容易迷糊，因此他的反应比较迟钝，而且他还以为这也许是错觉。于是打起精神继续看。这次他看清楚了，的的确确是一个人正牵着宝日呼恒走在灰堆和垃圾堆那边，而且是越走越远。他有点急了，但还没有尿完，他想喊一声，但也没有喊。也许，哪一个邻居白天已经跟母亲或者姐姐说好了，半夜来牵骆驼。要是那样，他就根本没有必要去大喊大叫。大喊大叫只能是受到母亲和姐姐的责备，说他这么大了还这么毛躁。

一个刚满十八岁的年轻人，正处在遇事拿不定主意的年龄。但他做出了一个决定：要跟在那个人后面，看看他究竟是谁，要去什么地方。

再说萨楚日拉图——年轻的文化人类学者。他半夜之所以出去，倒并非为了撒尿，他只是想出去吹吹风。他有失眠的毛病，夜里睡不着。一失眠，他就感到烦躁，没完没了地想那座至今连大概方位都没有弄清楚的古城和那尊石碑，还没完没了地想已经有了未婚夫的萨日来。于是他就想干脆不睡了，到外边吹风。

他大概走出去半华里左右。月色仍然朦胧，这跟阿米坦刚才看到的情况完全一样，而且他也和阿米坦一样看到了一个牵骆驼的人。

哦，一个人牵着骆驼在那里走，他想。这是戈壁上常有的情况。但接着他又看到另一个人跟在牵骆驼人的后边。后边的那个人大概看到了他，朝他这边拐过来了。走到跟前他才发现这个人是阿米坦。

“你这是去哪儿?”他问。

“嘘！小点声，你看见前面那个人了吗?”阿米坦说。

“看见了呀，怎么了?”

“他牵的是宝日呼恒。”阿米坦说。

“他牵宝日呼恒去哪儿?”

“我也不知道。”

接着阿米坦就把自己所看到的情况大致说了一遍，还要求萨楚日拉图跟自己一道去跟踪前面那个人。萨楚日拉图却不愿意去。

“你一个人去不行吗?”他说。

“我一个人有点怕。”阿米坦说。

“我现在瞌睡了。”他说。

“你要想明白，宝日呼恒是我姐姐的命根子，现在让人牵走了。要是宝日呼恒丢了，我姐姐肯定很伤心。不过，到底去还是不去，你自己看着办吧。”阿米坦说。

“我明白了。我去，我去……”萨楚日拉图忙不迭地说。

于是两个年轻人就悄悄跟在牵骆驼人后边走去。

如今他们走在茫茫的戈壁上。

走了大半夜再加上一个上午，他们现在是又饿又累，而且把跟踪的目标也丢失了。

昨天后半夜，他们在朦胧的月色中一直跟着前面那个人。前面那个人好像也没有发现他们，牵着宝日呼恒一直就那么走着，很快就走出二三十里地。这就说明，那个人很有可能是个盗骆驼的。野骆驼是稀有动物，一走出戈壁就能卖好价钱。两个人开始商量怎么去抓这个盗贼，但还没有商量出个结果，大地突然变得漆黑，月亮被一大团黑云所吞没。

为了辨别方向，两个人吵了起来。

“这里是东南。我有指南针。”萨楚日拉图说。

“听说戈壁上迷路的全是带指南针的，而且大多数都被狼吃了。”阿米坦挖苦道。

这当儿，前面的目标早已消失了。但他们仍然不死心，仍然往前走去，不久天就亮了。

“咱们要找到那个人的脚印。”阿米坦说。

萨楚日拉图表示同意。但为了找到脚印他俩费了不少时间。在这个方面，戈壁上的年轻一代远不如他们的父辈那样出色。两个人弯着腰，在那里走来走去，大约过了两个小时，才发现了一个模糊的脚印。但他们仍然很兴奋，就跟着那个脚印走下去，但后来又找不到了。

阿米坦现在一个劲地埋怨萨楚日拉图：“我说咱们回去吧，说了多少遍？你就是不听。现在倒好，目标没有了，咱俩又走出这么远，连一口茶都喝不上。”

“应该继续追下去，很明显，那人是个贼。”萨楚日拉图说。

“别说是个贼，就是杀人犯咱们也追不上了。再走，有意义吗？”

“一旦确定了目标，就不应该轻易放弃。”

“我姐姐说得对，你是个古怪的家伙，人古怪，带着的仪器古怪，连寻找古城的行为都古怪。除了你以外，谁还跑到戈壁上寻找一座早就没影了的废墟？”阿米坦说。

其实，昨天夜里要追那个人的是阿米坦而不是萨楚日拉图，萨楚日拉图当时还不愿意走呢。现在他们俩之间却出现了角色换位，变成了阿米坦一个劲地埋怨，而萨楚日拉图却一个劲地进行解释。

“休息一下吧。”萨楚日拉图说。

“好吧。”阿米坦表示同意，两个人坐在荒原上。

阿米坦问：“你找古城究竟有什么用？”

“当然有用。那是古迹呀。”萨楚日拉图说。

“但即便你弄清楚古城的确切位置，你能把它挖出来吗？”

“我一个人当然不能，那是需要动用大量的财力和人力的。但我只要弄清楚了它的具体位置，我就可以向考古部门报告，让他们来挖。”萨楚日拉图说。

“你是说让他们来挖？人家听你的？你以为你是多大的官？”

他们觉得休息够了，又站起来往前赶。萨楚日拉图无意中回头望了一下，便惊叫了起来。

“那是什么？”萨楚日拉图叫道。

“什么？”

“你看呀……不像云，也不像雾……”

阿米坦回头一看便叫了起来：“那是沙暴！”

“那……怎么办呀？”

“回去，我们必须快回去。”

“可是……可是宝日呼恒怎么办？”萨楚日拉图说。

“是呀，你说怎么办？”

“咱们还是再找一找吧。沙暴马上就要来了。”

“好。”

就这样，两个年轻人很快做出了决定，继续向戈壁深处走去。但他们还是很不放心地回头看了看远处的沙暴。

三

德力格尔当然也看到了沙暴。他是牧马人，野外生活能力特别强，如果没有赶着羊群，他知道怎么保护自己。他现在担心的是这二百多只羊。如果在沙暴来临前找不到一个避风的地方，这些羊就会被大风刮跑。要命的是他左看右看，就是看不到一个避风的地方，这里是一大片平整的荒滩。

他终于看到了一道梁地，我也许在沙暴前能赶到那里，他想着，跨上了马背，挥动羊鞭使劲赶起了羊群，就像当年他赶马群一样。这对羊群有点不公平，但他没有办法。他终于赶到了梁地下边，却遇到了铁丝网。有人用铁丝网把梁地整个圈起来了。他看到一个大牌子，上面写着：麻黄草原料基地，禁止人畜进入，违者罚款！他看了看天，沙暴很快就要到来了。“奶奶的！”他骂着，决定破开铁丝网把羊群赶进去，但他手里没有工具。

铁丝网确实很坚固，似乎在无声地宣示着建铁丝网那个人的权利和资金。没有老虎钳一类的工具没有办法对付这样的铁丝网。但德力格尔还是有办法，他围着铁丝网慢慢走着，细细地观察着，终于发现了一条壕沟。那壕沟是下大雨时高地上边的雨水冲出来的，有两米多深，在铁丝网下边形成了一个自然的出入口。

他通过壕沟把羊群赶进了铁丝网内。

但他没有办法牵着马钻壕沟，于是暂时就留在了外边。他突然感觉到周围变得很安静。他惊奇地望着，天和地都变成了一种奇特的灰白色，风在刮，草尖也在风中摇摆，但就是没有声音……其实用心去听，声音还是有的，那是一种若有似无的声音，像大地在深深地呼吸，或者是大地的脉搏在强有力地跳动，是一种低沉到再不能低沉的轰鸣。当一种特别低沉的声音无尽头地持续下去的时候，人们反而会感到没有一点儿声音。

德力格尔明白了，这是大沙暴马上要来临的前兆。他的心收紧了。

四

夜深了。

住在达古图井周围的那几户牧民已经处在狂风中了。葫芦老汉坐在炕上抽烟，老婆在炕底下站着。油灯光很暗，把屋里照得模糊不清。外边什么东西被大风刮倒了，发出哗啦啦的声音，紧闭着的门窗一直在响，好似有人在不断地擂打。刺鼻的土腥味在屋里弥漫着。

这样的夜晚任何人都不会睡着，能睡得着吗？成千上万吨沙石被大风带上了天，从戈壁的天空也是从人们的头顶经过着。巨大的轰鸣声中房子似乎在轻轻地摇晃，像抛进洪水里的小盒子……葫芦愁眉苦脸地抽着烟，不知道在想什么。老婆偶尔看他一眼，也不敢问。

其实他想得很多。

他知道自己是被父亲用箩筐挑到戈壁的，但他懂事的时候早已经在戈壁上了。他就是在戈壁上长大的，在他心目中戈壁就是他的故乡。他准备一直在这里住下去，世世代代住下去。当然他也有野心，他的野心就是盖起四栋漂亮的砖房，一个儿子一栋。他购买的建筑材料每年在增高，但近些年他一边准备着建筑材料，一边却开始动摇。

这个地方我们真的能够世世代代地住下去吗？这些年他经常想到这样一个问题。事情其实明摆着，这几家牧户之所以能够在这里生活，就是因为这里有一口水井。如果有一天那口水井不存在了呢？水井其实一直在危机之中。戈壁上每次发生沙暴，人们最担心的就是水井，而保护水井最卖力气的是嘎比拉。但水井能永久保住吗？大沙暴把一座古城都可以埋掉，谁能保证水井永远不会被埋掉？

这样一想他就开始动摇，他无法不动摇。一旦水井没有了，大家必须立刻搬家，多一天都不能待。假如那时候他已经盖起了四栋砖瓦房，那房子怎么办？能搬走吗？

要不就不要盖房子了？他又死不甘心。他想盖房子至少有二十多年了。当他的第一个儿子出生的时候他就决定将来一定要盖一处大瓦房。后来他有了四个儿子，他又决定盖四处大瓦房。盖大瓦房是他二十多年生活的全部意义所在。要是不盖房子了，他这后半生不就白活了吗？但他又是个很实际的人，他决不会在这里盖起房子再搬家。他有时候很矛盾也很痛苦。别看他见了外人嬉皮笑脸，回到家里一手遮天，其实他也有软弱的一面。他曾经背着人哭过几次，他太爱达古图戈壁了，他真的不愿意离开这个地方。

这次大沙暴似乎让他清醒了许多。他意识到必须当机立断了。他在炕沿上使劲磕掉了烟灰，用烟锅头敲着炕沿咣咣地响。房子不盖了！至少暂时不能盖。这样想着他有点伤心，但同时也感到如释重负。房子先不盖了，儿子们想怎么生活由他们去吧。老子把你们养大了，还让你们学到了吃饭的手艺，还给你们娶了老婆，以后老子就不管你们了。你们不是想进城吗？不是想分家吗？老子今夜就给你们分，完了你们滚蛋！我跟你妈要继续待在这里，什么时候达古图井真的没有了，那时候再说，妈的！

“去，把孩子们都叫来。”他对老婆说。

“都后半夜了……”

“叫你去你就去。还废什么话！”他吼道。

五

乌日根达赖醒了，不是被萨日来叫醒，而是被自己的坐骑叫醒的。刚才在睡梦中他突然听到自己坐骑的嘶鸣，他一下坐了起来。虽说仍有点迷糊，但他很快明白正在发生着什么。他听到了巨大的呼呼声，他的小帐篷像气球，突然鼓起来像是要爆炸的样子，突然又瘪下去，像是泄了气。发生沙暴了，他想，于是他想起了自己的马群。

马群！他心里喊着，跑出帐篷。大风差点儿把他吹倒，这时候他又听到了骏马的嘶鸣。于是他模模糊糊地看见他的马在围着拴它的木桩子旋转着，时而前蹄刨地时而仰天长啸。

“别急，我来了……”他喊着，跑去搂住了马脖子。马安静了。

“伙计，我看今夜咱们俩是要拼一拼了。”他又说。

这时候萨日来跑来。

“你要干什么？”她问。

“我去追我的马群。”

“可是……”

他转过身，看见萨日来就站在身旁。

“我知道你要去追马群。但这么大的风……”

“是啊，风可真大。”

“注意保护自己。”

“我知道。”

“你必须记着我在等你，等着嫁给你。”

“知道。”

“好了，拥抱一下，亲亲我。”

两个人拥抱了起来。

其实萨日来这时候已经开始流泪了。她似乎有一种不祥的预感。她知道，在这样的大沙暴中马群会有两种情况：一种是它们正在一个避风的地方，那么它们就有可能一直待在那里，等待沙暴过去。另一种情况就是沙暴到来时它们正好在一片荒滩上，那么它们就很有可能因为受惊而奔跑起来。萨日来当然知道受惊奔跑起来的马群是什么样的。马群一旦进入那样的状态就决不会停下来，就那么跑下去，跑着跑着有的就会气绝倒地，而其他的仍然要跑下去……除非是一个经验十分丰富的牧马人，一般人让受惊的马群停下来是很难的。乌日根达赖还很年轻，他能控制住马群吗？一旦控制不住，会有什么结果？

两个人分开了。乌日根达赖跨上了马背。他差不多两天两夜没有吃东西，但现在仍然很矫健。

六

这时候那木拉他们已经来到了达古图敖包下边。

司机天亮后修好了车，他们接着跑，又整整跑了一天。到了下午，他们遇到了沙暴，他们只好一刻不停地继续跑，不敢有一刻停留。司机和那木拉都知道在没有找到一个安全避风的地方以前绝对不能停下来。两个人都担心这台破车突然又出毛病，还算幸运，车再也没有出现异常。那木拉的妻子又是一路吐得一塌糊涂。现在他们总算到达了目的地。

那木拉搀扶着妻子下了车，大风差点把他们吹倒。

“咱们到了。你仔细看，那边就是达古图敖包。”那木拉对妻子说，用手指着前面。

妻子久久地望着。她一开始大概一点信心都没有，这么一个漆黑的深夜，天上连一颗星星都没有，还能看到什么敖包？但大戈壁真是太神奇了，她看着看着后来真的看到了。当然她看到的是敖包模糊的轮廓，那里显得比其他地方更暗一些，正因为这种很小的反差，那敖包的轮廓就显得很雄伟和高大。她激动地继续看下去，她看到那是一个三角形的高地，高地的顶端有一座敖包。风在呼啸着，沙石从它上空和旁边滚滚而过，它却岿然不动，有一种傲视一切的气势。

“太……神奇了。”她激动地说。她想到了那年的大沙暴和地声，那是那木拉给她讲的。几台拖拉机突突地叫着冲向敖包，突然就发生了地声……

女诗人开始构思了。她想写一篇散文，一篇关于敖包、戈壁和地声的散文。她认为大地是有知觉的，那地声就是有知觉的表现，每遇到大事那地声就出现，那是大地的语言，大地用那种语言悲鸣，呼唤，庆祝和欢呼。那座古城她当然也要写进去。她的构思是这样的：一个学者带着一份材料，是上级关于保护戈壁生态的材料。这材料太重要了，直接关系到大戈壁的未来。这时候大戈壁突然发生了地声，接着又发生沙暴。那是大戈壁在迎接一个新时代的特殊形式，地声在呼唤着新时代的到来，而大风却把多少年隐藏在大地深处的古城吹出了地面。因为古城从此不需要害怕破坏了，那座石碑也需要重新出现在人们眼里，需要向人们展示那个神秘的碑文，向人们昭示和提醒什么……

她被自己的构思激动着。

“车留在这儿，咱们走……”司机说。

于是三个人顶着大风向敖包走去。

第八章

一

嘎比拉走得很快。她没有像阿米坦和萨楚日拉图那样费心思去寻找脚印，而是根据地形、风向等做出一个大致的判断以后就一直走了下去。她知道，无论是人还是畜，赶路都有规律，都要受到环境条件的影响。哪怕是一个迷路的人，当他走在一个完全陌生的环境的时候，其实他也不可能乱走，而是会根据风向、地形等选择方向和路线。她上午出去放羊时已经发现，牵宝日呼恒的那个人是朝东南方向走的，而东南方向坡地多，任何人不可能无端地去爬坡，只能顺着坡地之间比较低的地方走。像今天这样刮西北风的天气更是那样。她还记得昨天夜里那个人说过要去朝鲁图，她认为那个人是说了真话，因为朝鲁图就在东南方向。

而且她还想起上午那个脚印。她看出那个陌生人牵着宝日呼恒在前面走，阿米坦和萨楚日拉图两个人是跟在后边走的。她现在似乎明白了，两个年轻人是发现了有人牵走宝日呼恒以后跟踪而去的。那么只要找到前面那个陌生人，也就能找到阿米坦和萨楚日拉图。

沙暴在肆虐着，周围越来越暗。她估计那个陌生人和阿米坦他们大概就在这附近，因为她能够估摸出一个牵骆驼的人和两个徒步行走的年轻人在一个大半夜加上一个白天的时间里能走多远。沙暴到来以后已经过了两个小时，她想他们一定在这附近某一个地方避风。

这时候已经是下午了。她停了下来，边观察周围的情况边思考下一步怎么办。现在能见度越来越低，相隔三五十米就看不见对方。她突然想起了宝日呼恒。它是听着劝奶歌长大的，它如果听到劝奶歌肯定会有反应，也许它就顺着歌声找来……

于是她唱了起来。

孤独的白驼羔
饿极了在哀鸣
思念起妈妈
在不停地哀鸣
你听到了吗？
你听到了吗？

可怜的小驼羔
在戈壁上蹒跚
为了寻找母亲
它走了一天又一天
你看到了吗？
你看到了吗？……

风很大，唱起来很困难，而且歌声一唱出口好像就被风沙淹没了。但她相信，只要距离不太远，宝日呼恒是能够听到的。

她一直唱了下去。

他牵着骆驼走着，天空变得越来越暗，太阳早已经看不见了。他看出来了，这次沙暴非同一般，是很少见的特大沙暴。但他并不担心，因为他已经看到了一个高地。只要走到高地就可以找到避风的地方。他现在正牵着宝日呼恒朝高地走去。他走得很艰难，因为到高地他必须顶着风走，几乎每走一步都费很大的力气。他的体力在迅速消耗着，每走几步不得不停下来休息。

他突然看到了十几只黄羊从他身边冲了过去，甚至差点儿把他撞倒。他骂骂咧咧地望着那些黄羊。那些黄羊与其说是自己在跑，还不如说是被大风吹着跑。有几只半大的羊羔已经体力不支掉了队，但前面的黄羊已经不可能停下来了，它们被风推着跑着，风有多快它们大概也得跑多快。他望着那些黄羊，无动于衷。接着看到的事情却让他大为吃惊。他看到黄羊后边是十来只灰色的影子，那不是狼吗？那些狼是想吃掉那些黄羊吗？接着情况又有了变化，那些狼迅速超越了黄羊，超越以后就开始放慢了速度，接着改变了奔跑的方向，直接朝他刚刚看到的高坡奔去。那些黄羊似乎也没有犹豫，也跟着狼们改变了方向，这样一来前面是十来匹狼，后边跟着十几只黄羊，拼命地朝高地那边跑去。狼在导引着方向，黄羊在服从。

“真他妈奇了怪了……”他嘟哝着。

他继续向高地走去，觉得更加困难了。他真的低估了这次沙暴。他在戈壁上遭遇过多次沙暴，但今天这样的沙暴还是第一次遇到。他开始害怕了。如果他走不到高地，后果确实很难想象。他正急得要命的时候，从昨天夜里到现在一直很温驯地跟在他身后的母野驼突然不走了。他回头看它究竟怎么了，他发现母野驼伸长脖子左顾右盼，似乎在倾听什么，又好像已经发现了什么。接着母野驼竟朝着另外一个方向走去，他怎么拽缰绳也拽不住，就只好跟着它走。接着他似乎听到了一个女人在唱歌。他有点害怕了，在这样荒凉的野外，在天昏地暗的大沙暴中，竟然还有一个女人在唱歌？是不是遇到了鬼？但母野驼走得越来越快了，他又只好跟着它走，歌声也越来越近了。就那么走着，他突然看到已经走到了一个骑骆驼的人前面。

这个人用长头巾把脑袋包得严严实实，但他仍然能看得出是一个女人。他不知道这个女人是从什么地方出来的，但意识到是母野驼把他拽到了这个女人面前。

“这是我家的骆驼，你牵它干什么?”女人的声音从头巾后面传了出来。

“啊，这个……我……”

“好了，说什么也没用了。现在你放开这骆驼，它不会跟你走的。放开它以后你必须赶快爬上前面的高地。从这儿稍微偏左，看到没有？那里有一条壕沟，你就从那里爬上去，找个地方避风……”

母野驼挣脱了他，跟着女人走了。他没有来得及多想，就按照女人指的方向走去。他已经看到了壕沟，他知道女人为他指了一条生路。

阿米坦和萨楚日拉图已经被大风刮糊涂了。风在他们的身边和头顶上呼啸着。他们仍在走，但不知道是自己在走还是被大风吹着跑。十八岁的阿米坦当然经历过沙暴不止一次，有点经验。他知道当务之急是找到一个避风的地方。这时候天已经很暗了。

“拉着我的手，不要放开，跟着我。”他对萨楚日拉图说。

“好……”

他们手拉着手，摇摇晃晃地走着。阿米坦后来终于看到了高地，他有了信心。只要有高地，它的某一侧就有避风处。

“跟上。我们快要找到避风的地方了。”阿米坦说。

“跟着呢……”

其实他们对话很困难，大风呛得他们张不开嘴，要说话必须大声喊对方才能听得到。走了近一个小时他们才爬上了高坡，坡越来越陡，阿米坦伸出手摸了摸，就摸到了一座大石头。

“好了，就这儿吧。蹲下。”阿米坦说。

“看，那是什么?”萨楚日拉图说。

“什么?”

“你看呀，朝坡上跑来的是什么动物？”

阿米坦看了看说：“啊，好像……前面跑的是狼，后边跟着跑的是黄羊？”

“黄羊跟着狼群跑？怎么回事？”

“是呀，奇怪。”

“啊，我明白了。”萨楚日拉图喊道。

“你又明白什么了？”

“这是动物界的一种现象，发生灾难的时候，好多动物之间产生默契，它们互相搭救，共同应对灾难……”

“什么？”

“比如说狼是黄羊的天敌，平时它们是要吃黄羊的，因此黄羊总是躲着狼。但现在遇到了大沙暴，它们就不是互相为敌了，狼在引路，黄羊跟在后边。”

“为什么？”

“也许……狼明白，黄羊死了，它们以后就没有吃的了。黄羊也明白，目前情况下狼不会吃它们。”

“你就编吧。”阿米坦说。

萨楚日拉图这时候又有了新发现。“你看，一个人爬上来了。”他说。

阿米坦也看到了，一个人顺着一条壕沟往这边爬着。虽说看不清楚，但那肯定是个陌生人。

“是不是牵走宝日呼恒的那个人？”阿米坦说。

“有可能。但宝日呼恒呢？”萨楚日拉图说。

“等他上来问问他。”

“对，问问。”

这时候又有一个人来到了高地坡下。这是一个骑摩托的人，是那个叔伯哥哥。他扶着摩托车站在几棵灌木下边。他刚才不仅看到了叔伯弟弟，还看见了两个年轻人。他认出来了，其中一个正是他的侄子。

他是从那个叫朝鲁图的地方出来的。前两天他就发现叔伯弟弟在跟踪他，他估计昨天叔伯弟弟应该进入达古图戈壁。叔伯弟弟好像还不知道自己的儿子就在达古图戈壁，但他知道。他总是不希望弟弟能找到儿子。凭什么弟弟有儿子而他就没有儿子？凭什么谁有了儿子那两亩薄地就归谁？这公平吗？

说起来那是两亩很差的地，在家乡的山坡上。但他们全家族十分看重那块地，因为据说是他们的祖先用好几头牛换来的。因此那两亩地好像变成了一种象征，象征着历史，象征着希望，也象征着正宗——谁继承了那两亩地，谁就是家族的正宗。公社化时他爷爷还活着，分自留地时老头其他什么都不要，就留了那两亩地。爷爷有两个儿子——他的父亲和叔伯弟弟的父亲，这两个人为了那两亩地差不多打了一辈子，结下了冤仇。到了他们这一代仍然是在争夺。本来一家可以分一亩，但双方都不愿意那么做。后来叔伯弟弟娶了老婆，而他一直是个光棍，而且叔伯弟弟竟还有了一个儿子，而他却没有后代，事情到这个时候就清楚了，到了下一代，那二亩地肯定是叔伯弟弟儿子的了。他咽不下这口气。

他对弟弟的儿子仇恨到了家。他骗出弟弟一家出来逃荒，在半路上带着水和干粮跑，他还一直不告诉弟弟他儿子在什么地方，每当他路过达古图戈壁，看到自己侄子时总是用仇恨的眼睛看他很久。但他没有勇气杀人。他知道将弟弟全家置于死地是一回事，弟弟全家饿死渴死是他们自己的事，但如果他动手杀死一个人完全又是另一回事。杀人是要偿命的！就算人家破不了案，他也没有那个胆量。说到底他这个人心眼很坏，胆量却不大。

这些年来他经常到达古图戈壁，因为他知道那个地方有一块石碑，找到那个石碑可以卖很多钱。他到了那里也不去牧民家，但能听到一些消息。他听说那里一个叫嘎比拉的女人收养了一个男孩，而男孩的父母是逃荒的。后来他在达古图井上还碰到过那个女人和那个男孩。从男孩的长相他看出了一切。

现在他站在灌木下边，看到两个年轻人已经上了高地，而叔伯弟弟正向坡顶爬去。叔伯弟弟是不是看到了两个年轻人？他们会不会相见？如果相见了父子会不会相认？

他突然着急起来，想办法阻止叔伯弟弟爬到坡上。这个他能做到，随便编个理由就可以把他引到其他方向。他发动了摩托，在风中摇摇晃晃地朝前驶去。很快他就到了坡下，接着加大油门开始爬坡。但他确实很不走运，当他正好驶过一条沟，突然像被一只无形的手推了一把。他连人带车摔进了沟里。

二

他终于爬上了高地，找到了一块像房子大的石头，就蹲在下边。就这时候两个年轻人出现在他面前。

“你是什么人？”两个年轻人中的一个问。

他观察着这两个年轻人。他们一个肯定还不到二十岁，看样子是戈壁人，另一个年龄大一些，苍白，瘦弱，还戴着眼镜，好像是城里人。奇怪，这么两个人怎么出现在这里？

“你们是什么人？”他反问。

“我们在追一个盗野骆驼的贼。”戴眼镜的那个说，“你看见没有？”

他一听就有点紧张，却很干脆地说：“没有。”

更年轻的那个接着问：“你昨天晚上在哪儿？”

“我……在路上。”

“路上什么地方?”戴眼镜的又问。

“我搭了个顺路的马车，在车上……”他说。在两个年轻人轮番追问下他真的有点招架不住了。

两个年轻人终于停止了盘问。

“我估计沙暴天亮时候就过去。”年轻的那个说。

“该死的贼！偷走了宝日呼恒，咱们俩又不见了，不知道嘎比拉大婶和萨日来急成什么样子了。”

他听得真真切切：嘎比拉，萨日来！他的心在“怦怦”地跳。这两个人他打听了多少年啊，今天终于从两个年轻人口里听到了。当然他不知道嘎比拉和萨日来跟这两个人是什么关系。也不知道嘎比拉和萨日来在什么地方，但有一点是肯定的，他们认识嘎比拉和萨日来，知道她们在哪里。

“你们……住在什么地方?”他试探着问。

“达古图戈壁。”戴眼镜的回答。

“那……你们刚才说的那两个人……就是嘎比拉和萨日来在什么地方?”

“也在达古图戈壁。怎么？你认识她们?”年轻的问。

“啊……不认识。”

一听说达古图戈壁这个地名他就有点失望，昨天他就在那里，那里并没有古城呀，也许他们说的嘎比拉、萨日来是另外两个人？……

“你看，那是什么?”戴眼镜的对那个更年轻的说。

更年轻的望了半天大概什么都没有看到，说：“你以为自己戴了一副眼镜就了不起啦？我怎么看不见?”

他却看见了，下边的沟里有一个像口袋一样的物体，而且还不时地动一下。那是什么？他想着。其实那物体距他不远，最多不过二十米，他想去看看那究竟是什么。

下到沟里，他惊奇地发现那个像口袋一样的物体竟然是一个人，而且还是个大活人。这个大活人转过脑袋看他的时候他更为吃惊了，原来这个大活人就是他的叔伯哥哥！

他看着叔伯哥哥没有说话。他不是说在朝鲁图等他吗？怎么在这里？是出来找他，还是根本就没有走到朝鲁图？接着他又注意到叔伯哥哥的摩托车已经散架了，叔伯哥哥脸上有血，脸很苍白。

“你……怎么啦？”他问。

“风把我连人带车吹到沟里了，摩托车摔坏了，我的胳膊……也断了。”

躺在他面前的是一个已经失去任何抵抗能力的人，不用他去动这个人一个指头，只要丢下他不管，这个人也肯定会死掉。

“你不是让我抓野骆驼吗？我给你抓来了。”他揶揄道。

“你就取笑我吧，或者对着我的脸吐唾沫，打我……我已经无所谓了。”

“无所谓？”

“我已经是个快死的人了……”

这家伙这次绝不会是假装，他想道。因为他不仅看到了那家伙脸色苍白，额头上还有冷汗，而且一条胳膊像一根绳子一样摇晃。

就在这时候风“呼”的一声刮过来，差点把他刮倒，叔伯哥哥发出一声惨叫，大概是那条断胳膊被碰疼了。

他背起他就朝高地爬去，他自己都没有想到会有这样的举动。

那木拉他们三个终于爬上了高地，站在敖包旁边。那木拉妻子惊奇地发现敖包十分高大。她听说过蒙古人见了敖包总是要祭拜，还一定要找一些石头摆在敖包上边。这敖包在这里存在了多少年？有多少人祭拜过并且加过石头？它的体积与高度就那么一年年增大，增高……据说“文革”期间祭敖包活动被禁止，也不让路过的牧人祭拜了，但这座敖包仍在不断地增高、增大，谁都没有看见谁去祭拜和摆放石头，但谁都明白大家都在暗中去祭拜……

她好像突然明白了敖包是什么了。敖包就是蒙古人与苍天、大地联系的渠道！蒙古人祭拜敖包，其实那是在祭拜苍天与大地。苍天与大地接受了人们的祭拜，采纳了人们的请求，一个风调雨顺的好年景就会到来。

有了这个想法她很激动。诗人的浪漫思维开始活跃起来，她认为那木拉那个报告其实是为了苍天和大地写的，那木拉应该现在就对着敖包朗读一遍……

就在这个时候她突然发现风停了。她不知道是什么时候停的。大地静极了。

她听到丈夫低声说："啊，天亮了……"

她也看见了，黑沉沉的大地东方出现了一道白色的光。接着她听见了一种低沉的声音，她觉得那声音是从敖包下边发出的。

"天啊，这是地声！……"那木拉说。

"啊，苍天！……"她面对敖包跪拜了下去。她再次觉得苍天和大地是有知觉的。它经常对人类预示着什么，提醒着什么，还不断调整安排着什么。丈夫是有才气的，他说58年的大沙暴是一次警告。那么这次沙暴大概也是一次警告。那么现在发生着的地声呢？她觉得这是一种预示，也许预示着人与大自然和谐相处的时代要到来？

地声在持续着。

在低沉而巨大的轰鸣中大戈壁慢慢从黑暗中显现出来。天、地，一片苍白。

他站起来，用手拍打着头发、脸、衣服。看了看身旁的叔伯哥哥。叔伯哥哥闭着眼睛躺在那里，从头到脚变成了土的颜色。如果不注意看，很难发现这里还躺着一个人。

他不理他了。站起来放眼望去，望着，望着，突然惊叫了起来。

“啊，我的老天爷呀！……”

因为他看到了古城！经过一整夜的大风，消失了十八年的古城又出现了，地形地貌又恢复到了十八年前的那个样子。对呀，对呀，十八年前我带着老婆孩子走进了这座古城，那是一个黄昏，古城西北方向的坡下边散落着几家牧户，牧户们这边是一口井……他激动地想着。从这里看不到牧户和水井，但他昨天晚上去过那里。昨天他没有感觉到什么，但现在他的记忆一旦复苏，就觉得昨天那个环境是那么熟悉。

他看到那两个年轻人朝着古城奔跑着。他们刚才还在他身边，不知道什么时候跑下去的。接着他又看到那个骑骆驼的女人也朝古城走去，母野驼就跟在她身后。

他拎起叔伯哥哥的领口让叔伯哥哥站了起来。

“你看呀，看那古城！……我明白了，我的儿子就在这里……我可以见到我的儿子了……”他语无伦次地大声喊着。

叔伯哥哥无力地望着古城，望着走在古城这边的两个年轻人和骑骆驼的女人，喃喃着：“你……已经见过你儿子了……”

“什么？你说什么？”

叔伯哥哥有气无力地说：“就刚才那两个年轻人，年龄小一点的那个……就是你儿子，现在叫阿米坦……还有……那个骑骆驼的女人……好像就是嘎比拉……”

“啊……”

他很想喊叫着追过去，但没有。他静静地站着，望着他们。恩人就住在这里，儿子已经长大成人，他放心了。他不想以一个流浪汉的形象出现在恩人和儿子面前。不，他要先离开这里，到某一个地方做一点准备，穿上得体的衣服，带上礼物，体体面面来见他们。当然，他还要告诉恩人一个秘密，告诉她那峰骆驼是他偷杀的，他要用自己的后半生赎罪……

他对着古城和大戈壁跪了下去。他跪了很久才站起来，对叔伯哥哥说："我背你走。"

他背着他，摇摇晃晃地走了。

萨楚日拉图和阿米坦朝古城跑着，他们一边跑一边喊。

"啊——啊……啊——"

"啊——啊……啊——"

跑在前面的萨楚日拉图摔倒了，又很快跳起来。阿米坦拉着他的手，两个人又继续跑。

他们走进了古城。古城静静的。房屋、街道、广场……萨楚日拉图突然喊起来："看，石碑！……"

阿米坦也看到了石碑。石碑就在广场正中。两个人放慢脚步，轻轻地走过去，好像是怕惊动了什么似的。他们走到石碑前蹲下，用手细细地摸着，他们终于看到一行古老的蒙古文字：

人必须永远敬畏苍天！

燃烧的水

第一章　浓烟从戈壁深处冲天而起

1　老牧民萨木腾两口子

这是内蒙古西部大戈壁一个晴朗而平静的夏日的早晨。天空是一种明亮的蓝色，没有一丝云彩，前几天下过一场雨，因此空气中弥漫着湿润的气息，大地在无边无际地伸展着。现在正是牧人们出牧的时刻。这样的早晨人们都显得心满意足，无忧无虑，谁也不会想到在某一个地方已经发生了一场天大的灾祸。

但当他们一边出牧一边抬头往远处瞭望的时候，却看到了天边的那股黑烟。黑烟似乎在不断地变粗、升高，在辽阔无边一碧如洗的蓝天上非常缓慢地勾勒着一条粗大的曲线，很像有一只无形的手握着巨大的毛笔在那里吃力地涂抹着。他们想到出现黑烟的方向是油田的方向，于是就有点吃惊了，油田那边出了什么事？

接着，他们又听到一种连续不断的打雷般的闷响。那声音确实像从天边传来的滚雷，低沉而持久，顺着地面不断地滚过来，但牧人们知道这样的天气绝不会有雷声，因为天上没有云彩。那这是什么声音呢？于是他们开始心烦意乱起来。

老牧民萨木腾、杭来玛两口子这时候就站在羊圈门口，望着黑烟发呆。他们的羊群刚刚离开羊圈走向草场。他们原来的安排是萨木腾去放羊，杭来玛回屋里做一些家务事。但他们突然看见了黑烟，接着又听到了隆隆声，两个人就站着不动了。

“那是……怎么了？”萨木腾说。

“出了什么事？”杭来玛也说。

“好像是在油田那边……”

“没错，是油田……”

两个老人脸上同时出现了惊慌的神色。他们相互看了一眼，又去看那个黑烟。

说起来，戈壁上建起油田只有十年。这里的牧人们对开采石油的过程不甚了解。前些年，油田那边也出现过打雷般的声音，也出现过黑烟，据说那打雷般的声音是在放炮，那黑烟是从工厂的烟囱里冒出来的。于是他们明白，开采石油有时候会出现黑烟和打雷般的声音，但却从来没有出现过今天这样粗大的烟柱和持续不断的轰隆声，因此这老两口越来越感到不安起来。

走向草场的羊群已经停下来了，那些山羊和绵羊一个个地抬起脑袋似乎在倾听着什么，它们显然已经受惊了。牧羊狗变得比任何时候都凶狠起来，时而朝天狂吠，时而绕着羊群飞跑，好像为了保护羊群已经下了决心与某一个来犯者决一死战。

“打电话问问吧，问问女婿……”杭来玛说。

“哦，哦……可是手机在哪里呀？”

他们的女婿丹巴是油田工会主席，原先当过这个旗的旗长。手机就是女婿前几个月给他们买的，让他们有事给自己打电话。可是老两口却一次都没有打过。但他们为手机充电倒很勤快，因为女婿告诉他们，必须经常给手机充电。他们家有一台风力发电机，他们每隔几天就把充电器插入插座。他们那样做并不是为了打电话，而是认为不经常充电手机有可能坏掉。

“手机不是在小箱子里锁着吗？”杭来玛提醒道。

“哦，哦……”

于是老两口回了家，找出了手机。萨木腾一边默念着女婿的电话号码，一边开始拨号。但总是拨错。拨了十几遍以后好像是通了，但传来的并不是女婿的声音，而是一个女人用汉语和外语交替着说一些什么。

他们不打电话了，又走出屋子。天边的黑烟比刚才更高也更粗了，升到高空以后开始四处散开，像墨汁在纸上洇开似的。

“唉，唉……这是怎么了……”萨木腾嘟哝着。

“唉，这个油田……”杭来玛也自言自语。

近几年来，这老两口一提起油田就心里感到不安。因为这些年总是发生一些离奇古怪的事情，而且据说那些离奇古怪的事跟油田有关。

那是去年夏天的一个早晨。他们走到羊圈，突然吓得脸色都变了。因为他们发现好多羊都长出了上门牙。春天牧草返青后，他们的羊群中有些羊好长时间都不能长膘，老两口就自然想到了羊的消化系统有了寄生虫。于是他们请来兽医给羊灌药打虫。但什么问题也没有解决，羊们仍然是瘦的，而且还在继续瘦下去。杭来玛终于发现，那些瘦羊到了野外基本不吃草。她回来把这个情况给老头说了，萨木腾说还是虫子没有打下来，大概兽医的那种药是假药。老两口商量再找其他兽医。那天早晨是杭来玛去的羊圈。那时候萨木腾正朝拴马桩走着。就这时候他听到老伴在叫他。

“你快过来看，这是怎么了？”

老伴的叫声使他意识到她肯定遇到了一件很不寻常的事情，但在这么一个平静的早晨她能遇到什么事呢？他跑过去的时候杭来玛苍白着脸站在那里。

“怎么了？”他问。

“你看看它们……”杭来玛指着那些瘦羊说。

“它们怎么了？”

“看看它们的嘴，它们的牙齿……”

萨木腾怎么也弄不明白，那些羊的嘴或者牙齿能有什么问题，但当他仔细观察的时候他的脸也白了。羊是反刍动物，本来没有上门牙，现在它们却长出了上门牙，那些上门牙撑开了上唇露在外边，看上去十分怪异，它们还算是羊吗？羊长出上门牙，就跟人的脑袋上长出犄角、青蛙身上长出毛一样不可思议。萨木腾立即跟他的老伴一样惊慌失措起来。羊们不吃草的原因弄清楚了。

“这……怎么办？”杭来玛说。

“我去找苏木或者嘎查领导吧。”萨木腾说。其实他不仅想到了领导，甚至都想到了菩萨和喇嘛。说起来，萨木腾并不迷信。刚解放那会儿号召破除迷信，那时候他还小，但却积极响应号召，几十年过去了，他一直不信佛，只信领导。但现在这种情况，领导能不能解决他真的没有把握。

那次他真的去找了领导，先找嘎查领导，接着又去找苏木党委书记。结果才听说，那样的情况已经出现在好多牧户的畜群里，甚至还有更加离奇的事情：有的牧户家母羊和母牛已经生出了三个耳朵的羊羔和五条腿的牛犊。嘎查和苏木的领导都告诉他说，之所以出现这样的现象是因为污染，而污染的根源就是油田。从那个时候起，萨木腾一想起油田就产生一种近似于惊慌的心态……

电话打不通，他们就没有其他办法了，只好望着那烟柱发呆。

2　油田总工程师桑嘎

油田总工程师桑嘎现在正往出现浓烟的地方赶。他是属于在第一时间得到发生事故消息的少数几个人之一，但对事故的起因、具体方位、严重程度等他却毫无所知。“奥迪”小轿车时速已经达到160公里，但他仍然觉得这个速度比牛车还慢，不断地催促司机说：“快点，再快点……”

昨天夜里他一直看资料和图纸到后半夜，刚躺下便被某一种声音惊醒。什么声音？我是不是做梦了？他正想着，那声音又响了起来，既不像打雷，也不像汽车马达，那这是什么呢？他睁开了眼睛，一下子发现窗外已经被火光映红了，他一跃而起。

他睡觉的这个地方在油田新开发区宾馆。他操起电话直接打到了油田总值班室。

“是不是发生了火灾？”他问。

“是。”

“什么地方？”

“还没有弄清楚，但肯定是在东边，因为火光在东边。”

“你们怎么连火灾的方位都弄不清楚？”他发火了。

“这里已经乱成一锅粥了。”

他撂下电话边穿衣服边跑出房间，叫醒了睡在隔壁的司机，两个人冲下了楼。现在看得清楚了，火光是在东方，映红了大半个天空。上车时他看了看手表，凌晨四时半刚过。

他的车驶上公路时天已经破晓了。随着戈壁的东方变成一片乳白色，火光暗淡了下去，变成了浓黑的烟柱……

很快，一些消防车从他旁边呼啸而过。前面是岔路口，他看见那些消防车朝着炼油厂方向拐了过去，便感到眼前发黑。他知道要是炼油厂发生了火灾，要比其他地方着火更加危险。因为炼油厂旁边就是油库，一旦油库引起爆炸，那也许整个油田都会被夷为平地。大概只过了一分钟，他的车也拐向了炼油厂，于是通过前面的风挡玻璃他终于看到了一个可怕的景象：整个炼油厂的院子里黑烟翻滚，暗红色的火光在浓烟里不断腾起，连续的爆炸声和消防车凄厉的叫声混合在一起，使他心惊肉跳。

发生火灾的地方果然是炼油厂！

他的“奥迪”车也许已经停下来了，也许仍在快速奔跑，但他已经没有感觉了。他只是看到浓烟仍在翻滚，火舌不停地腾起，那些消防车停在炼油厂墙外开始朝里边用水枪打水，但在山一样巨大的黑烟前面，那些消防车显得很渺小也很滑稽。他的思维进入一种恍惚的状态。

桑嘎终于发现车已经来到了炼油厂的南大门，他下了车。现在他与火场之间大约只有百十米的距离，因此他看得更清楚了，浓烟和烈焰像数不清的巨大怪物，不断地变换着形状在那里相互缠绕着，扭动着，膨胀着，疯狂着，整个大院变成了魔鬼的舞场。刺鼻的有毒气体在弥漫，高温灼疼着他的皮肤。他仍然处于高度的惊悸中没有摆脱出来，愣愣地站在那里望着。

又一声巨大的爆炸声。这次爆炸比刚才强烈得多，他感到整个世界都跟着摇晃了起来。大院里的黑烟挟裹着火焰像粗大的喷泉一样冲上了几百米高空，一些断裂的管道、撕开的铁皮、机器零件什么的被带上去，又纷纷向四面八方砸下来。一截粗大的管道落在距他只有十来米远的地方，裹在管道上的粉红色塑料在燃烧着。如果这截管道砸在他身上，他早已完蛋了，也许还有一些东西随时有可能朝他砸来，但他已经没有躲避的意识了……

又传来连续的爆炸声。桑嘎弄不清楚什么东西在爆炸。反正随着每次的爆炸，暗红色的火光在浓黑的烟中腾起，很快又消失。

他仍在呆呆地望着浓烟和火焰。消防车仍在那里喷水，但看来什么用都没有。他望着那些来回奔跑的消防战士，感到激动也感到悲哀。因为他觉得那是一种不屈不挠而又十分无效的努力。他的衣服口袋里突然响起一个男人的歌声，那是他手机的彩铃。

我们让古老的戈壁

绽放美丽的石油花……

他拿出手机听，便听到一个男人沙哑的声音。他总算听出那是油田总经理的声音。

“桑嘎，你在什么位置?”总经理在问。

“我在炼油厂南大门。”他说。

“请你立即赶到东大门。”

桑嘎跳上车绕到了东大门，看到油田总经理、副总经理、炼油厂的正副厂长、油田总经理办公室主任等已经在那里。这些人无疑都是石油战线出类拔萃的精英，但现在他们一个个都脸色苍白，眼睛布满血丝，望着冲天黑烟发呆，一副可怜巴巴的样子。

“现在……这个……”总经理大概想说一些话，但好像又说不出来。他就这样断断续续地说着，很快就变得语言流畅，简单明了起来。

“你立即向有关领导部门电告这里发生事故的情况。要注意，必须做到简单、清楚、准确。”他对副总经理说。

“好。”副总经理坐上车就跑。

“你现在马上去跟消防队的指挥员联系，明确告诉他们，重点是保护大油库。与消防队的协调就由你负责。”他又对炼油厂副厂长说。

“明白。”炼油厂的副厂长转身就跑。

“你现在就给油田医院打电话，必须让他们的院长亲自接。让他们立即组织抢救小组，带着救护车来这里报到。这是一。同时要求他们尽量多腾出一些病床，随时准备急救。这是二。还有一点，马上给附近的地方政府打电话，向他们求援，请求他们派医生和救护车来。”

“是。”办公室主任一边掏手机一边朝汽车跑去。

现在只剩下总经理、炼油厂厂长和桑嘎三个人了。总经理望着炼油厂厂长，似乎要说什么，但并没有说。炼油厂厂长的脸色立刻白了。

“发生事故的时候，炼油厂院内究竟有多少人？你知道不知道?”总经理犹豫半天才问了这么一句话，声音变得很低很低。

“总共有四十三个人。”厂长回答，他的声音在颤抖。

“逃出来的有多少？”

“二十九个人。”

“那么说，还有十四个人在里边，他们现在是什么情况？”

“不知道。”

“你估计……”总经理非常费力地问，“你估计……他们还活着吗？”

“不……知道。”

“无论如何，要救出他们。”

炼油厂厂长的脸上大滴大滴的汗珠在滚落着。他用袖子擦了擦汗，回头就跑。桑嘎等着总经理给他交代任务。

“你要组建一个调查组，开始对事故进行调查。最好在上级派来调查组以前，把基本情况搞清楚……”总经理对桑嘎说。

“我这就去办。”

桑嘎已经转身走去，总经理又叫他回来。他回过头，便看到总经理绝望的眼光。

“你……陪我站一会儿吧。哪怕只陪我几分钟……”

桑嘎明白了，当一个人最为绝望的时候，也是他感到最孤独的时候。总经理现在正是这样，他甚至害怕自己一个人留在这里。

“您也别太着急，事情已经发生了，着急也没有用……”桑嘎想安慰他。

“你不知道我这心里……”总经理突然号啕大哭起来。

大院内仍然浓烟升腾，不时传来爆炸声。

3　苏木党委书记额毕勒图

苏木党委书记额毕勒图也看到了黑烟。他现在站在距油田三十公里远的苏木党委办公楼门口，久久地凝望着黑烟。苏木党委办公楼在一大片绿色的草滩上，这里空气清新，阳光灿烂，夏天的绿草从办公楼脚下铺展出去一直连接到天边，露珠在草尖上闪动，几匹马和一群牛在不远处的“中国移动”铁塔下吃草。在这样一个安静、晴朗的早晨，三十公里以外的那柱黑烟就显得格外醒目，让人吃惊。额毕勒图一看到黑烟就知道油田那边出事了。他四十多岁，中等个头，不胖也不瘦。在不了解他的人眼里他是个十分普通的人。其实他有他的过人之处，他能不断地从油田那里搞来钱。

油田是十年前建起来的。建设速度惊人地快。一开始戈壁上出现了一些推土机和帐篷，很快帐篷不见了，代之以出现的是一座座楼房和厂房。有些牧人去看过，那些楼房和厂房之间的距离都很远，中间修了一条条铺砂石的简易公路。有一天，戈壁上的各级领导和牧人们得到邀请，说几天后将举行油田竣工典礼，请大家去参加。一些牧人去了，他们回来说，典礼十分隆重，上千只鸽子飞上了蓝天，接着又有数不清的彩气球把天空点缀得五颜六色，礼炮足足响了半个小时。参加典礼的人还说，旗委书记在典礼上讲了话，书记说，油田的开采将给地方带来巨大的经济效益，旗里的地方税收和财政收入将不断翻番。他们还带来一条消息说，咱们旗的旗长丹巴已经不当旗长了，他已经调到油田任工会主席了。大家在庆典大会的主席台上看到了丹巴，他不在贵宾的位置上，而是坐在油田领导们的座位上。

没有参加典礼的人们也都听到了礼炮声，那炮声像天边的雷声一样传来。有的人还看到了气球，那时候气球已经分散开了，三五成群地在空中缓慢地升高着远去。大家都感到新鲜，兴奋。

额毕勒图也应邀参加了典礼，挤在观礼台上专门为地方各苏木领导画定的白线内。他时而看看主席台上那些领导，时而又看看天空中的气球。没有一个人注意他这个衣着朴素，身材不高的人，更没有一个人去揣测他心里在想什么。但典礼结束后的迹象表明，他当时已经想明白了好多事，而且胸有成竹。

典礼一结束，额毕勒图连宴会都没有参加，坐着苏木党委的破吉普车往回赶。这辆车早已超过了报废期，但苏木里没有钱买新车，就那么凑合着。

“买一台新车需要多少钱？”他问坐在后座上的苏木党委秘书。

“那看买什么样的车了。”秘书说。他不明白书记怎么突然问起这样的问题。

“比如说沙漠王吧。”

“那咋也得四十多万吧。”秘书说，其实他也不知道需要多少钱。

“回去后你打听一下。”

“咱们要买车？”

“该买了吧。”

“咱们……有钱吗？”

“现在还没有，但用不了多久就会有的。”额毕勒图说。

当牧人们的新鲜感已经淡化，兴奋的心态开始降温的时候，地方与油田之间的矛盾也开始出现了。那矛盾可真是五花八门，层出不穷。今天说油田运水的车惊跑了牧民的畜群，明天说油田的推土机轧了牧民的草场，后天又说油田的垃圾倒到了牧场。一开始牧民们不懂得怎么解决这些矛盾，但很快就有人想出了办法：要求赔偿！

说实话，想到这个办法的并不是牧人，而是一些苏木和嘎查的领导。也不是苏木和嘎查领导的全部，而只是他们中间的一些厉害角色。

额毕勒图就是一个厉害的角色。

有一天上午，他把秘书叫来。

“油田对我们苏木造成污染的情况怎么样？你给我说说。”他说。

“污染是有，但具体情况不太清楚。”秘书说。

“怎么连这么重要的问题你都不清楚？”

“我下去调查一下吧。”秘书红着脸说。

“用不着调查。你坐下，咱们两个人凑凑情况。”

“凑情况？怎么凑？”

额毕勒图拿出了纸和笔递给秘书。

“油田的烟雾每年飘到咱们苏木有多少天？”

“哎呀，怎么说也有半年吧？那跟风向有关。”

“那你写十个月。”

“十个月？”

“对，十个月。而且还要写上因为烟雾的影响，牧草生长降低百分之三十。咱们这个地方水位下降了没有？”

秘书一边写一边说：“是有那个情况。”

“肯定有。损失大概有好几百万吧？你先写五百万。油田的各种车辆轧了我们多少草场？”

“这个没有计算过。”

“先写四十平方公里吧。”

就这样，额毕勒图计算出五千多万元的损失，让秘书打印成报告，印了好几十份，发往中央、自治区、盟旗各有关部门，最后自己带了几份直奔油田指挥部。其实他让秘书又搞出了一张表，那表叫作《本苏木资金缺口一览表》，把他们苏木这几年的内外欠账和近几年的资金需要量都列在上面。但他嘱咐秘书说，这张表要保密，除了他们两个人以外不能让第三个人看到。

这是他第二次去油田。第一次是半年前他去参加竣工典礼。

上了车，坐在后座的秘书信心不足地问：“这样去，我们能要到钱吗？”

“那就看我们够不够厉害。”额毕勒图说。

秘书没有说话，只是想看看他的书记怎么个厉害法。

油田领导班子正在开会，额毕勒图闯了进去，坐到了会议桌旁边。

油田总经理对他这个不速之客的闯入很不高兴。“我们正在开会。”总经理说，意思是让他出去。

“你还有心思开会？我看你不要开会了，立即去我们那里看一看。”额毕勒图说。

“你说什么？你是谁？”

“我是你们临近苏木的党委书记。我代表我们的牧民来向你们索赔。”额毕勒图说。

总经理的脸色气红了，但在努力克制着。“你先去找办公室主任谈一下。”他说。

“今天我就找你，别说办公室主任，就是副总经理都不行。”

“你没有听见吗？我在开会。”

“你没有听见吗？我让你立即停止开会。”

“那……你说吧，索什么赔，索多少？”总经理总算克制住了自己的愤怒。

额毕勒图从包里拿出报告，讲了起来。他绘声绘色，情绪激动，讲了整整两个小时。有人好几次企图打断他的话，但都没有成功。

“这个……我们完了研究一下再答复你。你先回去。”总经理说。

“我既然来了，就不可能回去了。我就在这儿等着，你赶快研究。”

总经理拼命克制着怒气，额毕勒图却看着他冷笑着。这是一次无声的较量。坐在总经理身边的一个人对着总经理的耳朵嘀咕了几句什么，总经理烦躁地挥了挥手说：“就这样吧。”

那个人笑眯眯地走到额毕勒图身边说：“你是我们的贵客呀，我们没有理由让你空着手回去。你先带五万元回去，其他问题等我们研究后再说。”

“五万？你要弄明白，我是一级地方党委的书记，不是叫花子。”额毕勒图喊道。

“我们是朋友嘛，到外边说，到外边说。”那个人一边拍着额毕勒图的肩膀一边拉起他的手往外走。

额毕勒图边往外走边喊着：“五万？绝对不行，要不我明天还来。你们到底讲不讲理……”

他听到总经理恶狠狠地说：“这样我没法工作了……”

这样开了头，额毕勒图每个月至少要跑两次油田，而且十次有八次能弄回钱来，最多一次他弄到了十五万，最少也能弄三五万。

短短的十来年，他这个苏木党委所在地发生了多大的变化呀！党委和政府盖起了漂亮的楼房，办公楼后边紧挨着是宿舍楼。两栋楼中间还有花园和喷泉，一条宽敞的马路从办公楼前面过去。这里已经没有土房了，他的破吉普车也早已换成了沙漠王。更有一件很有意思的事是，他被命名为支持油田建设的先进人物。那是油田党委向上级报批的。他当时冷笑着说：“你们别想堵我的嘴。我照样经常去找你们索赔。”

现在他怔怔地望着那黑烟，越来越感到不安。当然，油田那边天塌下来都跟他无关，但他仍然不希望那里出事，因为他还想继续跟那里要钱。

在灵魂深处，他觉得油田很可爱。

4　油田工会主席丹巴

这是几天前的事。那时候这个世界上没有一个人想得到油田会出事。那天油田工会主席丹巴正从自治区首府呼和浩特赶回戈壁。他在党校学习了两个月，刚刚结束。

戈壁真是太遥远了，他在路上跑了整整三天，第四天下午才进入戈壁。司机是他从旗政府带过去的，给他开车已经二十年了，两个人的关系就像亲兄弟一样。虽说路上够累的，但当他们看到大戈壁出现在天边的时候，两个人都精神起来。戈壁是他们生长的家乡呀！

“旗长，先回家还是先到油田？”司机灵巧地转动着方向盘，问道。丹巴十年前就是油田工会主席了，但这个司机还是叫他旗长，已经习惯了。

“先回家吧。”丹巴说。他的家仍然在旗所在地，到现在还没有搬到油田。他这次在党校学习了两个月，在那以前也有一个多月没有回家了。

在先回油田还是先回家的问题上，丹巴就这样轻率地做出了选择。在当时看来，这个选择没有什么毛病。他想先回家待两天，之后回到工作岗位，一心一意投入工作。但后来的事实证明，正是他这样的决定，引起了严重的后果——就在他回油田的当天夜里发生了火灾，而且发生火灾的时候他又偏偏在炼油厂，结果送了命。他要是先回油田报个到，再回家，那样肯定就躲过了灾难。

小车跑得飞快，很快在地平线上出现了一些楼房和烟囱的轮廓。那就是油田。到旗所在地，必须从油田的边沿经过。

“旗长，你离开两个月，看变化很大吧？”司机说。

“太大了。”丹巴说。

“但说实话，如果没有你当初的努力，就不会有这个油田。”司机说。

“啊，这倒是真的。”丹巴感叹道。

是啊，为了这座油田，当年还当旗长的丹巴曾付出了多大的努力呀！

丹巴大学毕业后回到家乡当干部，被认为有能力，有前途，一步步地提拔到了旗长的位置。但他这个旗长却很不好当，因为旗财政太穷了。

那些年，他们这个旗的领导在邻近几个旗的领导面前总是抬不起头，原因是他们在开采利用地下资源方面的成绩等于零。而他们邻近几个旗却跟他们不同，一个旗开了煤矿，另一个开了铁矿，最差的一个也开了个石膏矿。人家每年受表扬，受奖励，政府财政收入增加了，领导也跟着升官了。而丹巴他们却被晾在一边，没人理睬。平心而论丹巴不是官迷，对提拔不提拔的事看得并不重，但也不愿意年复一年地受人冷落。再说了，不搞矿产，旗财政一直吃紧，有时候连工资也发不出……

“只要找到一种能挖的东西，我们就翻身了！”领导班子聚在一起经常这么说。但“能挖的东西”在哪里呢？

就在他们焦头烂额一筹莫展的时候，旗史志办的几个年轻人下去收集资料，给他带来了一个意想不到的消息：他们这个旗的地底下有石油！

这真是一个惊人的消息。当时丹巴听到这个消息的时候都怀疑自己是不是在做梦！但那几个年轻人却说得有鼻子有眼：他们了解到，在八十年以前，一个外国人曾来到戈壁搞石油勘探，结果发现这里有丰厚的石油储藏。接着那个外国人又完成了开采石油的设计图纸……

“那么，后来他怎么没有开采呢？”丹巴问。

“后来那个外国人死了。”

“死了？那么再后来呢？”

“兵荒马乱，这事就被搁置起来了。”

“但……那个外国人的勘探资料和图纸应该留下了吧？”

“很有可能留下了。因为听说，解放后曾有人找过那个资料和图纸。我们还了解到，有一支解放军小分队为了剿匪进入沙漠，曾带回来过那个资料和图纸……”年轻人们说。

“那些资料和图纸现在在哪儿？”丹巴从座位上跳起来问。

“这个……还不清楚。”

“你们现在就跟我走。”丹巴说着，就拿电话叫司机。

“去哪儿？”

“去你们听到这个消息的地方。”

说起来多么不可思议！丹巴是这里土生土长的人，而史志办的年轻人们所说的那件事过去也仅仅八十年。但丹巴对这件事却闻所未闻。当越野车驶出旗所在地小镇，奔向戈壁深处的时候，他还在反复想：这个消息是真的吗？

年轻人们没有让他失望。他们把他带到一些老牧民家里，那些老牧民证实，八十年前确实来过一个外国人，用十二年的时间完成了石油的勘探和开采设计。但勘探资料和开采设计图纸却不知去向。

“不怕。只要我们的地下确实有石油，咱们就可以重新勘探和设计。也许，那个外国人的资料和图纸在某一个地方藏着，会被我们找到。”丹巴说。

回到旗政府，年轻的丹巴旗长就马不停蹄、没日没夜地行动了。他找上级部门做汇报，要求在他们旗里进行勘探，同时寻找资料和图纸的下落。他的运气真的很不错，他到城里的石油研究所，打听他们那里有没有一份八十年前一个外国人搞的图纸和资料的时候，接待他的年轻人并不热情。那个年轻人就是现在的油田总工程师桑嘎。但过了两个月，桑嘎却突然深夜给他打来了电话，用颤抖的声音告诉他资料和图纸找到了的时候，他激动得流出了眼泪……

司机说的一点都不错，没有他丹巴当年的奔波，这个油田会出现在这里吗？很快，油田筹备指挥部组建起来了，丹巴也被抽调到那里。在指挥部，他第二次见到了桑嘎，原来他也被抽调到那里了。

他长久地回忆着那些激动人心的日日夜夜。汽车早已驶过了油田，进入了茫茫戈壁。

时间过得真快呀，一眨眼十年就过去了。后来他被正式调到油田，任工会主席。这是没有办法的事，因为他对石油是外行。油田工会主席级别比旗长大，但权力却小了，基本是一个闲职。接着，油田正式投入生产。再接着，出现了一些出乎预料的事情：戈壁上水位下降，空气污染，母畜产出了畸胎……

进入旗所在地那个小镇的时候已经是晚上了，他发现街道两旁又盖起了一些楼房，路灯也亮了许多。

油田投入生产以后，旗财政收入真的在成倍地增长，其效益直接体现在小镇的市政建设上。这里陈旧的平房正在向楼房过渡，用电直接从油田发电厂输送，三合土马路已经变成柏油路，旗几大班子和一些重要部门领导过去乘坐的吉普车也陆续更换成小轿车和外国越野车。这里确实发生着巨大的变化，过去丹巴每次看到这种变化，总是产生一种成就感。这种变化里渗透着他的心血和辛苦。但现在他的心境就有点不一样了，他一边看着灯火辉煌的街道，一边却在想着出现在牧民牲口圈里的那些怪胎，想着笼罩在戈壁上空的灰黄色的雾气，想着干涸了的水井。

他突然产生了一个想法：家乡的牧人们会不会在背后骂我？

前面就是腾飞广场。这是油田直接出资建的广场，丹巴当旗长的时候曾多次开会研究过广场建设方案。经过一次又一次的研究，广场的面积也被一次又一次地扩大，档次也一次又一次被提升。丹巴已经暗自下了决心，要让这个广场无论从面积还是档次上都要超过邻近几个旗的广场。其目的不言而喻，他想让这个广场无声地告诉人们：我们并不差，或者我们已经翻身了！

他很远就看到了广场中央的雕塑。雕塑有三十多米高，到了夜里射光灯打上去，显得比白天还雄伟。雕塑的造型是一个立着的巨大的管道口里同样巨大的浪花冲天而起，浪花当然代表着石油。雕塑的底座上刻着“腾飞”二字，是花了好几万块钱专门找兰州的一个著名书法家书写的。因此这个广场也叫腾飞广场。

汽车绕着广场缓缓而行。丹巴看到广场上有不少人。一些小商贩在那里摆开摊位形成了一个小夜市，有的人在那里吃烧烤喝啤酒，有的人在那里唱卡拉OK，有的人在雕塑前照相。他突然看到一些年轻的身影在那里晃悠。别看他们衣着古怪，长长的头发染成了各种颜色，丹巴仍然一眼就能看出他们是戈壁牧人的后代。油田征用了大片的牧场，放牧的空间明显减少，有些年轻人就出来打工，其中也有一些不打工瞎晃悠的。广场上的这些人大概是属于这一类。

他叹了一口气。汽车绕过广场进入一条小胡同，他终于看到了自己家的灯光。那是一座带着小院的二层小楼。大大的落地窗挂着粉红色的窗帘，里边亮着灯，说明老婆在家。他望着粉红色的大落地窗不禁激动了起来。他已经三个多月没有回家了，也真难为了妻子，她一个人操持着家务，照顾上学的儿子，而且她自己的工作又那么忙。油田已经答应给丹巴分一套房子，他曾考虑过把老婆也调到油田，但老婆不同意。她是旗兽医站的技术员，她喜欢自己的工作。

妻子欢乐无比地迎接了他。妻子说儿子刚做完作业睡了，于是两口子坐在一起说话。说着说着她就靠在他身上，接着两个人紧紧拥抱在一起。

“咱们睡吧，你不是一直想要个女孩吗？现在应该考虑了。”丹巴说。他知道妻子一直想要个女孩。他们已经有了一个男孩，但她却很喜欢女孩。过去丹巴工作十分繁忙，要是妻子怀孕了怕没有人照顾，因此他们一直下不了决心。现在丹巴清闲了，应该让妻子如愿了。

“我看要孩子的事还是过几年再考虑吧。”妻子犹豫着说。

“你都快四十岁了呀。”

“我有点害怕。”妻子说。

“怕什么？”

“怕……生出怪胎。”

"什么?"

妻子靠在他身上说："牧民的畜群里已经出现怪胎了，谁能保证女人们不会生出怪胎？唉，都是环境污染闹的。"

丹巴张大着嘴说不出话来了。他没有想过这个问题，但能说妻子的话没有道理吗?

不管怎么说，这是一个甜蜜的夜晚。

"多待几天吧。"熄灯很久以后，妻子说。

"待两天。我想，大后天回油田。"他说。

"什么时候再来?"

"一有机会，我就来。"

"月底，是咱俩结婚纪念日。"

"我记着呢。肯定回来。"他说。

后来，两个人在甜蜜中沉睡了。丹巴没有想到，一场灾难正在等着他，他再也不可能回来了。

第二章 远方来客

1 出走的助教

岁月就像戈壁上的风，会把好多曾经存在过的痕迹从人们的记忆里抹掉，比如说八十年前的那个洋人。八十年前他来到戈壁，在戈壁上整整待了十二年，但人们已经忘掉了他。说起来也难怪，如今八十岁的老人当时才刚刚出生，谁能记得那时候的事？

那个洋人沉寂了几十年后却被丹巴和桑嘎发现了。桑嘎最初发现的是一个牛皮封面的日记本。日记本里的内容十分繁杂，有洋人自己的每日活动和感想，还有勘探石油的经过和结果等。日记本里还夹着几张缩小了的设计图纸和一张照片，照片上是一个洋人老头，灰发、蓝眼、潮红的脸，还有两份从外文报纸里剪下来的报道。身为石油工程师，桑嘎最感兴趣的当然是勘探结果和设计图纸，但细细研究完那些资料以后，他却对洋人的身世产生了浓厚的兴趣。他想弄明白，一个法国人（他的日记里使用的是法文）怎么在八十年前就来到了内蒙古西部大戈壁？于是他开始研读那些外文报道。

其中一篇报道里写了这么一件事：法国某海滨城市一所大学的一个年轻的助教突然弃家出走了，时间是1882年。本来大千世界有个把人离家出走不算奇怪，但从报道看这位助教走得却实在没有道理：他刚刚继承了一笔可观的遗产，还刚刚娶了一个美人为妻，而且很快就要被聘任为副教授。他的一切都很美好，他的未来将更加美好，但他却出走了。

接着另一篇报道里说，本报最近收到了出走助教寄来的一篇文章，文章里提到了助教的一个远祖很久以前的一篇日记，助教摘录了自己远祖的这篇日记以后，又写了一段自己的感想。其中远祖的日记是这样的：

……我和向导两个人，三峰骆驼。我们两个人一人骑一峰骆驼，另一峰骆驼上驮着我们的行李、干粮和水。我们走在内蒙古西部茫茫的大戈壁上。到了中午，我提议要休息一下。我们下了骆驼，点燃了一堆火，开始吃干粮。我无意中发现我们正坐在一个坍塌的崖头旁，坍塌下来的土呈褐红色，看去像拌了油的炒面一样。我问向导这是什么土？向导说不知道叫什么土，但据说这土能燃烧。我听了大为惊奇，土还能燃烧？我提出那我们烧着试一试。向导却大变脸色道，我们这个地方不能烧这种土，我们有忌讳。我是主人，他是被我雇用的向导，我能听他的吗？我就抓起一把那种土，丢进火堆里。我看到了奇迹，那土真的燃烧了起来，就像浸了油的面包屑一样燃烧……

这篇日记说明，出走助教的这个远祖在很多年以前曾经到过内蒙古西部大戈壁，而且惊奇地发现了一种“能燃烧的土”。这篇日记一直保留了下来，后来被年轻的助教发现了。年轻的助教把这篇日记摘录下来寄给了报纸，接着又大发感慨：

啊，神奇的东方，神奇的内蒙古大戈壁！在一些人眼里那是一片蛮荒的土地，没有经验的人一旦走进去就因为分不清东南西北而迷路，还有可能遇到可怕的沙暴和狼群。但在另外一些人的心目中，戈壁的形象完全是另外一种样子。他们知道，那里有许多废墟和遗址，运气好的人在那里可以找得到举世罕见的壁画和古籍；有些地方玛瑙石多得就像牧场上的羊粪蛋一样遍地都是。他们还知道，那里的地壳下边可能埋藏着各种各样的矿藏，而且储藏量大得惊人。

我可敬又可怜的祖先啊！他遇到的是石油呀。但他却不知道。但这能怪他吗？他生活的那个年代，文明的曙光还没有照耀人类。

读完我远祖写的文字，我彻夜难眠……

报道最后写道：年轻的助教看来是去了东方，去了内蒙古，他大概是度过了很多“难眠之夜”以后，在“文明曙光的照耀”下出发的……

桑嘎一开始根本不明白这两篇报道的意义。但当他重复阅读五六遍以后却想到，八十年前来戈壁寻找石油的那个洋人就是报道里的那个“出走的助教”。

年轻的桑嘎久久地凝视日记本里掉出来的照片。

2 一个长相奇特的人

八十年前。从西方报纸报道助教“出走”的时候算起，已经过去了三十年。

他是骑着一匹瘦小的黑毛驴走进戈壁的。因为毛驴过分瘦小而他的个子又太高，远远看上去像是一只肥大的老鹰落在一只瘦小的黑山羊背上，十分怪异。那天黄昏他一直顺着戈壁上的一条河岸走着，神情相当地沮丧。河床并不宽，但水流湍急，带着白色的浪花哗哗地流着。这是一条从冰山上下来的雪水河。河岸上有很多发白的鹅卵石。

他骑在驴上，用深陷在眼眶里的一双欧洲人蓝色的眼睛傲慢地望着戈壁。他怀里还抱着一只哈巴狗。

太阳已经在戈壁的西边沉落，留下了几缕绚烂的晚霞。他怀里的哈巴狗不知是什么原因，这时候发出了让人心疼的叫声，还使劲地挣扎。“哦，我的宝贝，你是想下去走一走，还想喝点水是吗?”他说着，把哈巴狗放下去。哈巴狗一落地就欢快地跑起来，像一个大毛团在那里滚动。它是跑向河边的，但跑了几步又停下来，抬起一条后腿撒尿，还回头朝它的主人叫了几声，摇着尾巴撒娇。“去吧，去喝水。我的孩子。”他说。于是哈巴狗跑到河边，用舌头舔水，发出欢快响亮的声音。

天边最后一抹晚霞正在缓慢地消失。他看到距这里大概三华里以外有一顶蒙古包，一群骆驼在蒙古包前面的草滩上徜徉。蒙古包那边是一望无际的大戈壁，一直延伸到天边金黄色的大沙漠。他这样望了好半天，最后似乎下了决心，长腿一抬下了驴，又从驴背上卸下褡裢。褡裢里传出轻微的金属碰撞声。那是很多元宝、银锭和金条的撞击声。两个月以后，这些金银里很小的一部分将会变成河边的一座房子。但现在这里却连房子的影子都没有，因此他开始搭帐篷。帐篷很小，拆卸下来后可以折叠成很小的一个方块挂在驴鞍子上。现在他把那小方块拿下来，三弄两弄，就支起一个只够容纳他一个人的小帐篷。

小河的水在哗哗地流淌着，干燥的风从戈壁深处吹来，灰白色的天空有几颗大而亮的星星在闪烁。他俯伏着钻进帐篷，拿出一个铁质的十字架摆在正对着门的位置上，胸前画了个十字，接着点燃一根蜡烛，借着烛光开始记日记：“……我终于来到了东方的这一片大戈壁。能够看得出来，这是一片蛮荒的土地，比我的家乡大概落后了几百年。这里是蒙古人的土地。哦，上帝！蒙古人在几百年以前把他们的名字深深地刻在了欧洲人的记忆里。他们是那样地强悍，无所不能！没有想到他们的家乡现在却这样地落后。我甚至怀疑，这里真的是蒙古人的家乡吗？……黄昏时，我走到了一条小河边，便决定在这里落脚。”

他正写着，突然听到外边有人说话。他听得出，那是一男一女两个人在说话，而且也听懂了他们在说什么。

“您好？……有人吗？”这是一个男人的声音。

“这是帐篷吗？从来没有见过这样的帐篷。”一个女人说着笑了起来。

“哦，你们好？……”他用蹩脚的蒙古语答应着，倒退着爬出帐篷。

虽说已经是晚上，但那两个人肯定看出了他古怪的长相，因为他听到女人的惊叫声，而男人在低声责备着女人：“你怎么能这样？人家是客人……”

他爬出帐篷，活动着僵硬的身躯慢慢地站起，就看到骑着骆驼的一男一女，他们大概有三十来岁。两个人的背后是无边无际的戈壁的傍晚。两个人都在朝着他很友好地笑着，但女的眼睛里仍然闪动着明显的惊恐。

“尊贵的客人，您好吗？我们很高兴您来到我们的家乡。”男的说。

“哦，哦……”他嘟哝道。

“您是从什么地方来呀？准备到什么地方？”男的又问。

“哦，哦……我从很远的地方来，从大海的那边，说了你们也不会明白。我就想住在你们这里。”他说。

“我们欢迎您居住在这里。”男的说，“我们给您送来了驼奶。您还有什么需要的，请尽管提出来，不要客气。”

“好，好。谢谢。”

“我叫哈拉金呼，这是我的妻子乌吉木，我们的家就在那边。”男的指了指蒙古包说，“希望您有时间去做客。”

“哦，哦。”

男的把装驼奶的陶罐留给他，和女的一起走了。

他拿出一个专用的铜钵，倒出一点驼奶放在哈巴狗前面。哈巴狗喝起驼奶，发出很响亮的声音，并且不停地摇着尾巴，对主人表示感谢。他自己就直接从陶罐里喝了起来。驼奶很新鲜，他贪婪地喝着。

接着就是睡觉了。他抱起哈巴狗钻进了帐篷，又从怀里拿出一把左轮手枪。在躺下去以前，他还通过帐篷上的小孔警惕地朝外看了看。他这顶奇特的帐篷有好几个这样的小孔。外边已经完全黑了，只有河水流动的声音。他躺了下去，他的脑袋旁边一边是手枪，一边是哈巴狗。

他开始不断地做梦。他的梦凌乱不堪，一开头是家乡的那个海港，他在那里登上了轮船，接着又在茫茫大海上遇到了海盗，他被俘虏。再接着，又在陆地上遇了强盗……这场梦充满了凶险，因此他好几次喊叫着惊醒，浑身冒冷汗。大概是后半夜，他又一次醒来，他不想睡了，就坐了起来，又通过小孔往外看。他发现外边是一片月光了。

月光下的戈壁朦胧无边，一些骆驼在不远的地方游荡，还有几匹狼刚刚喝完水又匆匆消失在月色朦胧的戈壁深处。

3　他盖起了一座小楼

他有时候是不是还想起过欧洲的生活？没有人知道。但有一点是肯定的，那就是这里与欧洲之间存在着巨大的差别。

他每天忙个不停，骑着毛驴去拜访旗王爷，拜访戈壁上德高望重的萨满大师，还拜访附近的牧民。牧人们开始接受他，不仅接受他的长相，还接受他整个的人。大家觉得他是个古怪的家伙，同时又是一个可爱、可怜的家伙。古怪主要指他的长相、饮食习惯和傲慢生硬的脾气；可爱是指他其实是一个十分直爽的人，几乎是怎么想就怎么说，怎么想就怎么做，很少耍心眼。另外大家还十分喜欢他的小礼物和表演。他拜访附近牧民的时候给每一家都带去了礼物，而那些礼物是那样地新奇：有不用点燃就能自己亮起来的小灯，有用一把钥匙拧几圈就跑起来的小铁马，有不管下多大的雨都不会透水的衣服……他到每一家拜访时还不厌其烦地进行一些表演，表演那些小礼物的功能。甚至有一次，他去拜访一家牧民，那家的老头正在感冒发烧，他就拿出一个白色的药片让老头吞服，没有过半个钟头老头就退了烧。人们觉得他可怜也是有道理的，他多大岁数了呀，从那么远的地方跑到这儿来。在戈壁牧人看来，一个离开家乡的人是可怜的，而一个离开家乡的老头更为可怜……

他有时候也让牧人们生气，主要是因为他很固执，再加上我们上边说过他的脾气傲慢而生硬。有时候他给人一种感觉：好像他认为这里的人很愚蠢也很可笑，唯独他很高明。他经常态度生硬地要求这里的人按照他的意图办事。他总是毫不掩饰地表露出十分瞧不起这里人的神态。再就是他脸上很少出现笑容，总是显得忧郁、烦躁、气势汹汹，好像这个世界欠他太多的东西。只有见到漂亮的女人他才笑，是那种饿极了的人突然看到美味时的贪婪的笑。他的这些表现总是让人们不舒服，生气。但说实话大家生气的时候很少，因为大家认为有的男人老了以后就会变成这个样子，不值得生气，而需要理解和同情。

与他接触最多的是他的邻居哈拉金呼夫妇。那对年轻夫妇经常给他送去新鲜驼奶和食物。还给他送去一顶旧毡包。他们看到他那个小帐篷以后就觉得应该帮助他解决住的地方了。他们帮助他搭起了毡包，他却冷着脸站在一旁，好像很不高兴似的。他们搭好了毡包，又去拿他放在帐篷里的东西，也就是笔记本、灯、褡裢什么的，他却喊叫着制止。夫妇两个人不知道他是怎么了，就站在那儿不动了。他不知道从什么地方找出一个能喷出雾状物体的小瓶子，在毡包里里外外地喷洒了一遍。那个雾状物体有一股很怪的味道，哈拉金呼皱起了眉头，他老婆乌吉木一个劲地打喷嚏，弄不清楚他这是干什么。过了好多天以后他们才明白，他那个叫“消毒”，是怕他们的毡包不干净。

过了一些天，一辆卡车来到戈壁，于是这里的牧人第一次见到汽车。那汽车的轰鸣声几乎响彻了整个戈壁，汽车经过的地方有一股奇特的气味久久不散。戈壁上吃草的畜群受惊了，没命地奔逃。这里只有出过远门的一些人，比如像哈拉金呼那样的牵驼人才在很远的大城市里见到过汽车。他们对第一次看见汽车的牧人们解释说，汽车其实没有什么可怕的，它只是比牛车、马车跑得快，载得也多，但说到底还是一种车。

汽车带来了好多东西也有好多人。那些人忙乎了好些天，在河边盖起了一座房子，是砖房，还是很大的两层。这样他就不住毡包了，住进了房子。牧人们出于好奇去参观过那房子，第一层有好几间屋子，其中一个房间是厨房，其他几间大家都没有弄清楚是干什么的。第二层房子不多，一个是他睡觉的地方，另一个放着桌子和书架。

大家觉得这家伙的行为真是古怪，你想盖间房就好好盖嘛，为什么把一部分房子盖在另一部分房子的上边？他想节约地皮吗？但大戈壁可是辽阔得很啊！……

4 邻居

他说他的名字叫赛西亚，大家弄不明白是蒙古名字还是他们那个地方的名字。他会说蒙古语，他的蒙古语不是蹩脚，而是音调奇特。

他经常去哈拉金呼家喝驼奶。哈拉金呼是驼倌，经常不在家，他的妻子乌吉木每次都很热情地接待他。哈拉金呼和乌吉木的儿子已经三岁了，那孩子见了赛西亚总是有点害怕。

有一天，哈拉金呼放骆驼回来，老婆一见他就大发脾气。

“你还知道回来呀？我以为你死了呢。”乌吉木把手里的东西扔来扔去，说。

“怎么了？”

“那家伙今天又来喝驼奶了，看你不在，竟对我动手动脚……”她越说越气，就骂了起来，“咋那么不要脸，简直是个畜生！”

听到这事，哈拉金呼也有点不高兴了。他怎么能这样？他想道。但想归想，他却什么办法也没有。他总不能为这样的事去找那个洋人吵嘴打架吧？他闷闷不乐地坐了半天，终于意识到自己所能做的只能是帮助老婆消气。

“好了，你也别生气了。”他开始开导老婆，“也许，他们那个地方就不太讲究那些事。那年我拉骆驼去兰州，兰州也有洋人。我就看见他们男男女女在大街上拥抱亲嘴。那是人家的习惯嘛。咱们提防着点就行了……”

“他再敢那样，我就扇他的耳光。”

这事就这样过去了，哈拉金呼以为赛西亚不好意思再来了，他打算过一两天给他送去一点驼奶，他知道那家伙喜欢喝驼奶。但他没有想到，还没过两天，赛西亚却自己过来了。

乌吉木一看见他就板着脸走了出去。哈拉金呼一边给他倒驼奶，一边却感到很不自在，好像自己做了见不得人的事一样。而赛西亚却一副若无其事的样子，大口地喝着驼奶，用蓝色的眼睛傲慢地望着蒙古包门外遥远的天际。

“这家伙脸皮怎么这么厚呀。”等他走了以后乌吉木走进来说。

哈拉金呼沉默良久说：“他不是脸皮厚，是根本没有把咱们当人看。”说完叹口气又说，“咱俩遇到了一个不好的邻居。”

5 游说

盖起二层楼以后不久，汽车又来了，而且这次不是一辆，而是三辆。汽车上下来很多人，卸下了很多离奇古怪的设备。那些人带着那些设备很快消失在戈壁深处。这时候大家才觉得这家伙是有点不对劲了，他要干什么？

很快传出消息说，他是在寻找一种“会燃烧的水”，据说那种水在地底下很深的地方。戈壁上的人们不知道那是一种什么样的水，赛西亚找那种水要干什么，于是大家开始变得疑虑重重：赛西亚究竟是什么人？是巫师吗？他要找的“会燃烧的水”究竟是什么？一旦找到了，会带来什么后果？

有人报告了旗王爷。旗王爷立即派人去告诉赛西亚：他必须停止他离奇的行动，否则他将被驱逐出戈壁！

于是赛西亚骑着毛驴在戈壁上到处跑。他先找戈壁上的牧人，他向他们宣传那种“会燃烧的水”是多么地神奇，一旦把它开采出来会带来多么丰厚的利润，会对古老的戈壁牧人的生活带来多么了不起的变化。但却没有人理他。这样过了几天，他打算去找旗王爷。他希望官府能够理解他。

他骑着毛驴跑到了旗王府，直接走进王爷的客厅。

“我是来拯救你们的。”他对王爷说。

“你说什么？”王爷笑了起来，“我们怎么了？竟让你费心从那么远的地方跑来拯救我们？”

“因为你们这个地方太落后了。”他说。

“那你可真有点多管闲事了。我们不需要你来为我们操心，因为苍天早已为我们安排好了一切，我们过得很好。”王爷说。

“我知道你要这样说。”他冷冷地说，“但你那个苍天能给你航海的轮船吗？能给你跑得比马还快的汽车和火车吗？能给你像雄鹰一样遨游天空的飞机吗?”

“我们根本不需要在水里游，鱼鳖才需要在水里游动。我们也不需要在天上飞，那是鸟们的事。我们更不需要跑得更快，我们有马和骆驼。”

“你真的这样想?”

“当然，因为那是苍天的旨意。违背苍天的旨意是会招来灾祸的。”

“你不应该信奉你那个苍天，应该信奉科学。”

“你管得也太多了吧？该信奉什么我们自己明白。”王爷不高兴了。

从王府出来，他又去找戈壁上一位有名的萨满大师。他与那个已经活了九十多岁的大师之间发生了一场更为激烈的争论。

“我代表文明，你代表你的苍天。但我们有一个共同点，就是为大众百姓办好事。”他说。

“那你想办什么事?”大师问得直截了当。

“我要在戈壁上挖出一种会燃烧的水。”他说，“但你们这里从普通百姓到官府都不同意我挖。因此我要求你帮我的忙，开导开导他们。”

“哦，我明白了，你从那么远的地方跑到这里来，为的就是挖那种‘会燃烧的水’。”大师说。

“这是科学发展的必然走向。”

“但我要告诉你，我们的苍天决不允许任何人挖地底下的东西。”

“为什么?”

“苍天把一切有害的东西都深深埋入了地下。就好比你们的神话里边讲的，把魔鬼装进瓶子里再加上封盖一样。你说的那种‘会燃烧的水’，还有好多好多深埋在地底下的东西，都是魔鬼呀。你现在却要把魔鬼放出来。”大师说。

“看来你并不知道，我们那个地方早已把‘会燃烧的水’挖出来了，结果怎么样？我们用那种水做燃料，让一些机器跑得比马还快，载得比骆驼还多，飞得比鸟还高，大海里游得比鱼还远。”

“这只能说明你们犯了一个致命的错误。你们一旦犯了这种错误，你们就再也不会有回头的机会了，因为你们会被一种欲望的惯性所推动，一直朝着欲望的深渊走下去——你们希望游得更远，跑得更快，飞得更高，载得更多……释放出越来越多的魔鬼，制造出越来越多离奇古怪的玩意儿。为了消除你们那些离奇古怪玩意儿所带来的祸害，你们又不得不制造出更多离奇古怪的东西，最后走向灭亡。”大师用肯定的语气说。

“你知道吗？你这是用野蛮来拒绝文明。正因为这样，更需要我来开化你们。”

大师毫不客气地说：“你真的这样想？那只能说明你的愚昧。我现在可以开导开导你。我觉得你是一个明白人，你应该懂得人的身体构造，也懂得人的体力、视力、听力等等。人体构造和人的体力、视力、听力等决定着人不能像鱼一样在水里游，不能像鸟一样在天上飞，也不能跑得太快和载重太多。如果你一定要游在水里，那你迟早要淹死。你如果飞上了天，迟早会摔死。你如果跑得太快，那会撞死。你要是载负太重，你就会被压死。”

“但我们那里已经……”

“你们那里为什么出现那样的情况你知道吗？那是因为，你们那里人的欲望超过了人的本领。”

赛西亚望着眼前这个戈壁上的智者目瞪口呆。他对这个老头一点儿都不服气，但也终于明白了这个老头决不会跟他合作。

他气呼呼地骑着毛驴跑在戈壁上。他气恼地望着辽阔无边的戈壁，时而望一眼戈壁上空。他似乎今天才发现戈壁是这样地辽阔、雄浑，这种辽阔雄浑向他显示着一种神秘的力量。还有戈壁上面的天空，那就是戈壁人说的“苍天”！就因为这个“苍天”，王府、大师和老百姓都坚决拒绝了他！哼，苍天！

他被拒绝了，但并不泄气。石油，他是开采定了，谁也休想阻止他。这里的官府算什么，大师又算什么？在傲慢的欧洲人眼里，连中国的皇帝都算不了什么。

6 抵制

有人把赛西亚的行为报告给了旗王爷。三十多岁的旗王爷用手捻着他额鲁特蒙古人漂亮的黑胡须笑着说：“不能让他挖。”“那我们派兵把他驱逐出戈壁。”王爷的手下建议道。“啊，不能，我们最好不要做那种粗野的事。人家毕竟是我们的客人，只要他不要太过分，我们还是应该以礼相待。”王爷说。“那怎么办？”手下问。“那还用问吗？我相信，大家都知道应该怎么办。”“需要给下边打招呼吗？”手下又问。“根本不需要。连暗示都不需要。”王爷笑着说，很自信的样子。

王爷的判断相当准确。戈壁上的牧人们开始抵制那些勘探人员寻找石油，而抵制的方式却十分奇特。当那些石油勘探人员在茫茫戈壁上好不容易遇到一个牧人，就问好多问题，问哪边是北哪边是南，问什么地方有水，问某一个地方的方位。被问的戈壁牧人很友善地一一回答所有的问题，但结果总是与实际情况南辕北辙。那些勘探人员所带的仪器据说能够看到地底下很深的地方，而且他们还带着罗盘、指南针、望远镜等，但照样被牧人们糊弄得像一只只无头苍蝇。但当他们陷入绝境的时候，某一个牧人又会突然出现在他们面前，给他们送来水和食物，还说他们之所以迷路，是因为苍天不赞成他们寻找那种“会燃烧的水”，并且善意地劝他们尽快离开戈壁。

有一天，那些勘探人员遇到了一个年轻的牧马人。

“这附近什么地方有水？我们带的水已经用完了。”他们对牧马人说。

“当然有，从这儿往北走六十华里，有一口井。”牧马人用马鞭子指着天边说。

“天啊，六十华里！”

“那是离这儿最近的一口井了。”牧马人说。他的神态告诉他们，有本事你别去那里。

这些人只好朝着牧马人刚才指给他们的方向走去。他们走到第二天中午也没有看见水井。

他们就这样陷入了绝境。喝不上水他们很有可能变成干尸。但就在他们最为绝望的时候，一个骑骆驼的人出现在地平线上，朝他们走来。

骑骆驼的人来到他们跟前的时候，他们有的坐着，有的早已躺下，都用毫无内容的眼睛看着他。

“看来你们很久没有喝到水了。”骑骆驼的人说。

“是的。有人告诉我们，朝北走六十里有一口井。但我们走了三个六十里地也没有见到水井。”他们通过翻译说。

“太危险了。这样你们迟早会出事的。我看你们还是回去吧。”

“你能不能救救我们？我们给你银子。”

“不要担心，我给你们带来了水。但我不要你们的银子，因为你们是我们的客人。”

这样的事情经常发生，于是进行勘探的那些人只好回去向赛西亚告状。赛西亚气得要命。

“他们是在耍你们。该死的……”他骂道。

“这么继续下去我们很有可能遇到不测。我们……不想干了。”

“我给你们加钱。”赛西亚说。

搞勘探的那些人走了以后赛西亚仍然很生气。“野蛮，粗暴，畜生!”他骂道。

“这个蛮荒之地，不仅远离铁路、公路和城市，更远离文明!”他吼叫着。

他心里明白，勘探石油的事决不能停止。离开家乡艰苦跋涉了这么多年，经历了数不清的艰难困苦来到这里为了什么？不就是为了寻找石油吗？为了这个目的他抵押了全部财产，又贷了很多的款，他已经没有退路了。

他的勘探在艰难地继续着。对那些勘探人员，他用不断地增加雇金的办法让他们继续去冒险。

这样一来，旗王爷倒有点为难了。“那个洋人，怎么这么不懂得深浅呢?”王爷说，“他这不是逼着我们动粗吗？但那样有什么好处?”

其实不仅仅是王爷，连戈壁上的最普通的牧人都希望赛西亚适可而止。他们想，赛西亚只要停止寻找和挖掘那个“会燃烧的水”，大家仍然可以对他友好相待。因此他们对那些勘探人员不断地制造麻烦，但当他们陷入绝境时又去搭救他们。大家的意思很明白，就是对那些人表明一个态度：我们不同意你们现在的行为，但我们并不想加害于你们。他们没有想到，那些勘探人员根本就对他们的“态度”没有一点感觉似的，仍然到处跑，而且他们所到之处总是挖一些坑，甚至还搞钻探。

这样，牧人们也没有了主意。

“咱们把他们打跑吧。”有的牧人说。

“打跑？他们连东南西北都分不清，他们会因为迷路而饿死的。”有的牧人说。

“那怎么办?”

“谁知道？其实那些家伙是一帮可怜的人。”

牧人们商量不出一个一致的意见，只好到王爷那里讨主意。

“你们等等，我去找萨满大师问问，看他怎么说。”王爷说。

7 萨满

萨满是什么？简单地说那是对天、地、云、雨、雷电和风等自然现象的敬畏观念。因为所有这些都是不以人类的意志为转移的。而这种观念几乎是渗透到了每一个蒙古人的心灵里。因为蒙古民族是一个依赖大自然的民族。

王爷亲自骑马到了戈壁上那个著名的萨满大师家，因为萨满大师是不承认等级的，不管王爷还是乞丐都是一样的人。

王爷把情况对萨满大师讲了讲，萨满大师说，他已经知道了这些情况。

“那我们应该怎么办？”王爷问。

“你试试看吧，能不能很客气地把他们送走。”萨满大师说着叹了口气，又说，“你要知道，咱们家乡地底下的那种‘会燃烧的水’是迟早要被挖的，我们终究阻挡不了有人挖。但咱们能阻挡多久就阻挡多久吧。”

“您是说，我们最终还是阻挡不了。为什么？”

“因为人是越来越聪明了，也越来越贪婪了。一旦聪明与贪婪结合在一起，那只有堕落。”萨满大师说。

“您是说……”

“听说，那个洋人的家乡那边已经把那个‘会燃烧的水’挖出来了。那该死的水早已为他们带来了意想不到的丰厚的财富。人这个东西呀，一旦把魔鬼释放出来，就必定被魔鬼牵着鼻子走。这就叫堕落！”

“那……结果呢?”

“结果，大家都会自食其果，受到苍天的惩罚。”

王爷回到王府以后，立即叫来了带兵梅林。

“你去把我们的客人送走吧。”他对带兵梅林说。

于是带兵梅林带了五十个骑兵，又带了五十峰骆驼，出发了。他先到戈壁深处找到了那些勘探人员。看到五十名荷枪实弹的精壮汉子，那些人乖乖地按照带兵梅林的命令收拾起那些离奇古怪的仪器上了骆驼。傍晚时分，五十名骑兵又去包围了赛西亚的二层小楼。带兵梅林走了进去。

“你……你……你们……想干什么?”赛西亚苍白着脸喊道，手在发抖。

带兵梅林哈哈大笑，说：“你别害怕。我是来为你送行的。”

赛西亚理解错了梅林的意思，大滴的汗珠从额头上滚落下来。“你……不能杀我。”他说。

“我杀你干什么？连你的一根毫毛都不会动。”梅林笑着说，“我们只是把你送回兰州。”

“我不走。”赛西亚喊道。

“你还是走吧。要不，什么事情都有可能发生。比如说有人夜里来放一把火，你跟你的楼房就会变成一堆灰。”

闯进来十来个士兵。他们把楼里的东西搬出去，手脚麻利地捆成驮子，驮上了骆驼。看见事情已经这样了，赛西亚只好往外走，但仍然在喊叫着。

“我抗议！我……要控告你们！……”

“随你的便。但必须马上出发，天都快黑了。”梅林皱着眉头不耐烦地说。

8 结果

两个月以后的一个早晨。

乌吉木一早走出蒙古包，意外地看到河边小楼的烟囱在冒烟。再一看，赛西亚的毛驴在河边的草滩上吃草。

她正望着，哈拉金呼也披着衣服出来了。

“你看那边。那个家伙是不是又回来了？”乌吉木说。

这时候已是深秋季节了，戈壁上落了薄薄的一层白霜。太阳还没有升起。在无边白色的背景下，那小楼烟囱里冒出来的烟和河边的毛驴非常清晰。这时候又有一个穿黑袍子的人走出了小楼，挪动着很高的个头慢慢地走到一边撒起尿来。

“是赛西亚。”哈拉金呼说。

“昨天晚上那里还没有人呢。”乌吉木说。

“他大概是半夜回来的。”哈拉金呼说。

又过了两天，有一辆小汽车进入戈壁，那汽车先来到小楼，接着赛西亚便上了车去了王府。

王爷站在王府的台阶上看着，汽车停在他前面，从上面下来的是赛西亚和一个戴金丝边眼镜的举止文雅的人。王爷把他们迎进了客厅，听他们说了半天才明白那个戴眼镜的人是一个什么专员，但终究还是没有弄明白他是哪儿来的专员。

“这位先生开采石油的要求已经得到我们的批准，这是有关文书。”专员把一张纸放在王爷面前。

“但我还没有批准呢。”王爷看都不看那张纸。

“不需要你批准。”专员文雅的脸上出现了讥讽的微笑。

“我是这儿的王爷。”

“哼，王爷!”专员说，“现在是民国，皇帝都被我们赶出宫了，你还说什么你是王爷！要是在内地，你早就被当作封建王朝的遗老遗少砍头了。”

专员说完就走。赛西亚一直阴沉着脸没有说话。王爷跟他们到了汽车跟前。

“你知道这车为什么能自己跑吗？就因为它烧的是汽油，就是你们说的‘会燃烧的水’的一种。哼，你还说自己是王爷。”专员边对王爷说，边钻进了汽车。

第三章　救火现场

1　不是四十三个，是四十四个！

桑嘎回到油田总部时已经快到中午了。到了这里他才明白，炼油厂厂长的话并不准确，昨天夜里在炼油厂大院内的并不是四十三个人，而是四十四个。而且多出来的那一个人正是他老婆阿拉坦苏都！

桑嘎当时在指挥部大楼门前下了车，就一边朝楼梯跑，一边用手机通知几个人立即到三楼会议室开会。他是想把事故调查组尽快组建起来。一直到这个时候，他还没有想到给老婆打个电话。但是被通知参加会议的人却迟迟不来，他有点懊恼，就想利用这点时间给老婆打个电话。

电话没有接通，而且被告知“无法接通”。桑嘎知道阿拉坦苏都的手机从来都是二十四小时开机的，不明白今天为什么却接不通了。于是他再拨，仍然没有接通。他不再打了，站在大玻璃窗前，望着远处一座白色的楼房，那就是油田报社，他老婆阿拉坦苏都就在报社工作。

正在这时，手机却响了。

“是老桑吗？你知道阿拉坦苏都在什么地方吗？”电话里传来报社总编着急的声音。

“不是在你们那里吗？我刚才打电话没有打通……”桑嘎说，心里就有点急了。

“是吗？……那么……”对方的声音显然颤抖起来，“老桑你先别急。阿拉坦苏都昨天夜里去炼油厂采访去了。”

“你说什么?”桑嘎感到脑袋马上就要爆炸了,“怎么夜里去采访?”

“为了拍摄几个夜间生产的镜头……”

“你的意思是说,她昨天夜里进了炼油厂,到现在都没有出来!是这样吗?”

“也不能这样说,但是……”

“什么但是?要是到现在都不见人影,那么你想吧……”桑嘎喊叫起来,突然又想起一个问题,“她去炼油厂,没有带车吗?”他问道。

“她是坐着采访车去的。司机现在还在炼油厂招待所等她……”

桑嘎浑身无力,拿着手机的手在激烈地颤抖。报社总编仍在说着什么,但他已经不想听了。那家伙绕来绕去啰唆了这么多,其实就想告诉他,你老婆进了炼油厂到现在没有出来这么一个坏消息。

他想现在就跑到炼油厂,冲进滚滚黑烟中寻找阿拉坦苏都。如果找不到,他也不会有活下去的勇气了。就在这个时候,办公室秘书跑来告诉他说,总经理在打电话到处找他。他这才意识到,自己的手机一直在通话状态。

他跑进旁边的办公室操起了话筒。

“桑嘎,你的手机怎么一直占线?情况这么紧急……”总经理在抱怨。

“我刚才在接报社的电话……”

“现在不说接了谁的电话。你马上派人把地下输油管道的图纸送到这里。”

“我爱人……也在炼油厂院里……”桑嘎哽咽了。

“消防队已经冲进院里了。你不要太着急。”

“但是……我……”

“桑嘎,你必须清醒,咱们肩上的责任可比山还要重啊。”总经理在电话里说。

桑嘎擦干了眼泪走进会议室扫了一眼，发现通知参加会议的七个人只来了五个。

“怎么还差两个?”他边走向座位边问。他的表情变得很可怕。

“纪委副书记和技术科长两个人住院了……”办公室秘书胆怯地说。

“听说昨天晚上还在喝酒呢，什么时候又病啦?”

“听说今天一早突然不舒服了。”

“你现在就给他们两个人的第一把手打电话，让他们马上另外派人来。”桑嘎说。

已经来参加会议的那五个人这时候又七嘴八舌地敲起了怪话。

“看人家多聪明，病了！咱们傻乎乎地坐在这里干什么?”

“其实吧，事故调查主要是靠纪委和安全生产部门。至于我们，参加不参加没有多少用。”

“哟，我怎么突然头疼起来了?”

“你是想逃脱吧?”

“讲点人权好不好? 我连头疼的权利都没有了吗?”

桑嘎愤怒地咬紧了牙关。他太清楚这些家伙的想法了，事故调查的一个重要内容就是分清事故责任。这么大的事故，责任落到谁的头上谁就完蛋。完蛋了的那些人首先恨的是调查组，不仅他们本人恨，他们的家人，连他们的亲朋好友都有可能恨你一辈子。但谁愿意叫人家恨呢?

“调查组名单是总经理定的，谁不愿意参加，自己找总经理说去。”桑嘎强硬地说。但他对这些人已经失去信心了，他觉得靠这些人调查事故肯定不会有什么结果。

“既然领导已经定了，那咱们就干着看吧。但最后的结论还是让上级调查组做。咱们这些人，用不着多嘴。”一个人说着，打了个哈欠。

2　又多出一个人

桑嘎开完事故调查组会议，就立即朝炼油厂跑。炼油厂在十公里以外的荒原上。他突然觉得炼油厂很像个花瓶。是啊，一个巨大的花瓶，浓黑色和暗红色的花朵正在花瓶上方竞相开放，婀娜摇曳。

花瓶！……

他家里也有一个花瓶，花瓶里永远插着怒放的红玫瑰。阿拉坦苏都喜欢鲜花，就在昨天早晨，她还买来一束红玫瑰插在瓶里。

他不敢继续想下去了，抬头一看，车已经到了炼油厂门口。炼油厂副厂长和消防队的几个领导在那里指指画画地商量着什么。

“被困在大院里的人出来了没有？”他问。

“没有，一个都没有出来。”副厂长说。

“那……”

“消防队已经进了大院。他们一边灭火一边在找人。”

就在这时，从厂部那个方向有二三十个人又喊又叫着跑过来。桑嘎一看就明白了，他们是至今关在炼油厂大院内死活不明的那些人的亲属。站在厂门口的副厂长和消防队的领导转身就迎着那些人跑过去。他们知道，不挡住这些人，这些已经痛苦和惊恐到极点从而早已失去理智的人会毫不犹豫地冲进火海。但挡住他们还真不容易，因为这些人已经近乎疯狂了。

“躲开！谁挡道我就跟谁玩儿命。”

“我不想活了呀……”

“把事故责任人拉出来枪毙，千刀万剐！”

“把腐败的厂长拉出来！”

他们在拼命地哭喊着，很快将副厂长和消防队的两个领导推到了一边，副厂长还挨了好几个拳头。桑嘎一看就要出事，情急之下他跳上了厂门口的台阶。

“我请求你们先听我说两句话，只两句！你们要是觉得我的话没有道理，那么谁也不会阻挡你们进去。”他喊道。

人们慢慢静了下来。

“我要告诉大家，我的妻子也跟你们的亲人一样，现在还在这个大院里没有出来……”他说，“今天一早我也跟你们一样，想不顾一切地冲进火海。但后来我明白了，那样情况会更糟糕，不仅有可能造成新的损失，还影响灭火，影响营救咱们的亲人……”

大家的目光告诉桑嘎，他们愿意接受他的意见。但这并不是因为他的话有道理，而是因为相似的遭遇沟通了双方的心灵。

“那……咱们怎么办？”有人问。这“咱们”里已经包括了桑嘎。

“请你们都到厂部会议室等待消息。消防官兵现在正在全力寻找我们的亲人，我们不要影响他们的工作……”

大家犹犹豫豫地朝厂部走去。桑嘎松了一口气看着人们离去。他发现只有一个女人留了下来。

“桑嘎大哥……”

女人来到他身边这样叫他。他却怎么也想不起来这个女人是谁。

“大哥你认不出我了？我是青巴图的老婆呀。”

他现在才认出了这个女人。她很明显处于极度的痛苦和慌乱之中，头发蓬乱，双眼红肿。要是放在过去，他完全有可能不理睬她，但今天这样的情况下他却不能不理她了。因为她出现在这些人当中。

那还是前年夏天的事。桑嘎一早刚走进办公室，一个哭红了眼睛的女人进来了。

“我是青巴图的老婆。”女人说着就要哭起来。

“哦……”

桑嘎记得油田宣传部有一个叫青巴图的人，据说是写“油田志”

的。桑嘎是技术干部，跟写作志书的人并不熟悉。他不明白这个女人来找他什么事。

“您的爱人……叫阿拉坦苏都吧？”女人问。

“是。”

“大哥您管管您的爱人吧。我丈夫经常打我……我为丈夫付出了一切，我们还有孩子……”

桑嘎望着她不知道说什么好。他已经明白这个女人为什么来找他了。她是想说，她的丈夫跟阿拉坦苏都有不正当的关系。但他觉得这真是无稽之谈。

“我倒想劝你，应该信任你的丈夫。两口子过日子，相互信任很重要呀。”他说。

“看来您也跟我一样被你们家那口子蒙在鼓里呢。”女人叹了口气，从衣袋里掏出一张硬纸片说，“您看看这个。”

桑嘎接过纸片。那是一张贺年卡，卡上是阿拉坦苏都隽秀的字迹：

祝你跨上理想的骏马，奔向梦中的地平线。

阿拉坦苏都

“这叫贺年卡。每年过年，人们互相寄送很多这样的卡。”桑嘎说。

“但我丈夫把这张卡一直藏在衬衣口袋里。我洗衣服才发现的。”女人说。

“那说明不了什么。”

“他在家里经常夸你老婆。”

“真的有那种事，他不会当着你的面夸她的。”桑嘎说着微笑起来。

从那以后桑嘎再没有见过这个女人，也没有把她的话放在心里。他忙得很。没有想到在今天这个场合，他第二次见到了她。

“你怎么也在这里？”桑嘎问道。

"青巴图也在这个院里……"

"什么？"

桑嘎真是大吃一惊。他怎么也想不明白，一个宣传部要笔杆子的，怎么会在这个大院里。上午炼油厂的厂长说大院里有四十三个人，后来增加了一个阿拉坦苏都，就变成了四十四个。现在又冒出了一个青巴图！天知道昨天夜里在这个院里究竟有多少人！

"他……怎么也来这里啦？"桑嘎问。

"昨天晚上他在家里接了一个电话。他就朝这里来了……"

"电话？谁的电话？"

"一个女人打来的电话。接了电话，他就说去炼油厂，走了。"

"但……你怎么肯定他一定是进了这个大院？"

"我查过了，他在炼油厂招待所登记了房间。但那里的服务员说，到了半夜，他跟隔壁房间里的一个女人去了车间……"

"隔壁房间的女人？"

"我查了来客登记，那个女人正是您的妻子阿拉坦苏都……"

3　在炼油厂大院内

桑嘎跟副厂长和两个消防队军官走进了大院。部分火势已经被控制，但另一些地方仍然是火势汹汹。

这个大院桑嘎曾来过无数次，但现在如同进入了一个从未来过的陌生的地方一样。各车间的窗户玻璃全没有了，墙壁也全被烟火熏黑，一片狼藉，凌乱不堪。

"三个车间几乎同时发生了爆炸，但火已经灭了。现在的问题是那边的库房仍在燃烧，而库房又连着大油库。"消防队军官边走边说，"现在我们处在两难境地，就是先救人还是先灭火的问题。不尽快找到困在院内的人，他们随时都有危险。但如果把主要力量用在找人上边，油库那边的危险就增大。大油库一旦发生爆炸，那就等于爆炸了一颗原子弹。”

“能不能这样，你们消防队全力以赴灭火，人我们找。”桑嘎说。

“不能。”

“为什么？”

“我们有责任不让任何人进入火场。”

“但你们现在两头都顾不过来了呀。”

“这……”

消防队军官不说话了，桑嘎向外跑去。副厂长跟在他身后跑着。

“叫几个人来。我们负责救人。”桑嘎边跑边说。

谁见到过白天变得比黑夜还黑暗？但桑嘎等几个人现在的感觉正是这样，有阳光还有火光，但他们感到已经暗无天日了。他们在三个车间里共找到十二具尸体！

这些尸体有的在机器旁，有的在走廊里，有的在更衣室，还有的在厕所。很显然，这些人在生命的最后时刻为了逃脱厄运曾到处躲藏和跑动。虽说他们早已僵硬的尸体有着各种各样的姿势，但每个人双手十指无一例外地往前伸着。他们要抓到最后一丝生机，但却没有抓到。就这样，十二个鲜活的生命变成了僵直、丑陋的尸体。

但他们烧伤并不严重，他们的面目都能辨认。这说明，这些人并不是被烧死的，而是被毒气熏死的。每当发现一具尸体，他们就像傻子一样愣在那里，浑身冒冷汗。桑嘎更是每发现一具新的尸体总是连看都不敢看，心跳得要从胸膛里蹦出来似的。因为他想，每一具新的尸体很有可能就是阿拉坦苏都。当他们连续发现十来具尸体，而且都不是阿拉坦苏都的时候，桑嘎已经再没有勇气看一眼新发现的尸体了。

接着，他们又找到两具尸体，现在已经是十四具尸体了，但其中仍然没有阿拉坦苏都，也没有青巴图。

桑嘎心中突然产生了一种强烈的希望：老婆也许还活着！

大家继续找，仍然什么都没有找到。桑嘎突然听到副厂长在那边喊：“总工程师，你快来看……”

桑嘎的心一下又提到了嗓子眼上，他以为阿拉坦苏都的尸体被找到了，但当他心惊肉跳地回过头看的时候，并没有看到什么尸体，只看到副厂长手里拿着一部手机。

“怎么了？”桑嘎过去问。

“这是……油田工会主席的手机。”

“什么？”

桑嘎接过手机看，手机一点都没有损坏，小小的绿色彩屏上显示手机主人的名字：丹巴。

桑嘎的手在颤抖，他打开手机，查看最后一次通信记录。这样他看到了一条已经写好但没有发出去的短信。短信是丹巴写的，却没有收信的电话号码，因此就没有发出去。也许，丹巴本来就没有打算给某一个具体人发信，只是想用手机短信的形式把当时的情况记录下来。

凌晨4:30炼油厂发生爆炸，我们困在车间……

“丹巴不是从党校直接回家了吗？”他问。

“是回家了，但前天晚上回到了油田。”他身边的人说。

“那……他为什么要来炼油厂？”

“不知道。”

“这是什么？”桑嘎突然有了新的发现：这里的地上竟散落着很多的钞票，都是百元面值的人民币。因为地上早已覆盖着一层灰尘、从房顶上掉下来的沙土、玻璃碎片，这些东西又被消防队水枪打进来的水泡得一塌糊涂，一般是不好发现的。但桑嘎却发现了，那些钞票遍地都是。

“什么？钱？”副厂长一脸茫然。

桑嘎真是百思不得其解，这里不是金库，哪儿来的这么多钞票？他站在那里发呆。

副厂长的话把桑嘎又拉回到丹巴身上。“我想起来了，工会主席昨天晚上给我打过电话，他说他已经来到炼油厂，他想见我。”

“那后来呢？”

“当时我忙其他事，就没来。”

“这么说，丹巴昨天晚上真的在这里。”

“是的。”

桑嘎一拳头砸在被烟火熏黑的墙上，牙咬得咯咯响。他心里喊着：丹巴，你为什么来这里送死？你本来可以不死的呀！……

他转过身来，眼神变得很可怕。现在至少还有三个人没有找到！

“继续找！一定要找到他们……”他喊道，接着便无力地闭上了眼睛。

他怎么能忘记与丹巴认识的经过呢？

那是十多年前的事了。当时他在城里的石油研究所当研究员。那是一个夏天的下午，戈壁上一个旗的旗长来到石油研究所，要商讨在戈壁上开采石油的事，研究所让桑嘎接待那位旗长，事情就这样开始了。

旗长叫丹巴，是一个高大潇洒的戈壁蒙古族青年。脸色黝黑，牙齿却雪白，那是戈壁上长大的标志。

“你们要开采石油？你们那个地方有石油储藏吗？”桑嘎问。

“应该有。”丹巴旗长笑着回答，很自信的样子。

应该有？什么叫“应该”？桑嘎很想跟着他笑起来，但忍住了。

“这么说，你们有石油勘探资料？”桑嘎问道。

“应该有。”

又是一个“应该”！桑嘎这回不但不想笑了，而且还有点不高兴。当时，也许全中国都在嚷嚷着要开发地下资源。很多的地方领导似乎都认为，地壳下边到处埋藏着各种各样的矿藏，只要把它们挖出来，将会财源滚滚。桑嘎断定，眼前这个年轻的旗长大概也是一个跟着大家头脑发热的人。

“你说有勘探资料，那资料在哪儿？”桑嘎问。

“我想，应该在你们这个研究所。”丹巴旗长说。

又是一个“应该”！“你说什么？”桑嘎忍不住又笑了。

“据我们那里的老牧民讲，七八十年前一个欧洲人曾在我们那个地方搞过石油勘探，而且还完成了开采设计图纸的绘制。但我不知道那图纸在什么地方。我想，也许会保存在你们这样的研究机构吧。”

“天啊，这要是真的……”

桑嘎的心狂跳起来。他现在才明白，眼前的这位旗长绝不是一个跟着大家头脑发热的人。要是真的有那么一套勘探资料或者设计图纸，那将会是整个石油战线的爆炸性新闻。

“要是真有那样的东西，我一定会认真去找。”桑嘎紧紧握着丹巴的手说。

桑嘎几乎把整个档案室的资料翻了个底朝天，但却一无所获。他又给其他省市区的石油研究机构发函求助，同样没有结果。于是他又开始怀疑那个年轻的丹巴旗长大概是个“无云打雷”的人。“无云打雷”是戈壁上的谚语，意思是毫无根据地胡说八道。他已经没有信心了。让他没有想到的是，当他已经感到山穷水尽的时候，档案室的一个女管理员却给他提供了意想不到的帮助。

那个女人在档案室工作了好多年。那天她望着桑嘎问：“你成天在找什么呢？”

“我找一个外国人在很多年以前搞的石油勘探资料。”桑嘎说。他仍在翻阅着档案，满头满脸全是灰尘。

“外国人？……你等等，我想想看。好像有那么一个东西。”女人说。

“真的吗?”桑嘎都听见了自己的心跳声。

“好像是一个外国人的日记本。对，咱们这个档案室刚成立的时候真的有过那么一个日记本。”女人边想边说，接着拍了拍大腿说，“你跟我来，你要找的东西也许在那个旧箱子里。”

女人领着桑嘎来到一个角落。她指着一个落满灰尘的木头箱子说：“当时搞档案分类，但有些资料很不好分类，就装进了这个箱子，以后就没有人管了。这个箱子放这里大概有三十年了。你要找的那个东西要是有，可能就在这个箱子里。如果这个箱子里没有，那大概早就当废纸卖了。”

桑嘎用两天的时间翻阅箱子里的每一张纸。当一本厚厚的牛皮封面上烫着外文的日记本出现在他眼前的时候，他的手开始剧烈地颤抖了。他用颤抖的手拿起了日记本，一张外国人的照片和一沓图纸从日记本里掉了下来。

日记本里夹着一张小纸条，上面写着：“这是沙漠里甘珠尔庙的扎拉森喇嘛交上来的。特此说明。1950年8月。”

桑嘎当然不知道扎拉森喇嘛是谁，但这个一点都不重要，重要的是一件封尘多年的重要资料终于被他发现了！这个重要资料被发现的结果是，很快有一部分石油专家走向了大戈壁深处，其中就有桑嘎。在戈壁上筹建油田的时候，他跟丹巴又一次相遇了，而且他们还成了好朋友。

如今，丹巴的手机出现在车间里，人却不见了。

4　调查组之夜

一直到傍晚，桑嘎他们仍然没找到丹巴和阿拉坦苏都，只好撤出炼油厂大院。调查组必须立即开展工作。大火仍在燃烧，但火场已经转移到了大院的西北角，距那里五百米处就是大油库，火势正向那个方向蔓延。消防小分队得到了增援，又来了十来台消防车，为了掐断向油库蔓延的火势，官兵们正在苦斗。

桑嘎带着调查组住进了炼油厂招待所，因为事故发生在炼油厂，把调查组设在这里，找人了解情况或者实地调查方便一些。他走进了房间，浑身像散了架一样没有一点力气。昨天夜里他就睡得很晚，今天从凌晨四点开始他一直在奔波，再加上巨大的精神煎熬，他都快支持不住了。他脸都没洗，一屁股坐在沙发上，脑袋靠在沙发背上，闭上了眼睛。

但身体再累，心里再苦，他也必须立即投入工作。他把参与调查组的人分成三个小组，每组两个人，开始找一些人谈话。他自己没有参与谈话，却调来了炼油厂设计图纸和生产流程图研究起来。他想从技术的角度上做出一些判断。

他一站在窗户前就可以看到厂院内那个可怕的景象——火光和浓烟。他看了看手表，已经是晚上七点半了。如果按工会主席丹巴手机上的记载，发生事故已经过了十五个小时。他老婆到现在一点儿消息都没有……

他开始翻阅图纸。就在这时响起了敲门声。

"进来。"桑嘎头都没有抬。

宾馆服务员在前，炼油厂的办公室主任在后，笑容可掬。

"总工，请用餐。"办公室主任说。

"我不吃。"桑嘎挥了挥手，像是驱逐。

"调查组其他同志都去了，在等您啊。"办公室主任压低声音说，"我们厂长说了，一定要好好招待你们。"

"什么？你说什么？"桑嘎突然变得怒不可遏，感到胸腔里突然蹿起一股火，"你们那个厂长到底知不知道现在是一种什么样的情况？火仍然在燃烧，厂区内还有一些人没有找到。你们那个厂长还竟然说，要好好招待！……”

“总工您理解错了。我们厂长只是要求我们，要让调查组的同志们吃好。因为你们真的太辛苦了。当然，喝点酒也是可以的……”

“那你现在就去通知厨房，就说是我说的，凡是调查组的成员，只允许每人上两碗面条，再不能上任何东西。”桑嘎说。

“您说得很对。但是……我是怕调查组的同志们有想法。”

桑嘎突然觉得站在他面前的这个办公室主任是那样地可恶。

“你究竟想干什么？”他一下子爆发了。

“我完全按照您的意见办。但您得吃饭呀。”

“你耳朵是不是有毛病？我已经说过了，不吃！”

办公室主任仍在笑着，好像一点自尊心都没有，走了出去。

桑嘎跌坐在沙发上，用手掌托着脑袋，闭上了眼睛。

又有人在敲门。

一个中年女人走了进来。她的脸上没有硬装出来的笑容，甚至都没有正眼看桑嘎一眼。她径直走到沙发跟前坐了下来，红肿着眼皮。桑嘎认出来了，这个女人是炼油厂管总务的负责人，能喝酒，能唱歌，能说会道。

他看着这个女人，想不明白她这时候来这里干什么。

“总工，听说您在这里，我想来看看您。您太辛苦了，我们厂发生了这么大的事故……”女人说。

桑嘎以为这个女人又是来劝他吃饭的，但她根本没有提吃饭的事。

“咱们都是搞石油的，谁不明白石油？稍不注意就出事故，甚至有时候再当心也会发生事故。您是专家，您比我们更懂得石油是什么，石油就是炸药呀，我们都坐在炸药上边……”

“哦，你说得不错。”桑嘎说。他完全是出于礼貌才这样说的。

“炸药！谁知道它什么时候爆炸？一旦发生了事故，那可不是一般的事故，肯定是损失惨重，肯定会死人。谁让我们是搞石油的呢？”

桑嘎静静地望着这个女人。

“一旦发生了事故，那就是前功尽弃呀。不管你过去多么努力，做出过多大的贡献，付出过多大的牺牲，一旦发生事故，就要追查你的责任，处分，撤职，判刑……但话又说回来，不应该吗？应该！毕竟发生事故了嘛。造成多大的损失呀！……”

这个女人太会说话了，正面反面的话都说到了，而且让你听起来竟一点都不矛盾，桑嘎想着。

“就说我们这个炼油厂的厂长吧，自从筹建厂子一直到现在，就没有过休息日，包括过大年。我看着他都心疼。但现在怎么样？出了事故，一切责任都要由他负责。你说不对吗？党纪国法在那里摆着哪！但凭良心说，这公平吗？他平时没有抓安全生产吗？抓得太紧了，紧到不近人情的地步。但事故仍然会出，这么大的一个炼油厂，有数都数不清的电线和电器，还有那么多的高温设施，炼油没有那些东西行吗？”

桑嘎现在明白这个女人是为炼油厂的厂长而来，因此他很恼火。你也太急了一点吧，他想。死了那么多人你不知道吗？为什么单单为炼油厂的厂长着急，难道炼油厂厂长的命运比那些人的生命更珍贵吗？不管怎么说，那个厂长至今不是还活着吗？但想归想，他没有说话。

“桑嘎同志，咱们也算老相识了，但今天我并不是以老相识的身份而是以一个国家干部的身份来找你，只是想谈谈个人的一些看法。我其实就一个要求，请调查组在追查和认定事故责任的时候，一定要充分考虑我们厂长所做出的贡献和所付出的牺牲。也许，你觉得我现在说这话过早，但我倒相信我的要求是有道理的。”

桑嘎仍沉着脸不说话。

“好了，我要走了。你大概不知道，我们厂长的母亲一直躺在医院里，厂长一直没有时间照顾母亲，现在他更没有时间了。我得去看看老人……”

女人的声音带出了哽咽，掏出手帕擦了擦眼睛。但她似乎不想让桑嘎看到自己在哭，一转身走了出去。

桑嘎下了决心，从现在起不管谁来敲门他都不给开了。他预料，要是不坚决挡住，今天晚上来访的人肯定少不了。

正如他所料，每隔三五分钟，总是有人敲门。但他就像没有听见似的。后来敲门声听不见了，他房间里的电话和手机几乎同时响个不停。他仍然不理睬。

服务员开门进来。

“总工，有一个广州来的电话，说是您的朋友。”

“那……接过来吧。”他说。他知道是石油学院的同学打来的电话，他一个同学在广州工作。

电话接过来了，果真是那个同学的声音。

“桑嘎，你这家伙，咱们又好几年没有见面了吧？忙吧？”

“一言难尽。”

“我知道你那里的情况。你们油田出事了。”

“你怎么知道？”

“上网看到的。”

“是吗？”

“我还知道你当了事故调查组的组长。”

“这也是从网上看到的吗？”

桑嘎跟他的朋友就这么你一句我一句地扯着，心想，连我当调查组组长的事也上了网络新闻？不可能吧？

“告诉你桑嘎，那个调查组的组长可不是好当的。多少人的身家性命都掌握在你手里，很难呀。”

“你想说什么？”

“实话告诉你吧，这个电话是我的一个朋友让我打的。”

“谁呀？”

“你不认识他。他是我们广州的一个富翁。他说他是你们炼油厂厂长的表哥。”

“他让你说什么?”桑嘎问。他已经明白了，朋友的消息不一定是上网看到的。

“他希望你高抬贵手，把他表弟放一马。他说要重谢你。这个你不要怀疑，我这个朋友呀，钱很多，而且说一不二。”

“但是……”

“你听我说桑嘎。你这个人有时候有点书呆子气。其实明摆着的，事故已经出了，不追究责任当然不行，上边不让。但追究得太认真了，好多人要恨你。所以你必须心里清楚，两边都不要得罪为好。说实话，谁也不希望发生事故。那火又不是什么人故意放的……”

接着，话筒里传来朋友的大笑，桑嘎正准备说点什么，对方却放下了电话。

桑嘎气得直摇头，想了想便开始给他的组员打电话，让他们立刻来他的房间。他想到了，像他今天这种情况，其他组员也肯定都遇到了。

组员们陆陆续续进来了，桑嘎从他们每个人的脸上都看出了疲惫和烦躁。

“没法干了。”一个组员说。

“怎么了?”桑嘎问。

“厂长的老婆在我那儿哭了整整一晚上。她说她丈夫一旦被抓起来，她立马要自杀。”

“我接了无数个电话，有的哭，有的骂，有的威胁，有的要送钱……累死了。”另一个组员说。

第三个组员拿出一个信封放在桑嘎面前说:“这是一万元。我要当着大家的面交给组长。别到时候事故责任人进去了，我也跟着进去。”

“谁给的?”桑嘎问。

“暂时我还不想说。”

“我看咱们也别受这个洋罪了。其实这事故跟咱们一点儿关系都没有。但咱们要是继续查下去，我们就会变成众矢之的，半夜挨砖头的可能性都有。”

“我看咱们这样吧，写一个通告贴在宾馆大厅里。写如下几条：我们只见我们点名要找的人，其他人暂时不见；被叫到这里谈话的人，不能为别人说情，不能行贿，必须如实反映问题……”桑嘎最后说。

5 桑嘎心中难猜的谜

客房里终于安静了下来，已经深夜了。但桑嘎不仅没有一点睡意，反而心灵的痛苦在急速地增长。人在夜深人静的时候最容易变得脆弱和伤感，最容易产生孤独、无助、苦闷和思念等情绪。他现在正是这样。

“您比我们更懂得石油是什么。石油就是炸药呀，我们都坐在炸药上边……”这是晚上那个女人说过的话。在那个女人说出这个话的时候，他还相当反感，他觉得那个女人是为炼油厂厂长寻找减轻责任的理由。但他现在却开始感到她这个话有一定的道理。如果这里开采的不是石油，而是沙石、牧草，能遭遇这样的灾难吗？如果他从事的不是石油开采而是畜牧业和草原专业，他会遭到现在这样心灵的煎熬吗？他的妻子会像现在这样生死不明吗？

他突然感到深深的遗憾，当初我为什么学石油专业？那时候我根本就不喜欢石油专业的呀！……于是他想起了自己去世多年的父亲。父亲是石油工程师，是父亲逼着他报的石油学院。啊，父亲！那是一个什么样的父亲呀！……

父亲的脾气很古怪，要么长时间沉默不语，要么就像个疯子一样咆哮喊叫，显得很不近人情，却对石油十分迷恋。他似乎是一个为石油而出生，为石油而生活，将来某一天也肯定为石油而送命的人。也许，他的血管里流动着的是石油而不是血液。只有谈到石油的时候他才会变得和颜悦色。“你们知道什么是石油吗？石油就是哺育人类文明和社会现代化的乳汁呀！”他常这样说。

说实话，桑嘎从小就怕父亲，几乎从来不敢违抗父亲的意志，但在他考大学那年，在报考什么专业的问题上，他与父亲发生了激烈的冲突。

“我要学畜牧业或者草原专业。”桑嘎说。

“你胡说什么？”父亲一听就火了。

“怎么了？”

“什么畜牧业，草原！那还叫专业吗？那是乡下牧民的事。你却把它当成学问，还要到大学去学那些东西。混账！”父亲开始咆哮。桑嘎真气坏了，父亲真的是太不近情理了。

“你听我说……”桑嘎准备开始辩解。

“我不听。你必须学石油！”父亲喊。

“我不学。”他也喊。

“你给我再说一遍。”

“我……”

他父亲像一头发了疯的公牛，红着双眼在屋里横冲直撞，而且见什么摔什么。就这样折腾着，又突然两眼翻白，摔倒在地，不省人事。

躺在急救室的父亲嘴唇在动。桑嘎将耳朵贴近，听到父亲是在说“石油，石油……”桑嘎的眼泪流下来了，大声说：“我听您的，我去学石油！”

父亲的眼睛睁开了，久久地盯着儿子。

“记住，你爷爷……就是为了石油……送命的。”

“记住了。”桑嘎说。

“你爷爷……是第一个主张在戈壁上开采石油的人。但他没有能够实现他的愿望。我也没有能实现你爷爷的遗愿……但你必须去实现。”

“记住了。”

父亲停止了呼吸。桑嘎埋葬了父亲，去学石油专业……

桑嘎觉得父亲给他留下了一道谜，这道谜就是他的爷爷。他曾听父亲讲过，爷爷是一个地地道道的戈壁牧人，而且很穷，没有文化。但父亲在去世前却又对他说“你爷爷就是为了石油送命的”“你爷爷是第一个主张在戈壁上开采石油的人”。一个穷苦而没有文化的，地地道道的戈壁牧人会主张开采戈壁上的石油？还会为这件事送命？这究竟是怎么回事？他觉得不可思议。他在石油学院学习，连续几个月思考这个问题，而且越思考越糊涂。后来他又意识到，不仅爷爷是一道谜，连父亲都是一道难猜的谜。他知道他父亲在解放前就留学欧洲，而且学的是石油专业。一个戈壁上贫苦牧民的孩子，在解放前他怎么就有机会去欧洲留学？他是怎么考上去的？怎么懂得考取石油专业？学费从哪儿来的？……

第四章　牵驼人与洋人

1　王爷接受了委任状

戈壁上又出现了汽车。

有时候是一辆，有时候是两三辆，最多的时候来过四辆。据说这些汽车是为赛西亚勘探“会燃烧的水”服务的。

在广袤的戈壁上，别说是四辆车，就是四百辆车也显得很渺小，在这个天高地广的土地上，这些汽车看上去跟蚂蚁差不多大。但这些汽车的出现仍然让戈壁人感到愤怒和惊慌。戈壁人早就看出来了，那些汽车的出现在昭示着什么，张扬着什么，讥笑着什么。

据说旗王爷把花翎顶戴的官帽都摔在桌子上。“他们说我这个王爷早已不算数了，那我就不当这个王爷了。但作为这里的古老部落的头领，我仍然要反抗。”王爷吼叫着。

站在一旁的带兵梅林凑上前去说：“那您就吩咐吧，只要有您的命令，我可以把那些汽车和人全部扔到沙漠里晒干。但您想过没有？连您王爷的身份都不算数了，部落头领还算数吗？”

“算数不算数由我说了算！”三十多岁的漂亮的王爷喊道。

带兵梅林愣住了，文书梅林愣住了，管旗章京和左右协理也愣住了。他们愣了片刻喊道：“只要您说算数，您就是我们的部落头领。”

“好。你们要骑上骏马，抽出战刀。已经好几百年了吧，我们没有试过骏马和战刀了。但今天我们要试一试。”

一支骑马举刀的队伍出现在戈壁上。马蹄扬起的尘烟遮天蔽日，尘烟中的战刀像浓云中的闪电。那些汽车里的人根本就没有来得及明白这“浓云”和“闪电”为什么不出现在天上而是顺着地面迅速地推过来，就仓皇出逃了。浓云和闪电一直在追着他们。但没有追出多远，就看到迎面又驰来一辆汽车。

“这家伙胆子也太大了。其他汽车都在逃跑，它却迎着我们跑来了。王爷，让它尝尝滋味。”带兵梅林说。

“那当然。让它明白，胆子太大并不是一件好事。”王爷说。

他们将汽车团团围住。车门缓缓打开，钻出一个白净面皮，戴眼镜的男人。王爷认出，他就是那个什么“专员”。

“我们认识。你是这里原来的王爷。”他对王爷说。

“但我已经不是王爷了，这是你说的。我现在是这里的头领。”王爷说。

“不对，你说错了。”

“什么？错了？什么错了？”

“你不是什么头领，是戈壁防务区副司令，少将军衔。”专员说。

“你……说……什么？”

专员从皮夹子里抽出一张纸说：“这是委任状。上边有国民革命政府的大印。”

“什么意思呀？”

“你已经是国民革命政府的官员了，就是这个意思。你当然可以任命你手下的什么扎兰呀，章京呀，梅林呀，协理呀，让他们当旅长、团长等。”专员说。

文书梅林凑在王爷的耳边说：“看来我们一直在人家的手心里，我看您就接受那个委任状吧。对咱们没有坏处。”

“那……”王爷犹豫着。

“还有一件事。”专员说，“你带人驱赶石油勘探队，对人家造成了重大损失。人家已经提出索赔了。现在我命令你，立即停止驱赶活动。”

“你命令我?”王爷问。

“当然，有这个委任状，我完全可以命令你。”专员把仍然在自己手里的纸扬了扬，又说，“我们已经跟人家讲好了，不再出现驱赶现象，可以不赔偿损失。但前提是你必须停止现在的活动。”

王爷不说话了，那是因为他还没有完全弄明白眼前发生着的一切，但似乎意识到，他当王爷也好，当头领也好，他头顶上有一个更为强大的力量在掌握着他的命运。

“我还要告诉你。”专员扶了扶眼镜说，“你已经是国民政府的军官了，我们当然给你发薪金，按月发，每个月八百大洋。”

王爷没有说话。但他想到了，一个可以任命他为少将副司令的政府，一个能够给他每月发八百大洋的政府，其权力和能量绝对比他大得多。

“你下来，接委任状。”专员说。

王爷没有下马，但却伸手接过了委任状。

2　一个出色的牵驼人

哈拉金呼二十二岁时拉着骆驼来这个地方认识了两个人，就再也没有离开这里。那两个人一个是牧羊姑娘乌吉木，后来成了他的妻子，另一个是牧马人巴尔斯，成了他很要好的朋友。

那年冬天的一个傍晚，十七岁的乌吉木刚从野外放牧回来，正在羊圈里忙乎着便听到了驼铃声，一链子骆驼从远处过来。她高兴地迎了过去。她知道牵驼人很辛苦，她想好好招待牵驼人，而且，一支从很远的地方过来的驼队本身就有一种神秘的吸引力。但使她感到意外的是这个牵驼人是那么年轻。她还从来没有见过这么年轻的牵驼人。

她所见过的牵驼人大部分是老头，至少是中年人。

“你好！”她迎上前去问候道。

“啊，你好。”

年轻的牵驼人中等个头，看样子很强壮，脸色黝黑，正露出雪白的牙齿笑着。牵驼人都是这个样子，显得实在，稳重，可靠。他很利索地卸了驮子，拿出一个茶壶。

“看来我要给你添点麻烦了。给我烧一壶茶吧。”他说。

“你想在这里喝茶呀？天这么冷，请你到包里吧，我给你做饭。”她说。

“啊，不用了。”

“你是想……在这里过夜吗？还是到包里吧。”

“不用，我看出你一个人住。”

“那有什么呀？而且很可能要下雪。”她不禁笑了起来。他这个人怕姑娘，她想道。

“我是有点不习惯。”他说，“而且，睡在骆驼中间很暖和。”

他说着，把几峰骆驼牵过来让它们卧成四方形，自己在那个四方形中摊开了行李。

那天夜里真的下雪了，而且下得很大。她半夜睡不着了，就出去看。卧在羊圈那边的那些骆驼全变成了白色。她走了过去，看到那几峰卧成四方形的骆驼几乎被大雪埋住了，再看睡骆驼中间的年轻牵驼人，他已经被埋在厚厚的雪下边了，但他却睡得很香，发出轻微的呼噜声。

这个年轻的牵驼人就是哈拉金呼。几年后他就成了她的丈夫。在乌吉木心目中，哈拉金呼是个十分称职的丈夫，但作为一个牵驼人他却太年轻了。她后来才明白哈拉金呼在牵驼人中的地位。

她嫁给他的第二年，各旗王爷会盟戈壁，商议决定替驻扎兰州的部队运送枪支弹药和物资，这样就征用了很多驼队，好几千峰骆驼。

驼队出发那天，牧人们像赶庙会一[illegible]聚集到王府前面的草滩上。上好驮子的几千峰骆驼在那里整装待发，在那些骆驼前面的空地上堆起的柏树在熊熊燃烧，喇嘛们吹起了大[illegible]号，萨满大师大声念诵着祭文，各旗王爷们穿起了官服端着大银碗酒[illegible]驼队送行。这是一次非常隆重的古老仪式。乌吉木挤在人群中，踮[illegible]脚想看到自己的丈夫哈拉金呼。这次哈拉金呼也带着自己的几十峰骆驼应征了。但更多的牧民却想看看这次远征的驼队“老大”由什么[illegible]担当。按规矩这么多的驼队必须有一个经验丰富，德高望重的人来[illegible]率。戈壁上的牵驼人一个个身怀绝技，胆大心细，有的却自由散漫[illegible]狂妄自大，一般人根本压不住阵脚。再说这些驼队据说要一直走到新疆南部，要走好几个月，路上充满着凶险，驼队“老大”要肩负天[illegible]的责任。饥饿、干渴、疲劳、寂寞、风雪、沙暴、野兽的袭击、强盗的暗算、敌方的进攻……都有可能遇到。根据这个情况，王爷们[illegible]定，这次驼队的“老大”由驼倌们自己推举。

一位老态龙钟的王爷举着银碗向前[illegible]了几步大声喊：“谁当老大？请大家推举。”

老王爷的声音沙哑、低沉，但大家[illegible]听到了，人们立刻变得静悄悄的。

驼阵里传出驼倌们的喊声：“哈拉[illegible]呼！——”

乌吉木不相信自己的耳朵，问[illegible]的邻居：“谁？他们喊谁的名字？”

邻居说：“哈拉金呼，你的丈夫[illegible]”

乌吉木还是不相信，但哈拉金呼[illegible]经从驼倌们中间走了出来，从老王爷手里接过了银碗……

那几个月，作为牵驼人的妻子的乌吉木第一次经历了提心吊胆的漫长的等待。就在那段时间她才听说哈拉金呼十五岁就开始牵着骆驼走南闯北，经历过很多凶险，一些老资格牵驼人都难以对付的复杂情况他都能对付。别看他才二十多岁，在牵驼人这一行当中早已经有独一无二的地位。但在她眼里，哈拉金呼是那么普通、善良而谦虚。她为自己嫁给了这么一个丈夫而感到庆幸。

过了几个月哈拉金呼回来了，他几乎没有什么变化。

“你们……路上没有遇到麻烦吗？”乌吉木问。

“该遇到的都遇到了。”哈拉金呼笑着说。

“那……你们……怎么？”

“总算都闯过去了。”哈拉金呼仍然笑着说。

3　从小楼的窗户所看到的

赛西亚今年五十二岁。我们知道他曾经是个温文尔雅的大学助教，而且还有过一个年轻美貌的妻子。但后来他将助教的地位、美貌的妻子、不错的前程一同遗弃了。他历经千辛万苦跑到东方大戈壁来冒险。一个人一旦走上冒险的道路，大概他的心态也会有很大的变化。但普通人的七情六欲他仍然有。来到戈壁以后，他真的爱上了一个女人。这是连他自己都没有想到的。这个女人就是哈拉金呼的妻子乌吉木。

他第一次见到乌吉木是到这里的头一天晚上。因为天黑，他没怎么注意她。但他第二次见到她的时候却被她深深地打动了。他不明白是什么打动了他。是她的容貌？她的气质？她的朴实？还是她的性格？但他没有想到的是，乌吉木对他却是那样地深恶痛绝。遭到拒绝的当时他很伤感，但后来愤愤然起来。哼，一个戈壁上的女人，他想。其实他仍然在心里喜欢着乌吉木。因为他有好几次梦见了乌吉木。他离开老家这么多年，还从来没有梦见过他的妻子。但他却再也不敢对乌吉木无礼了，他骨子里的欧洲人的优越感不允许他再次遭到拒绝，但只有他自己知道，他心里很是伤感。

他有时候站在二楼的窗户前，长久地望去。窗户正对着河湾和河湾那边的蒙古包。通过那个窗户他有时候能看到乌吉木。她有时候去放羊，有时候背着“阿如克”去捡牛粪，有时候到河湾取水。她的脚步轻盈而自信，朴实的衣着穿在她身上是那么合身，而且动作麻利，处处显现出一种精干。他一旦望见她，就一直那么望下去。但他却想不明白她身上究竟有什么让他这样着迷。在他看来，她并不算娇媚，一个极普通的乡下蒙古女人。后来他终于想到：欧洲那些女人从眼睛、鼻子、眉毛一直到浑身的每个部位都过分地张扬，而乌吉木这个蒙古族女人却正好相反，她从表情到身上的每个部位都有一种适可而止的控制。正是她这种含而不露的风采，使他神魂颠倒。

更使他懊恼不已的是乌吉木的男人哈拉金呼。哈拉金呼远没有西方男子汉那种勇敢威猛，但他又不得不承认哈拉金呼身上似乎有一种比表面上的勇敢威猛更为深刻的气质。他是个十分宽容的人，而恰恰在他的宽容后边似乎有一种对邪恶的蔑视。他又显得很善良，而他那个善良又显得比邪恶更为强大。他究竟是一个什么样的人啊！

赛西亚通过二楼窗户望河对面，几乎成了一种习惯。他只要在二楼，总是会踱到窗前。要是正好看到乌吉木，他就会望着不动。就这样，他有一天意外地看到了另外一个男人。再后来他又发现，那个男人经常来找乌吉木。

那是个骑马的男人。从骑马的姿势上赛西亚判断那肯定是个年轻人，而且很可能是一个牧马人。赛西亚早已发现，蒙古男人骑马的姿势跟欧洲人不同。欧洲人骑马腰杆挺直，有时候身躯稍微往前倾斜。而蒙古男子汉骑马一般都朝一旁倾斜，尤其是年轻的牧马人。那是一种很潇洒也很好看的姿势。赛西亚发现找乌吉木的男人骑马的姿势正是这样。那个人就用那样的姿势骑着马来找乌吉木，跟乌吉木站在一起说话，很亲热的样子。他们有时候在羊群旁有时候在河边。一看到他和她那种亲热的样子，赛西亚粗大的喉结就开始上下滚动，不断地把口水咽下去。

赛西亚认为那个年轻的男人肯定是乌吉木的情人，这样看来乌吉木对自己的丈夫并不忠诚。

有一天，那个年轻人又来跟乌吉木说话。两个人一起待了半天那个人走了。赛西亚跑下楼，朝乌吉木走去。

乌吉木在羊群旁。他走过去叫了两声便单腿跪了下去。乌吉木听见声音回过头来，看见跪着的他惊呆了。

“你……你这是干什么?”她叫道。

“我正在思念的煎熬中遭受折磨。但我却感到幸福。因为我是为你遭受折磨的……”

“你说什么?”

“爱我吧。哪怕只爱我一次。”

“爱一次?什么意思呀?……”乌吉木说着，似乎突然明白了他的意思，气得脸都变紫了。“你咋这么不要脸?”她说，“而且为做那种事竟然还下跪!”

“这是我们欧洲人表达爱情的方式。”赛西亚仍然跪着。

乌吉木看着他的样子，突然又捂着嘴笑了起来，但又很快止住了笑，说：“你知道，我有丈夫。”

“其实你有两个男人。”赛西亚仍然跪着，但目光凶恶起来。

“什么两个男人?”

“我已经观察很久了，一个骑马的男人经常来找你。”

“哦，你是说他呀。是的，他经常来找我，那又怎么样?”

“你倒是很痛快地承认了。”

“什么承认不承认的。那个牧马人是我和哈拉金呼的朋友，叫巴尔斯。”

“你不怕我把你们的秘密告诉你丈夫?”

“秘密？没有什么秘密呀。我丈夫他也知道巴尔斯经常来见我。”乌吉木说着，才明白了赛西亚的用心，“你是用这种办法来达到你的目的呀？你刚才说什么来着？哦，对了，爱！你可真不要脸。”

乌吉木丢下他走了。他慢慢地站起来，看见乌吉木边走边笑。她大概笑他刚才下跪的样子。

赛西亚阴沉着脸往回走。“哼，咱们走着瞧！”他嘟哝道。从骨子里讲，他是个越得不到越想得到的人。

4 救援

第二年春天，赛西亚要从兰州运来一些东西，便雇用了戈壁上一个年轻的驼倌和一串骆驼，亲自带领着进入了大沙漠。

那天哈拉金呼正好从野外往家里赶。没有风，天空也算晴朗，但紧靠着地平线有一条灰黄色的晕带。一看到那条晕带他的心就往下沉，因为那是发生大沙暴的征兆。他正走着，又看到一串驼蹄印子。他不仅认出那是年轻驼倌朝克图的那些骆驼的蹄印，而且还看出这些骆驼是出远门去了。于是他开始着急，不断催促着自己骑的那峰大红骆驼，很快回到了家里。

“今夜有大沙暴，朝克图干什么去了？”他着急地问乌吉木。

“好像是那个赛西亚带着朝克图进入了沙漠。”乌吉木说。

“糟糕！他们会在沙漠里遇到大沙暴，那太危险了。”哈拉金呼叫了起来。

“什么大沙暴？”

“今天夜里肯定有大沙暴，我看见天边已经出现晕带了。”

“那怎么办？”乌吉木也着急起来。

“我马上去追他们。”

就这样，刚刚从野外回到家的哈拉金呼连一口茶都没有来得及喝，就又去追赶进入沙漠的驼队。

那天夜里真的发生了大沙暴。那时候赛西亚和年轻的驼倌朝克图已经走在沙漠里。他们突然听到一种低沉的轰鸣，但却弄不清这轰鸣声来自什么方向。紧接着，静默的沙漠突然间便狂舞起来，变成了无边无际波涛汹涌的大海。突如其来的沙暴使得第一次进入沙漠的洋人和缺少经验的年轻驼倌立刻就变得分不清东南西北了。

赛西亚不停地在胸口画着十字，祈祷着："上帝呀，请快救救您的孩子吧。我来到这个蛮荒之地，正在遭受着意想不到的灾难……"

年轻的驼倌在骂他："还啰唆什么？快帮帮我呀。"

驼阵在大风中扭曲着，挣扎着，随时都有可能被大风吹走。

赛西亚虽然怕得要命，但脾气还不小。他对驼倌喊："你是我雇用的驼倌，你有责任保证我的安全。"

"我连自己的命都顾不过来了，还保证你的安全……"

风越刮越大，粗大的沙砾劈头盖脸地打过来，他们连呼吸都很困难了。但他们仍在吵个不停。

"你不是说能够穿越大沙漠吗？现在怎么了？"赛西亚吐掉嘴里的沙子喊道。

"要是没有遇到沙暴，这个沙漠我可以唱着歌来回穿越十次。但现在不是遇到沙暴了吗？"

"我真瞎了眼，雇用了你这么一个没有用的东西。"

"我看你是真的瞎了眼了。哈拉金呼不是就住在你旁边吗？你为什么不找他找我？害得我也跟着你倒霉……"

"哈拉金呼？他会牵驼吗？"

"你真是什么都不懂。哈拉金呼是我们戈壁上最著名的牵驼人。"

"是吗？你早说呀。"

"你问我了吗？"

驼队其实走得很快，但那并不是因为人的意志，而是在被巨大的风力和惊天的沙浪推动着狂奔。

就在这最为危急的时候，前面传来一声断喝。使人惊奇的事情发生了，那些刚才还在呼号着狂奔的骆驼，一听到这个声音便突然不动了。

“啊！哈拉金呼……”朝克图惊喜地喊道。

“哈拉金呼？……”赛西亚也在嘟哝。

“跟上我，快！”哈拉金呼的喊声在黑暗和风声中传来。

驼阵一下变得很有秩序，借助风力和地势向前鱼贯而行。没有多久他们走出沙漠回到了戈壁上。风力似乎也减弱了许多。

逃过厄运的赛西亚简直像个孩子似的又笑又叫。“我曾乘坐火轮在大海上航行，遇到风浪只能靠船长出色的指挥才能够化险为夷。哈拉金呼，我的好邻居，你就是沙海里的好船长呀。”说完呵呵地大笑起来。

“朝克图，你这个驼铃可真不错，驼铃声能够传很远。我就是顺着你的驼铃声才找到了你们的。”哈拉金呼说。

5　哈拉金呼搬家

过了两天，赛西亚来到哈拉金呼家。哈拉金呼以为他是致谢来了，但他想错了。

“哈拉金呼，你当我的牵驼人吧，我雇用你。”赛西亚傲慢地说。他这种态度证明，他已经忘掉了两天前发生的事。

“怎么？你还想去兰州吗？”哈拉金呼问。

“哦，兰州我暂时不去了。”赛西亚有点不耐烦地说，“但我以后用得着你。因此我雇用你。”

“以后？那以后再说吧。”

“不。我现在就雇用你。这样你就变成我的牵驼人。别人就无权雇用你了。”

听这话哈拉金呼有点不高兴，但并不想让对方看出来。“你用不着雇用我，什么时候你需要，我可以随时帮忙。咱们是邻居嘛。”

“啊，不行。我一定要让你当我一个人的牵驼人。”

哈拉金呼生气了，“我不给你当。”他说。

“我会付给你银子。”

“我不跟你说银子。”

“啊，看来你生气了。过两天我还要来跟你谈。我这个人，不达到目的是不会罢休的。”赛西亚说完走了。

哈拉金呼沉思了半天，对老婆和儿子说：“咱们该搬家了。”

几天后的一个早晨赛西亚走出小楼，突然发现哈拉金呼的蒙古包不见了。他久久地望着原来有蒙古包的那个地方，接着便用他们那个地方的语言喊叫个不停。知道邻居已经搬走了，他气得要命。他在小楼门口来回走动，不停地喊叫，看到一些灌木什么的还去踢一脚。他这样折腾了好久。他的小哈巴狗吓得早已无影无踪，那边草滩上吃草的毛驴竖起两个长耳朵惊奇地望着他。他折腾累了，便给毛驴备鞍，骑上毛驴向戈壁深处跑去，用粗大的皮鞭不停地鞭打在毛驴的瘦屁股上。

第五章　大戈壁的牵挂

1　手机突然响了

快到中午的时候戈壁上已经风传油田那边出大事了，但事情“大”到什么程度还没有一个准确的说法，有的说是“火灾”，有的说是“爆炸”。有的牧民说他们一大早就看见了一些消防车，接着又是救护车，那些车都发出凄厉的叫声，像疯了一样快速地朝油田奔去。别的不说，那个叫声和车速就足以说明油田那边出的事情非同一般。

远处的天边，浓黑的烟柱仍像一个巨大的惊叹号一样立在那里。戈壁上的牧人们有的在野外，有的站在自己的家门口，一直望着那柱黑烟。他们对“事故”一词没有明确的概念，甚至都想象不出油田那里现在究竟是一个什么情况。正因为如此，他们心里都感到很不安。

萨木腾、杭来玛老两口在家里喝茶。这时候他们的手机响了。他们这是第一次接听手机，因此两个老人显得有点慌乱。

“手机铃响了，快接呀。”杭来玛说。

“哦，哦……”萨木腾忙着拿起手机，但一时想不起来应该摁哪个键。因此他很着急，怕接不上电话。他认为人家打来电话肯定有重要事情，是不应该耽误的。

电话铃一直在响。

“快接呀。”杭来玛也着急。

“我就是想不起来应该摁哪个键。”萨木腾说。

“按绿的，在上边……”

电话终于接通了，是女儿从旗里打来的。

“丹巴给你们打过电话没有？”女儿头一句就这样问。

“没有，我们上午给他打电话，没有人接。”萨木腾说，“怎么了？”

“油田那边出事了，你们不知道？”

“听说了，丹巴没事吧？”

“应该没事。但打电话老是不接，急死我了。”

“是吗？油田那边究竟出了什么事？”

“说是着火了。这样吧，你们如果接到丹巴的电话，就让他一定要给我来电话，我在为他着急。”女儿说完放下了电话。

现在老两口更加不安了，油田既然出了事，丹巴应该给家里来个电话报个平安，好让家里人放心。但他不仅没有来电话，家里人把电话打过去都不接。他怎么了？

“要不……你去油田看看女婿吧。”杭来玛说。

“是啊，是啊，看见他就放心了。”萨木腾说。

“见到了他，就马上给女儿打电话，看来她着急了。”

“我知道，唉，这些孩子……”

两个老人开始做准备。他们必须把草场上吃草的马抓来，还要给女婿带点奶食品。他们知道丹巴最喜欢吃新做的奶酪。

2　妻子对丈夫的思念

丹巴的妻子做噩梦惊醒的时候是凌晨四点半，与油田发生第一次爆炸只差几分钟。她梦见丹巴被大水冲走了，被水冲走的丹巴把手伸向站在岸边的她，她也使劲把手伸了过去，但就是够不着，她很着急，后来丹巴被冲得离她越来越远……

她醒来以后就再也睡不着了，就披上衣服到客厅坐在沙发上。虽说噩梦已经过去，但心里仍然感到不安，总是感到要出什么事。不久天就亮了，她准备早点，叫儿子起床，送孩子到学校，接着自己去上班。一上班，就听说油田出事了，她就开始给丹巴打电话……

丹巴是工会主席，按说他一般不去生产第一线，但他为什么就不接电话？于是她把电话打到了油田工会办公室，仍然没有人接。他们是不是都救火去了？她一个劲地将事情往好的方面想，但在潜意识里的不祥之感也在飞速地增长，她真的受不了了。还不到中午下班时间她就冲下了办公楼，看到一辆出租车过来就使劲招手。

出租车停在她前面，年轻的司机露出脑袋问："去哪儿大姐？"

她早已钻进了汽车说："去油田。"

"去油田？来回可是六百公里呀。"

她把身上所有的钱扔给司机说："快开！"

当出租车驶出旗所在地她才用手机给单位的一个朋友打电话，请朋友关照一下儿子。

大凡出租车司机都爱说话，今天这位也一样。他是个年轻小伙子，一边开车一边跟她聊起来。

"大姐您去油田有急事？"他问。

"我……去看看我的丈夫。"

"听说油田出事了。"

"是啊，我也听说了。"

"唉，石油是多可怕的一个东西呀，污染空气，弄不好还要爆炸。但人类又离不开它。"

"你就离不开石油。"她勉强装出笑容。

"大姐你说错了，如果有一天没有了石油，最着急的不是我们这些开车的，而是那些国家首脑。为什么他们着急你知道吗？听说一个什么大人物说过，谁控制了石油谁就能控制全世界。那意思就是说，谁手里没有石油，谁就被别人控制。对不对？"

“嗯……”

“其实石油真不是什么好东西。看电视你就知道，世界上好多麻烦都跟石油有关系。”

“是吗?”

“当然是。可是我老想，地球上的石油肯定有一天会挖完，那时候怎么办呢?”

“不知道呀……”

“我想那时候又会找到一种新的东西。大姐你说我的想法对吗?”

“大概是对的。”

除了这辆出租车以外柏油路上看不见别的车辆。她一直望着茫茫戈壁。从现在算起到油田大概需要三个小时，丹巴究竟怎么样了？她觉得心在一阵阵发紧。

她发现自己在流泪。我为什么要哭？她责备自己，生气地擦了擦眼睛。她认为这时候哭是不吉利的。丈夫肯定是好好的，我在这儿哭什么？接着她又想，丈夫肯定在参与处理事故，人家现在忙得很，我去了会不会给丈夫添乱？但她还是要去。在没有看到丹巴以前她根本就安不下心来。

出租车跑得飞快。她现在突然想起丹巴曾好几次跟她商量把她调进油田，把家安在油田。她一直犹豫不定，因为油田没有跟她专业对口的工作。她现在开始后悔了。如果她已经调进油田，跟丹巴一起生活，今天还需要这样心急火燎地跑吗？接着她又想到，这些年她对丹巴很少照顾。她跟丹巴结婚二十年，丹巴当局长、副旗长、旗长，十年前又调到油田，现在回忆起来这二十年他们在一起的时候并不多。他老是在外边跑，她在单位里也忙。他出差回来有时候连一碗热茶都喝不上。这次到油田我要多待一些日子，干脆在油田庆祝我们的结婚纪念日算了，她想。儿子已经十岁了，有邻居照顾，不用她担心。而且这次就跟油田商量调动工作的事。什么所学专业，自己热爱的工作，都不要了。今后她要当一个贤妻良母，每天跟丈夫在一起……

3　额毕勒图决定亲自到油田看看

还没有到中午，苏木党委书记额毕勒图就得到了确切的消息：油田的炼油厂发生了火灾，火灾又引起了爆炸，而且火势到现在也没有得到完全控制。

他开始在办公室内走来走去。奶奶的，怎么就出事了？他嘟哝着。过去他一直把油田当作自己的对立面，但现在他的想法开始变了，他开始为油田着急。建一个油田，国家投入了多少资金呀！一旦发生事故，那损失肯定难以估量。那里还有那么多人，肯定有伤亡吧？他坐不住了，跑出办公室叫秘书准备车，他要去油田看看。

秘书问了一个非常不合时宜的问题："还去要钱？"

他愤怒地骂出了一句粗话："妈的，除了钱你还懂什么？"

几分钟以后他就跑在路上了。他知道自己跑到油田什么用都没有，他既不可能去灭火也不会抢救伤员，但他还是想到那儿去。他想起那里的总经理、副总经理，还有其他人。他们现在肯定是忙得焦头烂额了吧？他虽然帮不了忙，对他们说几句安慰的话也好啊！别看过去跟他们见面总是像仇人似的，其实他是喜欢他们的……

他掏出手机给丹巴打电话。他和丹巴的个人关系很好，他一直是丹巴的老部下和得力干将。十年前丹巴要调任油田工会主席了，额毕勒图不同意他走，就请丹巴两口子到苏木里喝了一顿酒。

"你别去。"他说。

丹巴笑着说："其实我也不想去，但调我是油田领导的好意呀。他们想把我的职务提高半格。我不能不领情吧。"

"我也劝他别去。但他这个人不愿意辜负人家的好心。去就去吧。”丹巴的妻子说。

“其实我有好多新的想法，如今油田投产了，旗里财政收入肯定翻番，我想把我当旗长时候想办又没有办成的事都办好。但看来不行了。”丹巴说。

额毕勒图听了这话伤感起来，自己都说不清楚是因为什么。他举杯说：“好了，什么也不说了。喝。”

他现在回忆着那次喝酒，叹了口气。与丹巴的妻子尽量把事情往好的方面想不同，他却一直往坏的方面想。丹巴是不是已经出事了？他想着。

电话拨了很多次，但丹巴一直不接，于是他又拨秘书的电话。

“你听着，油田那边有什么需要我会马上通知你。从现在起你就坐在办公室等我的电话，一刻都不能离开。”他说。

“好吧。不过我们能帮什么忙呢？”秘书在电话里说。

“你是冷血动物吗？奶奶的！”他骂道。

4　萨木腾来到油田

日落西山的时候，一个骑马的老头跑进了油田的控制区内。油田征地后拉了一道铁丝网，这道铁丝网内就是油田控制区，是油田花钱征的。铁丝网有好几个进出口，老头就从某一个口子骑马跑进了控制区。这个老头就是萨木腾。

萨木腾早已变得老态龙钟，但他的坐骑却很矫健。这是一匹枣红色的马，跑起来四蹄离地，就像飞一样。一进入铁丝网内，萨木腾就感觉出这里的气氛不一样了，一股奇特的气味在弥漫，一种奇特的紧张气息也在弥漫。萨木腾老头的情绪立刻起了急剧的变化：如果说进入铁丝网以前他还显得比较放松，但现在却感到紧张了。

他就这么跑着，而且是朝着烟雾最浓重的地方跑去，很快被几个穿制服的保安人员挡住了。

“停下来，停下来。你是什么人？要干什么？”一个保安问。

萨木腾好不容易勒住了马，望着眼前几个保安。几个保安的形象很不怎么样，满脸尘土，歪戴着帽子，衣领敞开。

“我要找我的女婿。”萨木腾说。

“不行，不行，找你爷爷也不行。这里出事故了。不让外人进。”

听说不行，萨木腾也就认为真的“不行”了。他就问：“丹巴没事吧？”

“你说什么？丹巴？”

情急之下萨木腾脱口而出：“丹巴就是你们这里的工会主席，是我的女婿。”

“工会……主席？”一个保安显然很少听到这种头衔。但听说萨木腾是领导的岳父，态度马上和蔼起来。

另一个说：“工会主席？老头你等着，我们打电话问问。”

保安用手机打电话，但好像没有人接。萨木腾觉得给人家添了麻烦，就说：“别打了，找不到算了。”

但那个保安说：“老人家，你从那么远的地方来，怎么也得找到女婿呀。”

“那……”萨木腾犹豫着，他觉得保安说得对。

几个保安同时拿出手机向各处打电话，大部分仍然没有人接，有的接通了，也说不知道丹巴在哪里。

“这样吧，老人家。您先回去，我们继续给您打听您的女婿，有消息我们马上打电话告诉您。但您放心，事故出在炼油厂，不是出在工会，我敢肯定您的女婿什么事儿都没有。”保安说。

萨木腾放心了，他掉转马头往回走去。在他眼里，身穿制服的保安就是“公家人”，“公家人”的话是应该信的。

5　额毕勒图冲进了火场

额毕勒图也被保安挡驾了，但他不像萨木腾，人家不让进去就乖乖地回去。

拐向油田，他就看到几个保安手拿着小红旗站在路口。司机说：“看样子进不去。”

“别管那么多。”他说。

但不管不行，保安的小红旗一摇，车只好停下来。

“外边的车不能进去。”保安说。

“沙漠王”的玻璃落了下去，露出额毕勒图恶狠狠的脸。

“少啰唆。让开！”他说。

他的怒容加上“沙漠王”，让保安感到心虚了。

“那……您登记一下。”保安笑着说。

“扯淡！耽误了救火，我今天就让你脱了制服回家。”他怒不可遏地说，“开车！”

“沙漠王”怒吼着往前冲去，几个保安急忙躲到一旁，还非常有礼貌地敬礼，挥手。

他跑到救火现场。消防队官兵为了阻断向大油库蔓延的火势正在苦斗着。他坐在车上观察着对司机说：“咱们别去消防队那里，中国军人宁可自己牺牲也不会让非军人受伤，挺麻烦的。咱们绕到前面。”

“前面？”司机问。

“你看到靠近油库的那一片灌木没有？真是愚蠢透顶，他们根本不懂得那种灌木看起来绿油油的，见了火就像浇了油一样燃烧。”

司机看了一眼也吓坏了，大油库周围全是一种叫“萨嘎拉嘎尔”的灌木，那种植物高不过一尺，叶子肥厚，那些叶子里的汁像油，见了火就会燃烧。

“这……怎么办?”司机傻了眼。

“这样吧，你现在就回去，让咱们苏木准备一些……救灾物资。”

“什么物资?”

“什么都行，让他们看着办。你快走呀。”

司机开着车走了。他看着自己的“沙漠王”远去，得意地笑了笑。他看见那边有一把铁锹，就跑过去操在手上，像疯了一样向那片灌木冲去……

第六章　另一个男人终于登场

1　默默无闻

有的人命里注定要默默无闻地活着。

朗和是一个三口之家的男主人，他的毡包很小，牲口圈也很小，家里很穷。戈壁上穷人也不少，他是其中之一，但他与其他穷人似乎不太一样。其他穷人要么埋怨自己生就的穷命，要么总是梦想由穷变富，总之没有一个人安于受穷。但朗和过他的穷日子似乎很是心安理得，无怨无悔。他老婆有几分姿色，而且不是一个本分的人。这个女人老是骂他窝囊、没有出息。他几乎从来不跟她顶嘴，总是默默地忍受老婆的责骂。

他老婆早已对他失去了信心，所以她在家里几乎什么活儿都不干，每天都睡到很晚才起来，翻出自己出嫁时带来的几件衣服（那些衣服都旧了），穿上其中的一件又脱掉，再换另一件。接着她找出一个很小的镜子长久地照自己。镜子里的她一副穷酸相，头发乱糟糟的，眼皮有轻微的浮肿。但她也毫不怀疑镜子里的女人其实是一个漂亮的女人，如果她穿上鲜亮的新衣服，认真洗漱打扮一番，那就会立刻变得光彩照人。这样想着，她就感到委屈，对丈夫的怨气在胸中涌动。如果这时候朗和走进来，她的这种怨气就立刻变成责骂、挖苦和污辱。

她和朗和有一个儿子，已经七八岁了。这孩子很少说话，眼神冷漠，将来很可能要成为一个性格古怪的人。

朗和家就住在戈壁上，但戈壁上的牧人却很少想到他。一个穷人，又那么窝囊，而且从来不愿意跟别人来往，谁能想到他？

朗和偶尔也会有惊人的表现。那年戈壁上窜进来一小股土匪，牧民们都躲进沙漠里。唯独朗和没有搬家，每天在戈壁上放羊。他老婆怕土匪怕得要命，恨不得只身一人跑进沙漠躲起来，但她还有儿子，再说她也不敢一个人走。于是她骂丈夫是死脑筋，让丈夫马上带她和儿子躲进沙漠里。朗和却无动于衷。“土匪来了怎么办？你说话呀！”老婆对着他哭喊。很少说话的他这时候说了一句话：“土匪也是人，人还怕人？”过了几天后的一个晚上，已经很晚了，朗和一直坐着不动，也不说话。老婆不理他，准备让儿子脱了衣服睡觉。朗和突然说：“别睡觉。土匪马上来。他们来了还得起来穿衣服，麻烦！”“什么？土匪？……”老婆一脸惊恐。“刚才他们已经包围了咱们家。”朗和说。老婆的声音发颤：“那咱们快跑吧。”朗和冷笑着说：“已经被包围了，跑不出去了。”没过多久土匪真的就冲进来了。他老婆护着儿子站在角落里瑟瑟发抖，朗和却连眼皮都没有抬一下，仍然坐在那里。一个土匪边用枪托打他边说：“其他老百姓都跑了，你为什么不跑？就凭这个也应该揍你。”这时候朗和抬起头来扫了土匪们一眼。那是一道十分可怕的目光，锐利、冷漠、充满仇恨，像一道寒气逼人的闪电。“想揍就揍，想拿什么东西就快拿走。真麻烦。”他说。他的语气明白无误地告诉着土匪们：我根本不把你们放在眼里。土匪们左看右看，也没有看到像样的东西，就走了。土匪们走了以后，受到过度惊吓的老婆瘫软在那里，很久都站不起来。朗和却仍然一动不动地坐着，不知道在想什么。

朗和很少说话，有时候好几天都不说一句话。但偶尔说出一两句话却能让人目瞪口呆。有一年几个牧人来到他家，边喝茶边议论起戈壁上几家有名的富户：谁谁家有一千峰骆驼，三顶蒙古包，谁谁家有五百匹马，三百只羊等等。朗和没有参与他们的议论，坐在一边正在修理一具马鞍，这时候他自言自语地嘟哝道：“那点东西算什么？受了半辈子苦，才积攒那么一点东西……”那几个人都不说话了，他们大为惊奇，但也没有明白朗和是什么意思。他们觉得朗和要么根本不爱财，要么虽然爱财但胃口却很大，一千峰骆驼或者五百只羊等根本不放在他眼里。

但从总的情况看，朗和无疑是一个窝囊、笨拙、没有出息的人，连他老婆都瞧不起他。

2　哈拉金呼与朗和

那年，一个好心人专门去找哈拉金呼说，有一个年轻人叫朗和，家里很穷，生活实在没法过了，希望哈拉金呼带他拉骆驼，算是给他提供一条生活出路。哈拉金呼很痛快就答应了。

于是哈拉金呼第一次见到了朗和。他看见的朗和比他大几岁，穿着带补丁的破袍子，无精打采地站在他面前。朗和属于任何时候都引不起别人注意的那种人，他的身材，他的性格，他的表情……都不会给别人留下多少印象。

这样哈拉金呼有了一个新的伙伴。那是一个很少说话，干活也显得很笨的伙伴。你关心他，他没有反应，你照顾他，他似乎也不领情，像一具能活动的尸体。不久，哈拉金呼就带着他出了一趟远门。那是冬天，因为半路遇到大雪封路他们耽误了一些日子，他们带的口粮不够了。但这时候他们已经进入了大沙漠，没有了退路。哈拉金呼很着急，他之所以着急倒并不是为自己和其他几个驼倌，而是为朗和。他知道自己和其他几个驼倌几天几夜不吃一口东西仍然能赶路。但朗和能行吗？他是第一次赶远路啊。可是朗和却坚持了下来，看似对饥饿和寒冷没有一点知觉。几天后他们终于走出了沙漠赶到一个村镇。他们花钱买了一些牛肉和烧酒。哈拉金呼看到那几个驼倌像恶狼扑食般扑向了酒肉，朗和却坐在一旁无动于衷。“朗和你吃呀。”他说。朗和似乎很不情愿似的走过来，才开始慢慢吃起来。

那次回来以后哈拉金呼把大家召集起来庆贺了一番，这也是驼队老大的规矩。大家吃肉，喝酒，聊天，商议着下次出门的事。朗和还是不说话，也不注意听别人在说什么。到了最后他才说了一句：“我要回家。”哈拉金呼感到意外，说：“别回去了，我们既然碰到一起，就说明我们有缘分。咱们一起干吧。”其他几个驼倌也劝朗和跟大家一起干。但朗和却冷冷地重复刚才的话：“我要回家。”大家都感到扫兴。哈拉金呼从这次出门的收入里拿出属于朗和的那一部分给他说：“这是你的。”朗和似乎迟疑了片刻，嘟哝了一句：“就这点东西……”但把那些碎银抓起来揣进怀里就走了。

朗和就这样没有一句道别的话，甚至都没有多看大家一眼，站起来就走了。厚道的驼倌们谁也没有说什么，大家都沉默了很久。

3　朗和与女人

因为不爱说话，不喜欢跟别人交流，对于朗和的身世好多人都不怎么清楚。大家只知道他是土生土长的戈壁人，他有一个弟弟，很小的时候就到大沙漠里的甘珠尔庙当喇嘛，就再也没有回来……

只有很少几个人知道曾经有一个姑娘真心爱过他。据他们说，那姑娘真的是死心塌地爱上了他，经常为他洗补衣服，帮助他料理家务，做了好吃的还一定要给他送去。但他却对她无动于衷，最后还深深地伤害了她。

有一天那姑娘说好让他去自己家里。姑娘是想让家里的父母也见见他。姑娘把家里里里外外都打扫干净，姑娘的父亲还专门为他宰了一只羊，全家都在等他。但朗和却没有去，他并不是有什么急事耽误了，而是干脆就把姑娘的热心邀请忘掉了。姑娘在家里等了他半夜不见他的人影，就骑马去看他，他正在毡包里呼呼大睡。“你怎么了？病了吗？”姑娘问他。“没有呀。”他迷迷糊糊地说。“不是说好去我家吗？”姑娘说。“哦，我忘了。”他说。姑娘流着泪跑回了家，再也没有来找他。他却继续睡觉。

后来他有了现在这个女人。这个女人二十多岁时父母都先后去世了。她不仅不会过日子，而且还特别地懒，没有几年就把家产花光了。戈壁上有好心人就撮合她跟朗和成了家。她总算有了一个吃饭睡觉的地方，但对丈夫却十二分地看不顺眼，没有过多久她就开始与其他几个男人有了来往，开头还是偷偷摸摸的，后来干脆就把那些男人带回家去。而朗和却对这种事似乎一点反应都没有，好像这个女人不是他的老婆，这个家也不是他的家，在这个家里发生的一切都与他无关。

不管怎么说，日子就这么年复一年地过了下去。他和女人后来有了一个儿子。

4　赛西亚终于遇到了一个女人

哈拉金呼搬走后的那几天赛西亚一直是怒气冲天。他每天骑着毛驴在戈壁上跑，那天他跑了一整天，到了晚上遇到一户人家，他就打算在那里过夜。那时候已经是黄昏了。

那家牧户有三口人，夫妇俩都三十多岁，老婆有几分姿色，男的看起来却是个粗人，还有一个七八岁的男孩。赛西亚走进蒙古包坐在火撑子西边，开始盯着女人的脸。他的表情变得柔和起来，蓝色的眼睛里出现了红色的光，接着他那两只眼睛就完全变成了红色。他开始用奇特的蒙古语大声说些话，不断发出响亮的笑声，还掏出巧克力扔给孩子。女人跟他面对面坐着，一边跟他说说笑笑，一边不停地对丈夫下达着指令，让丈夫烧火，做饭。那个男人一句话都不说，只是按照老婆的指令忙个不停。

因为赛西亚的眼睛一直盯着女人，所以他无暇顾及那个男人。那男人一直在低头干活，但有那么一两次，他却用一种阴冷的眼光扫了赛西亚。那是一种寒气逼人的眼光，简直就像一把冰冷彻骨的剑。

赛西亚掏出一个小布袋，布袋里的银圆发出唱歌一样欢快的撞击声。他从唱歌的银圆中拿出两枚轻轻地一抛，那两枚银圆从火撑子前面一直滚到女人的脚旁，晃荡了几下便躺在那里一动不动了。

“你想干什么呀?”女人笑得有点暧昧。

“让你丈夫给我当仆人吧，一个月给两块银圆。”他说。

女人捡起那两块银圆放进背后的小木箱里，看了看丈夫，意思是在征求丈夫的意见。

丈夫又用那种寒气逼人的眼睛看了看赛西亚，默默地点了点头。

“我明天就带你的丈夫走，你不想送送你的丈夫吗？顺便到我那里住几天。”赛西亚用火辣辣的眼睛望着女人说。

“有机会再说吧。但明天不行，家里的羊群、骆驼、孩子都离不开我。”女人笑着说。

“那好，我等着你去。”赛西亚说。

他就这样有了一个仆人。第二天，那个老实巴交的男人便小跑着跟在毛驴后边，跟着他去了他那座二层小楼。这个仆人是个不爱说话的人，连续几天不说一句话，做事也很笨，但却可以不停地做下去。赛西亚经常骂他，有时候还打他。这不仅因为赛西亚脾气暴躁，还因为在他眼里这个仆人就是一个能够直立着走路的牲口。

但仆人对这样的待遇似乎没有一点感觉。

大约过了一个月，仆人的老婆带着儿子来看丈夫。看到仆人一家三口在一起说说笑笑，赛西亚的脸色就很不好看了。到了晚上仆人做好了饭，端上二楼给主人送去。他下来正跟老婆孩子吃饭，突然听见楼上传来摔东西的声音。显然，赛西亚在摔碗和盘子。

女人吓白了脸，男人却若无其事地继续吃饭。后来楼上传来赛西亚的叫声。

“在叫呢。你跟我一起上去。”男人说。

从底层上二楼需要爬一道木制的楼梯。仆人在前老婆在后，两个人顺着木梯爬了上去。二楼地板上到处是摔碎的瓷片和撒出去的饭菜。赛西亚愤怒地在地上走来走去。看到仆人上来，赛西亚从床上拿起一本很厚的书扔了过去。仆人躲开了，书落在了地板上。赛西亚又捡起一个什么东西还要扔，正好看到女人也爬上来了。他举着手中的东西不动了。

“把这本书放回书架上，再把地板打扫干净。”仆人对老婆说。

“啊，不用，不用。快坐呀……”赛西亚望着女人，脸上抽搐了几下，出现了一种古怪的笑容。

“要不，你坐下跟主人说说话，我来打扫。”仆人又对老婆说。

“啊，啊，快坐……”赛西亚望着女人说。

仆人把书放回书架，把地板打扫干净，便下了楼。他再没有上二层，等儿子睡着以后，便一动不动地坐了很久。

楼上的主人在大声说着什么，后来老婆也说起来，再后来不断传来老婆咯咯的笑声。楼下的仆人打了个哈欠，靠着儿子躺下，闭上了眼睛。到了半夜，女人尖叫了一声，接着又传来赛西亚一个劲地喘粗气声。但这时候睡在底层的仆人早已发出平静的鼾声。那鼾声已经持续很久了。

第二天一早仆人给楼上的卧室送洗脸水，看到老婆穿着宽大的丝绸睡袍，坐在大镜子前面梳头，一副懒洋洋的样子。赛西亚坐在床沿，光着的两条瘦长的腿耷拉着，一脸的疲惫。仆人把脸盆放在凳子上，退了出去。

这个仆人就是朗和。

第七章　明争暗斗

1　形成联盟

炼油厂厂长的母亲真的躺在医院里，她已经躺了好几年了，是心脏病引起的哮喘。一个女人站在她床边，她就是刚才去找桑嘎的那个后勤办公室负责人。

除了这个女人以外，病房里还有几个人。他们站在离病床稍远一点的地方。这几个人是女人打电话叫来的，让他们到医院看望厂长的母亲。她在电话里再三强调，到了病房谁也不许提起发生火灾的事，这事在老人面前要绝对保密，要不老人受不了。于是这几个人就带着鲜花和水果来到这里。但他们心里像明镜似的，女人叫他们来，并不是为了看望病人。

“好了，大娘，您就安心养病吧，我们走了，不耽误您休息……”女人说。

几个人都告辞出来。女人领着他们走出医院，走进了医院一栋家属楼的单元。女人的家就在这里，她丈夫是医院的后勤方面的负责人。

“我们不能坐以待毙，任人宰割。”女人一进门就说。她丈夫知道她领一些人来，把茶都倒好了。

“那当然。”跟她进来的几个人几乎同时说。

“我们不能被动地接受调查，而是要主动提出我们的看法。”女人说。

“因此必须统一口径。”

“发生事故的原因可以有很多种，但不管多少种原因最后无非就是两种情况：一是设计问题，二是操作问题。明白没有？”

那几个人望着她，没有说话。

“我再说得具体一点吧。人家当初设计施工没有问题，但我们操作出了问题，那就要发生事故。反过来说，我们操作一点问题都没有，但当初设计不合理，或者施工有隐患，也照样出事。”

“明白了。”一个人说，“从炼油厂投产的第一天起，我就在厂里工作。我们的操作规程一点问题都没有，安全生产抓得一刻都没有放松。那为什么还是发生了事故？只能从设计施工方面找原因了。”

“炼油厂当初是谁设计的？”一个人问。

“设计组的组长是桑嘎嘛。”另一个人回答。

“不知道你们意识到问题的严重性了没有？我是意识到了。现在桑嘎是事故调查组的组长。为了掩盖当初设计方面的缺陷，他会拼命地把责任往我们身上推。如果连这一点都意识不到，那我们真是傻透了……结果会怎么样？一切责任由咱们的厂长承担，厂长手下方方面面的负责人也要承担各种各样的责任。冤枉不冤枉？我们应该讲公正，还要讲良心。对咱们这些人，厂长可是不薄呀……”女人说着动了感情，声音明显变了，接着说，“刚才咱们都看到了，厂长的老娘病重躺在床上，儿子要是出事，老人还能活吗？”

“这样看来，咱们得主动提出事故发生的原因了。要向有关部门积极反映，发生事故的原因是当初的设计不合理。”

“这就对了。但我要提醒你们，反映的时候一定要有说服力，要站得住脚。还有一点，现在是非常时期，要注意保密。”女人说。

2 电控室

桑嘎初步汇总了一下调查组各成员了解到的情况。起火的原因现在仍不清楚，但几乎每一个组所了解到的情况里都提到了一个地方：电控室。整个炼油厂的电都由这个地方控制，那里有很多仪表盘，每条线路的运行情况，每个部位的耗电量都会出现在那些仪表盘上。如果有什么异常情况，那些仪表盘上会有反应，甚至会亮出红灯发出警告。但这个电控室的管理却一直很糟糕。值班员经常擅自离岗不说，那里甚至已经变成了麻将室。一些上了白班的环节干部，还有厂外的一些人到了晚上经常到那里玩麻将……

“电控室！……”桑嘎嘟哝着。

他一开始就认为，火灾起因八成与电有关。现在各组了解到的情况进一步证实了他的判断。电控室已经形同虚设，电路运行出现异常情况当然不可能及时发现和处理。这样看来，不管火是从什么地方燃烧起来的，电控室有着不可推卸的责任。

但火究竟是从哪里着起的呢？是哪条线路，什么部位？

他想去电控室看看。他看了看表，已经是后半夜了，他不想叫醒其他组员，就一个人走出招待所，走进了厂大院。为了保护现场，厂内已经派了好多人在值班。黑暗中一个值班工人迎了上来，他认出了桑嘎。

“总工程师……”那个工人说。

“你领我去电控室。有手电筒吗？”

“有。”

他们打着手电筒，踩着碎玻璃和碎砖走进了一个车间，又走了好几十米，工人才把桑嘎带进了一个房间。

“这就是电控室。”

桑嘎认出来了，这里就是白天发现丹巴手机的地方。他想起了那张倒地的方桌和那些撒满地板的钞票。他现在才明白，那些钞票是打麻将丢下的。

他接过手电筒，往一面墙照去，那里确实有一溜仪表盘。因为电源突然中断，这些仪表盘都已停止运行，加上烟熏、火燎、水浇以及大量尘土的降落，看去像古墓里的殉葬品。他用手电筒一个一个地查看这些仪表盘，企图发现点什么，但没有任何收获。

回到房间后桑嘎沉思了很久。电控室的情况更加证实了他的猜测：起火的原因十有八九在电路上！他想从明天开始查电路。从电控室出去的电线有很多条，已经被大火烧得面目全非了。但只要认真去查，也许能找到最初出现火花的那条电线吧。

现在无论如何必须休息了。他没有脱衣服就躺到了床上，却怎么也睡不着。阿拉坦苏都几乎每时每刻都出现在他的脑海里。他流泪了。

3　阻断火势

桑嘎回招待所后，副厂长又跑到消防队那里。消防队官兵仍在与大火较量。他们已经连续苦斗十几个小时了。

副厂长原来不是搞石油的，而是大学老师。他才华出众却连副教授都评不上，正当他苦闷愤怒之际，他的好朋友、大学时他的师兄把他调到这里，并让他担任自己的副手。他师兄就是现在的炼油厂厂长。

师弟对师兄充满着感情，师兄不仅把他从一个穷“教书的”变成了企业家，还把他的工资提高了几十倍。他对师兄感激不尽。这次炼油厂着火，他知道师兄的责任有多大，他第一个反应就是：赶紧灭火！所以今天早晨油田总经理让他负责联系消防队的时候，他认为报答师兄的时刻到了！他想与消防队配合好，尽量把损失降到最低。他知道损失降低一分，师兄的责任就会减轻一分。当然他想得更多的是无论如何把火势控制住。他知道人命关天，知道大油库一旦爆炸会是什么后果。

因此他对这次灭火非常卖力，他甚至都豁出去了！

他的身体素质差得很。他个头矮小而且还瘦，体重最高时是五十三公斤。他把浑身都燃烧起来也不会有多少能量。但奇怪的是他似乎有一股使不完的力量，从凌晨到现在他一直处于一种拼命的状态。

他现在就站在消防队指挥员的身旁。他们所面临的形势仍然很严峻，火势一直向着大油库蔓延，好似一个疯狂的男人扑向久别的女子，非要亲吻一下不可——原来一大堆各种各样的材料把炼油厂与大油库连接了起来，那材料尽是一些易燃物，现在正在熊熊燃烧，更为要命的是一条粗大的管道，那是将炼油厂炼好的油送往大油库的管道，管道内充满了石油，简直就像一根导火索。

消防队现在一边用水枪向管道打水降温，一边拼尽全力用推土机推开连接炼油厂和油库的那些易燃物品，企图阻断火势的蔓延。

下午来增援的那个消防队队长脾气很大，他首先把副厂长当作了发泄怒气的对象，他动不动就指着副厂长的鼻子骂。

“你们真是太浑蛋了！为什么把这么多的木板、废塑料、废轮胎堆在这里？这是违反防火规定的。”他骂道。

“谁想到这个火真的就着起来了呢？”

“没想到就是愚蠢！像猪。”

推土机在轰鸣着。问题是它要推开的并不是沙土和石头，而是一大堆乱七八糟的木板、枕木、成捆成卷的塑料、废汽车轮子等，那些东西都在燃烧，烈焰腾腾，烤得那些推土机手脸上生疼，根本不敢靠近。

副厂长跳上最前面的推土机，把司机推下去喊："跟我冲！……"

他很快驶进了烈焰，消失了。后边的推土机也一个跟一个地冲进了烈焰。看到这个情况，增援的消防队长又骂了起来。

"愚蠢，像猪！"他还没有骂完就流下了眼泪，向他的士兵们喊，"凡是军人就跟我冲！别给军人丢脸……"

第八章　开采资金问题

1　他没有弄到贷款

赛西亚在戈壁上总共待了十二年。他用十二年时间完成了勘探、定点和绘制图纸，但到了实际开采石油的时候却没有钱了。十二年前满口袋叮当作响的金条和元宝现在已经所剩无几，而巨大的开采经费等着他去解决。

为了贷款，他两次进兰州，那里有一家外国银行代办处。因为他已经没有东西可抵押，而且原来的贷款也没有还，那个代办处理所当然地拒绝了他的要求。

第二次从兰州回来，他一下驴就用他们本国的语言大声嚷嚷了一气。仆人朗和前去帮助拿行李，却被他踢出好远。小哈巴狗跑来跟他撒娇，他抱起哈巴狗亲吻着哭了好久。

他跑上了二楼，从晚上到天亮不停地摔碗踢板凳，凄厉的吼叫彻夜未断。半夜时分朗和悄悄爬上来从门缝里往里看的时候，他正把手枪对准太阳穴站着。朗和又悄无声息地下去睡觉。

这是一个静谧的夜晚。戈壁上空有月亮，大地一片朦胧。但在这座二层小楼里弥漫着一种很复杂的气氛：绝望，烦躁，疯狂等等。楼上的主子彻夜未眠，其实楼下的仆人后来也醒了。

是的，朗和后来醒了，静静地躺着想心事。他明白自己遇到了一次难得的机会，他知道自己应该干什么。

他的主子赛西亚认为他是个十足的笨蛋，他老婆成天骂他窝囊，哈拉金呼却很同情他的贫穷，其实他们都没有看透他。也许这个世界上只有他自己才了解自己：他根本不是笨蛋，一点儿都不窝囊，在他阴冷、沉默、笨拙的外表下，隐藏着的是大胆、果敢、过人的计谋与残忍。

这些年来他挨打受骂，甚至老婆都被主子霸占，他却一点都不着急。他只是在静静地观察着，思考着。他终于看出来了，赛西亚要是真的能够找到并开采出那个“会燃烧的水”，那将是一件非常了不起的事情。但当他想到办这件大事的人是赛西亚的时候，他又感到十分的遗憾。在他看来，赛西亚近乎是半个疯子，遇到一点困难就哭哭叫叫，寻死觅活，丑态百出，赛西亚根本就不是一个办大事的人。遗憾的是，他自己却不具备寻找和开采那个“会燃烧的水”的起码能力。

现在赛西亚为了开采资金快要发疯了。如果没有一个人出面帮助，这个家伙肯定完蛋。但如果自己这个时候出来帮助他呢？那将是另外一种结果。

他当然知道开采资金应该怎么解决。

第二天一早，他端着早点走进了赛西亚的卧室。眼皮浮肿双眼通红的赛西亚用恶毒的眼睛望着他。

“主子，我想请几天假。”他说。

“什么？你浑蛋！……”赛西亚喊叫起来。

“这期间，让我老婆来照顾你。”他说。

“要是那样，你可以多走几天。”赛西亚说。

2 王爷的难处

对王爷来说，这十二年是他的权力不断被削弱的十二年。表面上看他仍然是王爷。他的下属，他的百姓都称他为王爷，也很尊重他。

但他已经得到确切的消息，清王朝灭亡已经很有些年头了，北京紫禁城里的那个皇帝被赶出宫也有些年头了。他没有去过北京，更没有见过紫禁城里的那位皇帝。但他却知道那个地方有那么一位皇帝，知道只有那位皇帝坐在皇位上，他这个王爷的称号才算数，他的顶戴花翎和官服才有实际意义。现在他听说那个皇帝早已经被赶出了宫，这里的人们却仍然尊称他为王爷，他感到很滑稽，甚至觉得自己在欺骗老百姓。不错，那个戴眼镜的什么“专员”确实给他发过一张委任状，上面确实盖着国民政府的官章大印，那个每月八百大洋的薪水也能及时到来。但他仍然有一种被捉弄的感觉。委任状上明确无误地写着他是戈壁防务区副司令，还标明是少将军衔。但这么多年过去了，他至今不知道自己上面的正司令是谁，司令部在什么地方，更不知道自己的兵在哪里。

前些年他还为这些事常常生气，现在却懒得生气了。他有宽敞雄伟的王府，有花不完的金银财宝，大福晋和两个侧福晋美貌温柔，他为什么生那个闲气折磨自己？近两年他几乎什么都不管了，过起舒适安逸的日子。他一般不出王府，最多有时候出去打打猎。

但安逸的日子终于过到了头。一开始风传黄河北岸出现了一股土匪，在那里烧杀抢掠，无恶不作。很快又传来消息说，那股土匪已经拥进了戈壁。据说那土匪人数众多，而且尽是好马好枪，连国军都不放在眼里。听到这个消息王爷坐不住了。他首先担心的是他的百姓。他不仅仅是王爷，同时也是一个生长在戈壁上的蒙古族汉子，他对自己的百姓和家乡有一种与生俱来的爱。土匪一旦进入戈壁，百姓就会遭殃。接着他又想到了经过多少代积攒起来的那些金银财宝。旗府的金银财宝有两大部分，一部分是王爷自己的，还有一部分是旗库的。王爷的那部分由王府自己支配，而旗库那部分则用于公务开支。王府这些年基本没有公务活动，因此这部分东西一直就存放在王府的库房里，而且越积攒越多。土匪真的要打进来，这些东西就要面临威胁。

他觉得人倒好说，他可以带着家眷和大小官员，在士兵的护卫下撤出王府。最近可以进入沙漠躲藏，要是情势严重还可以撤到青海、甘肃。他知道土匪就像大风和洪水一样，别看来势汹汹，其实很快就会过去。但那些金银财宝怎么办？怎么说也不能留给土匪吧？因此他想到必须先把那些东西安顿好。

他正为怎么处置那些金银财宝而发愁，一天突然有一个人来拜访他。这个人说自己就是土匪派来的。

“你是从土匪那里来？你的胆子也太大了。”王爷说。

“不是我胆大，而是您一点都不可怕。”来者说。

“你真的不怕？”王爷问。

“怕我就不来了。”

“那……好吧，你有什么事？”

“我们的头子说，要跟你借银子。”

“什么？借？”

“对，借。”

一听这个“借”字，王爷就傻了眼。他知道这是土匪们的专用语。抢人家的东西说“借”，要别人的命也说“借”。

“借……多少？”

“全部。”

王爷气得脸通红，但什么办法都没有。“你回去，我们商量了再说。”他说。

等那个土匪走了以后，王爷在客厅里转来转去。他转了整整一夜，天亮时终于想出了一个办法，决定把金银财宝送到兰州存进银号。

有了这个主意，他长长地出了一口气，但他做梦也想不到，他这个决定正是有一个人所希望的。

3 仆人说出了一句话

那天，处于绝望状态的赛西亚用鞭子一个劲地抽打着毛驴的屁股，朗和跟在后边也是一个劲地小跑。朗和就这样上气不接下气地跑着，突然说出了一句话。

“主子，我可以给您弄到钱。”他说。

“你？哼！”主子朝着驴屁股又狠狠地抽了一鞭子，毛驴跑得更快了，甩动着尾巴。

“你没有听说吗？王府要用骆驼驮着金银财宝往兰州送。”

毛驴甩动尾巴的节奏显然慢了下来。

“什么意思呀你？”赛西亚问。

“咱们去抢了算了。”

赛西亚蓝色眼中的傲慢、愤怒一下全没有了，变成了惊骇与惧怕。一听到要抢掠旗王府的金银财宝，他的灵魂都要出窍了，但看看仆人吧，他说出这种话的时候连眼皮都没有跳一下。

“那……行吗？”过了好久，赛西亚才问。他这时候已经下了驴，站在仆人前面。

“有什么不行的？”仆人冷冷地说。

“那么多的金银财宝……怎么也得有士兵护送吧？”

“那好办，大沙漠是驼队的必经之路。”

“大沙漠？……”

“沙漠里有一个地方叫三眼井，那是驼队必然经过的地方。”

“三眼井？……”

一个可怕的阴谋就这样开始被酝酿。过了多少年以后，戈壁上牧人们将这次阴谋的酝酿和实施的过程编成了好几种版本的故事。但不管哪一种版本，其中必定要提到一个人，他就是赛西亚的那个仆人，名叫朗和。

4 哈拉金呼受命

哈拉金呼和乌吉木带着儿子搬到小河下游。今年雨水充足，牲畜膘情很好，日子过得很平静。

这是一个让人羡慕的家庭，夫妻和睦，儿子又很听话。只是作为戈壁上著名的牵驼人，哈拉金呼偶尔牵着骆驼出远门，每当这样的时候，老婆和儿子总是提心吊胆地等待他平安归来。因为哈拉金呼名气太大，运送一般的物资不会有人找他。一旦有人来找他，那肯定是运送贵重物资，而且肯定是路途遥远，充满着风险。夫妻俩曾商量，以后不要做牵驼人了。但当有人来求他的时候，他们又不好意思拒绝人家。

这是一个晴朗的下午。哈拉金呼放驼回来，正跟老婆和儿子喝茶。蒙古包的门敞开着，可以望见深绿色的原野上地气在波动，吃饱了的骆驼这儿一峰那儿一峰地立着。

“今天咱们吃包子吧。风干驼肉，加点沙葱。”乌吉木说。

“那当然好。”哈拉金呼说。

外边牧羊狗吠起来。

“看来有客人来了。我的儿子，快出去把狗抓好。”乌吉木说。

儿子如今已经十五岁了，跑出去抓狗。哈拉金呼朝外边看了看，便看到一个骑马的人，这个人帽子上有红色的帽穗。

“看来是旗王爷的走差来了。”哈拉金呼说着站起来，扣上纽扣扎起了腰带。这是蒙古人迎接贵客的礼节。

来的真的是旗王府的走差。进来跟哈拉金呼夫妇问候，接过乌吉木递上来的茶碗象征性地尝了尝便放下了。

“哈拉金呼，王爷叫你去一趟呢。”走差说。

“马上去吗?”

“那当然。”

“再忙也得吃了饭再走吧。你们两个先喝点酒，饭马上就好。”乌吉木动作麻利地忙乎着，娇媚地微笑着。

“奶酒和包子谁不喜欢呀。但今天我没有那个口福了，王爷催得很紧。”走差说着站了起来。

哈拉金呼跟着走差赶到王府的时候已经是后半夜了。他以为见王爷是第二天的事了，但他想错了，走差直接把他领进了王爷的书房。

原来王爷一直在等他!

他走进王爷的书房，单腿下跪问安之后放下双手站在王爷前面。

“哈拉金呼，这深更半夜，而且就你我两个人，就不讲这些礼节了吧。来坐在凳子上。”

哈拉金呼坐在凳子上，等待着王爷说什么。

“我想让你为我运送一趟东西。”王爷说。

“哦，是吗?”

“你大概在想，大热天，还运送什么东西呢?驼队运输一般都是在冬天呀。但我告诉你，我真是没有办法了。王府里保存着很多的金银财宝，那是经过多少代才积攒起来的东西。但一些盗贼对这些金银财宝却觊觎很久了。如今盗贼们已经准备好了兵马，要来掠夺我的财宝。所以我想，在盗贼们还没有到来之前，把我的财宝送到兰州城，保存在那里。”王爷说。

听到这话哈拉金呼大吃一惊。“金银财宝?盗贼?”他说，“用骆驼运送那些东西太危险了，那些盗贼在半路上截住驼队怎么办?”

“他们不赶趟，他们在东边，而兰州在西边。”王爷说，“但我们必须尽快行动，抢时间。”

"但是，那些金银财宝一旦被运出王府，那可是要从千万人眼皮底下经过呀。而且从这里到兰州，还必须经过人迹罕至的辽阔的戈壁和大沙漠。一旦遇到不测，那可什么办法都没有了。"

"那也得走。至于怎么样把那些东西安全地送到兰州就全靠你了。"

哈拉金呼沉思了起来。看来王爷决心已定，但安全运送金银财宝的责任却落在了自己的肩上。

"那么……什么时候走，怎么走，全由我说了算。请王爷允许我这样做。"

"没说的，我允许。我就等你这句话。"王爷长长地出了口气说，"我要派兵一路护送你。"

"护送的士兵也必须听我的。"

"那当然，谁不听你的，我就砍谁的脑袋。"

哈拉金呼告别王爷出来的时候天已经大亮了。凉爽的晨风从戈壁的边沿吹来。他放松了马缰慢慢走着。他明白自己遇到了一个非同一般的艰难的差事。

他从十五岁开始当牵驼人，至今已经当了整整二十五年。他太明白牵驼人路途的艰难了。驼队一旦出发，什么灾难都可能遇到。强盗、风暴、野兽等等，随时会出现在他们面前。因此，牵驼人不仅需要积累丰富的经验，还必须胆大心细。稍有疏忽，将会被灾难所吞没。有些驼队出发了，就再也没有回来，这样的事情并不是没有。而他现在要运送的是价值连城的金银财宝，路上谁知道会遇到什么情况？

大戈壁的东方出现了淡淡的红色，那红色在迅速地变浓，很快像连天的野火一样熊熊燃烧起来。哈拉金呼望着燃烧的红色，仍然在沉思。

他心里很清楚，这次远足真是非同一般，光靠经验和胆气是远远不够的，他必须想出一个任何人都想不到的办法。

他走得很慢，到了傍晚才看到自家的蒙古包。他老婆背着“阿如克”在朝家里走，儿子也取了水从河边往回走着。

他勒住马缰绳看着老婆和孩子。他已经想出了一个完整的计划。

5　出发前的准备

哈拉金呼一回到家便忙乎起来。他先叫来五名年轻的牵驼人，让他们抓骆驼准备远行。接着又去拜见戈壁上那个著名的萨满大师，问讯了近一个多月的天气情况。再接着他一个人骑着骆驼走进了大漠。

谁也不知道他干什么去了，连他的老婆孩子都不知道。他一直走了二十多天才回来。

从沙漠里回来，哈拉金呼并没有立即回家，而是去见了自己的好朋友巴尔斯。一个高坡下边一大群马在散开来吃草，巴尔斯坐在高坡上看着马群。

“乌吉木和孩子都好吗?”巴尔斯见了哈拉金呼便问。

“我就是为了老婆和孩子来找你的。”哈拉金呼说。

“他们怎么了?”

“我要出一趟门……”哈拉金呼把事情的原委说了一遍。

“你别去。太危险了。”巴尔斯说。

“没法不去，王爷下令了。”

“那怎么办?”

“我要是遇到不测，你别忘了照顾我的老婆孩子。”

“不要说这种不吉利的话了。你必须活着回来，为了乌吉木和孩子，你也不能死。”巴尔斯怒气冲冲地说。

“我是说……”

“你不要说了。”巴尔斯粗暴地打断了他。

“好了，我要回去了。”

两个男人面对面站着，再也没说一句话。但他们从对方的眼睛里看到，他们的心是相通的。

哈拉金呼回到家宰了一只羊，晚上跟老婆和儿子一起吃肉。

“我这就要出远门了。你们两个人要好好过。我的儿子已经十五岁了，要让妈妈高兴。”他摸着儿子的头说。

乌吉木看了丈夫一眼。她不明白丈夫为什么要说出这样的话，像交代身后的事情一样。

儿子却丝毫没有多心，大口吃着肉说：“等我长大了，我也要当个出色的牵驼人。那样我就走很多地方，带回绸缎给妈妈做衣服。”

哈拉金呼叹着气说：“我的好儿子，你将来干什么都行，就是不能干牵驼人这一行。”

“怎么了爸爸？”

“那是很难的呀，孩子。”

一个十五岁的孩子，不可能细想父亲的话，吃完就睡着了。半夜他醒来，却听到母亲在哭。

“你……不走不行吗？”母亲在问父亲。

“王爷有令，谁敢违抗。”

“你一定要当心。你要是有个长短，我和儿子怎么活呀？”母亲哭得更厉害了。

“我会当心的。但这次这事，好的和坏的两种后果都应该想到。”

“你必须活着回来……”母亲差不多已经哭出声来了。

父亲沉默了很久才说：“这次出门，我想把那个小驼羔带上。”

“带上小驼羔？那干什么呀？”

“要是我过了很久还不回来，那你就让我们的儿子骑着母驼进沙漠。母驼一定会找到它的驼羔，找到了驼羔，就能找到我。”哈拉金呼说。

“天啊！……”

“要是我真的出了事，你也必须搬家。我看，你应该去找我们的好朋友巴尔斯。”

母亲又哭，她大概全力抑制着自己的哭声，但抑制的结果却偶尔发出一种可怕的哽咽。

儿子的眼泪也开始流淌。

6 交易

这几天，赛西亚的二层小楼内外变得静寂异常。旁边的小河仍在哗哗地奔流，赛西亚的毛驴在河边吃草，偶尔哈巴狗像毛团一样滚动着跑出来，这一切说明主仆二人都在里边，但却很少看见他们出来走动。

一天黄昏，一个女人领着儿子来了。比起过去，这个女人的穿戴已经大不一样了，手指、手腕和耳垂上金、银、鸡松石等闪耀着奇异的光。但她的脸色却是苍白的，目光飘忽不定，躲躲闪闪，总是带着一种羞涩的神色低着头走路。她的儿子大概是个不合群的性格，一个人远远地落在母亲的身后走着。

哈巴狗汪汪地叫起来，门打开了，朗和走了出来。看到老婆和孩子他什么话都不说，让他们走进楼里。进去以后，女人按照已有的习惯把儿子丢在底层，自己一个人爬上了二楼。她本来就不是来看望丈夫，而是为了看望丈夫的主子。

赛西亚坐在他那张宽大的木床上发着呆。女人站在楼梯口望着他，似乎等待他做出什么举动，赛西亚却没有动。过去赛西亚不是这样，以往他一见到女人就跑过来，大声地笑、叫，拥抱她，亲吻她，有时候还咬她。有时候女人求他说："你别急，等我男人睡了以后再……"但赛西亚根本不听他的。但今天他不知道是怎么了，好像没有看见女人似的。

"主子……"女人怯生生地叫他。

"哦，你来了？"赛西亚脸上挤出了一种十分勉强的微笑。

"你怎么了？身体不舒服吗？你以往可不是这样。"女人说着，坐到床边，搂住了他皮肤很老也很厚的脖子。

"啊……别这样。你男人……他在下边。"赛西亚说着，推开了女人的手。

"什么？"

"你到他那儿去吧。"

女人大为惊奇，但她也感觉到这里的主仆二人之间的关系发生了某种变化，也意识到今天夜里赛西亚不会要她了。

女人下到了一楼。

"他……怎么啦？"她指了指上面。

"怎么啦？"

"他让我来你这里。"

"我送你上去。"朗和说。

女人拽着他的胳膊说："要不，今天夜里……我就在你这儿吧。"

朗和没有理她，带着她又上楼。赛西亚看见他们上来了，似乎很不好意思地站起来说："你们……怎么不早点休息？……"

"我要跟你谈一件事。"朗和说。

"哦，我的朋友。你尽管谈……"

"你应该明白，从今往后你必须靠我，你没有其他办法。但谈正事以前，我们应该回顾一下这些年咱们是怎么过来的。"

"这些年？……"赛西亚像个傻子似的。

"这些年来，你打我、骂我，还当着我的面霸占我的老婆。当你骑着毛驴出门的时候，我拼命地跑才能跟上你那个四条腿的牲口……”朗和的声音很平和，但赛西亚听着听着就脸色发白了。

“你知道那时候我在想什么吗？”朗和问。

“你……大概恨我吧？”

“不，我一点都不恨你，我只是可怜你，或者十分瞧不起你。”朗和说。

“哦……”

“你打我骂我的时候，我就觉得你是一个可怜的家伙，因为我看出你的空虚，无能，紧张。我是多么失望呀！在我的眼里，你是一个神经有毛病的人。还有，你第一次把我的老婆叫到楼上过夜，我是怎么想的你知道吗？我觉得你只不过是拿走了我的一张破褥子，或者抢走我骑过多年磨破了脊梁的瘦驴。”

“啊，这个……这个……过去的事情我们就不提了，我们是朋友嘛。”赛西亚的脸红一阵白一阵。

“好了，我们现在谈正事。”

“好，请说吧。”

“你要答应，把我的儿子送到你们那个国家，学习挖石油的技术。”朗和说得很干脆。

赛西亚的表情松弛了下来，说：“就这事呀？好办。”

“你给我写个东西。”

“写……什么？”

“我要你写的是，将来任何人看到你写的东西，都可以保证我的儿子能够出去学习。”

“明白，明白。”

赛西亚坐到桌前拿起羽毛笔，唰唰地一口气写了好几张纸递给了朗和。

一次交易就这样完成。朗和下到一楼倒头就打起了呼噜，女人犹豫了半天，才脱了衣服，紧靠着丈夫躺下去了，但丈夫没有理她。

一个人在教堂外边像个影子一样游荡着。他就是朗和的儿子。他是个不爱说话，不愿意跟别人交流，甚至到了夜里都愿意一个人在外边转悠的人，这说明他将来会变成一个性格古怪的人。

按照刚刚完成的交易，这个孩子将要到国外留学，学石油。

第九章　整顿调查组

1　难眠之夜

人真是一种奇怪的动物，越是需要集中精力思考某一个非常重要的问题的时候，就越会有一些次要的事情出现在脑海里分散你的精力。桑嘎现在的情况正是这样。今天夜里他本来下决心要集中精力考虑事故的起因，但实际上他却想起了青巴图老婆今天给他说过的话。

“我查过了，他在炼油厂招待所登记了房间。但那里的服务员说，到了半夜，他跟隔壁房间里的一个女人去了车间……我查了来客登记，那个女人正是您的妻子阿拉坦苏都……”

青巴图老婆就是这样对他说的。

他从心眼里瞧不起青巴图老婆，他看出那是一个经常猜疑自己丈夫有外遇的女人，他也知道那样的女人很容易产生错觉，将正常的事情想成不正常。但他却相信那个女人今天绝没有撒谎。在自己的丈夫生死未卜的重要关头她不可能也没有必要来编一套故事。那么她的话就是真的。

但她的话如果是真的，那说明什么呢？说明他的妻子阿拉坦苏都昨天夜里住进炼油厂招待所以后就给青巴图打了电话，青巴图接到电话后匆忙赶到炼油厂招待所。他们究竟想干什么？不会是为了采访吧？……

这件事如果放在白天，可以有很多种解释。一个女记者叫一个男同事到某一个地方，可以有各种各样的原因。但这件事偏偏发生在夜里，桑嘎就不得不产生怀疑了。一个简单而现成的猜测就是：他们是为了幽会！

但事情真的会是那样吗？

别想这些了，他痛苦地提醒自己。他必须弄清楚事故的起因，那是总经理对他的嘱托。但妻子的音容笑貌又出现在他的脑海里。他流泪了，假设妻子真的背叛了他，哪怕背叛一万次，他也希望她活着，而且还希望她活得幸福。因为她是他真心爱着的女人……

2 总经理在天亮前打来电话

桑嘎终于排除了一切杂念开始考虑最重要的问题：火灾的始发点。最后确定火灾的起因是司法部门的事，但他有责任向司法部门提供线索。他在桌子上铺开一张纸，开始画一张图，他想把炼油厂最有可能起火的部位都画出来。

时间在无声地流逝，房间里的电话突然响了起来。看桌子上的小闹钟已经接近凌晨五点了。他犹豫着拿起了话筒。

“是桑嘎吗？”是总经理的声音。

他听出总经理的声音苍老了许多。从上午到现在他与总经理分开才十几个小时，但他的感觉里却像离别了十几年似的。他现在像思念一个久别的朋友一样思念起总经理。总经理是那么好的一个人，那么出色的一个人，技术水平、工作能力、人品都没有说的。但偏偏在他当总经理的这个地方发生了大事故！他现在怎么样了？桑嘎的心在隐隐作痛。

“阿拉坦苏都有消息吗？”总经理在问他。

“还……没有。”

“别太着急。”

“你也注意休息。”

“唉，都快天亮了，我不得不给你打电话……”

桑嘎这才意识到总经理这么早来电话肯定有事。就问：“有什么事？你说吧。”

总经理似乎犹豫了片刻说：“我就直截了当说吧，你那个调查组组长就别当了。我已经听到风声……不，是得到了暗示，有人已经向上级有关部门写了信，说你也是被调查的重点对象。”

“我……怎么啦？”

“你是总工，是技术负责人，而且参加过油田的总设计……”

“设计方案是经过审查批准的呀！”

“我知道你委屈。但事故调查你就别参与了。就这样。”总经理说完挂了电话。

第十章　险旅

1　深夜，驼队从王府大院鱼贯而出

那一天黄昏，有十来名骑马的士兵从王府大院出来，走向了戈壁深处。接着，有二十四峰驮着驮子的骆驼也从王府出来，走向黄昏的戈壁，叮咚的驼铃声回荡在黄昏的戈壁上。总共是三个牵驼人，每七峰骆驼组合为一链子，三七二十一，再加上三个牵驼人每人骑一峰骆驼，就是二十四峰。这时候天空已经暗了下来，看不清楚三个牵驼人的面孔。

士兵和驼队都消失在戈壁的深处。

谁都会认为，王府运送金银财宝的驼队已经在骑兵的护卫下出发了。可实际上，谁都想不到这二十四峰骆驼上根本就没有金银财宝，装在那些驮子里的全是一些皮张和羊毛。那三个牵驼人里也没有哈拉金呼，他们三个人是哈拉金呼招来的三个年轻人。

真正要运送金银财宝的二十四峰骆驼这时候在王府的后院整装待发。哈拉金呼站在驼队的前面，护送他的二十名骑兵也早已准备停当，两个骑兵头目站在他的两旁。除了哈拉金呼以外没有人知道驼队应该什么时候出发，朝什么方向走，包括那两个士兵头目，也包括王爷。

哈拉金呼身边是一峰套上笼头的小驼羔。

已经是后半夜了。

哈拉金呼突然下令。

他对两个骑兵头目中的一个说："现在你带上十个骑兵出发，与驼队保持十华里左右的距离。遇到意外我会放枪，听见枪声你立即回头来支援我。”说完哈拉金呼又补充道，“记住，一直朝着翁根沙漠的方向走。”

“遵命。”

十名骑兵出发大约有半个钟点了，哈拉金呼又对另一个骑兵头目说：“驼队现在就走。等我们走出十华里左右你再出发，要与我们保持十华里的距离。听到枪声，马上赶来支援我们。”

“好的。”

驼队从王府后院鱼贯而出。这是一支没有驼铃的驼队。

戈壁的天空有无数颗星星在闪烁……

2 窥探

就在这一天黄昏，有两个人俯伏在距王府半华里的一个土岗上，目不转睛地盯着王府的大门。这两个人就是赛西亚和朗和。

“看！……”赛西亚小声说。

王府的前门开了，有十来个骑兵从那里出来，小跑着走向了沙漠。接着，驼队出来了，总共二十四峰骆驼，三个牵驼人，驼铃叮咚响着，朝着骑兵们刚才走的方向走去。

“不对。”朗和看了很久说。

“怎么了？”

“要是驮载那么多金银财宝的驼队，按说应该等到天黑以后悄无声息地走出去才对。但你看他们，天还没黑就出来了，驼铃又那么响亮，好像是故意那么做……”

“那……怎么办？”

“再等等。”朗和说。

赛西亚点了点头，现在他对朗和顺从得很。于是他们再等，等到半夜，突然听到了马蹄声。马蹄声是从王府那边传来的，从小土岗前面过去。虽然因为天黑，赛西亚和朗和什么都看不见，但朗和从马蹄声判断这是骑兵，大约有十个人。

“这是前面探路的骑兵。”朗和说。

“那……驼队呢?”赛西亚像个傻子似的。

“再等。”

没过多久，从王府那边传来另一种动静，具体地说是一串杂沓的沙沙声。朗和听出来了，这是骆驼们柔软的蹄掌踩过草地的声音。

“是一支没有挂驼铃的驼队!”朗和用肯定的语气说。

“是……吗?”赛西亚的声音在颤抖。

破晓时赛西亚和朗和在往回走。朗和迈着自信的步伐，而赛西亚却苍白着脸。昨天夜里他目睹了戈壁蒙古人的智慧或者计谋，这使他十分惊奇。这里的人跟他家乡的人完全不同，包括他们使用的计谋和相互争斗的形式。

“现在我们应该怎么办?”他问朗和。他心里已经很清楚了，从现在起，行动的每一步都必须听朗和的。

“我们现在必须日夜兼程赶到那个叫三眼井的地方。”

“哦，哦……”

“驼队大约十天以后到达那里。我们必须提前到，做好一切准备，等他们到了，我们就把他们送上西天。”朗和说完打了个哈欠。

3　等待

赛西亚和朗和来到三眼井已经两天了。他们在路上走了八天。两个人脸上晒脱了皮，嘴唇干裂出血。

没有人知道这三口井是什么人什么时候挖出来的，它在大漠的深处。这三口井是连环井，井口有三个，但下边是连在一起的，这样说来，其实这是一口井，但却开了三个井口。这是戈壁人的智慧，是为了保证水量的充足。对于穿过大沙漠的驼队来说，这里是他们的重要驿站。

驼队穿过大沙漠大约要走二十来天。进入大漠的驼队走十来天以后他们所带的水基本用完，而且人、驼都将很疲劳。但这时候他们正好到了这个三眼井。他们在这里休整几天，解除路途的疲劳，将已经空了的容器里装满清水，继续赶路。

又大又红的太阳正在缓慢地沉入大漠深处。

“驼队今天夜里一定来吗?”赛西亚问。他今天已经这样问过无数次了。

“会来的。”朗和冷静地说。

赛西亚又从衣服兜里掏出怀表看，他今天已经这样看了无数次了，但刚看完马上又忘掉了，于是又掏出来看。他处于这样一种慌乱紧张的状态已经十多天了。手老是颤抖，眼皮跳个不停，说话语无伦次，黑夜睡觉时常被噩梦惊醒。每当他从梦中喊叫着醒来的时候，睡在他怀里的哈巴狗就叫个不停。十二年前他带来的哈巴狗现在变得又老又傻，但还活着。

现在哈巴狗正在舔着水槽里的水。井台下边放着一个用石头凿成的笨重的水槽。朗和走到井台上，拿起一个水斗左看右看。三眼井每一个井口上都永远放着一个结实的水斗。过往的牵驼人什么时候发现水斗破了，都会把水斗修好放在井台上。这样大家用起来很方便。朗和早就想好了，就是利用这里的水斗来轻而易举地制造一场大惨案!

天黑了，大漠在夜色中无边无际地伸展着。星星像无数个眼睛在天空中眨着。

赛西亚和朗和两个人在等待着驼队。但大漠静悄悄的，什么动静也没有。

这样等到后半夜，朗和站了起来。

“来……了吗？”赛西亚紧张地问。

“没有。我看咱们上当了。”朗和冷静地说。

“什么？”

“他们不来三眼井了。”

“你不是说他们一定会来吗？”

“你还记得吧？驼队出发以前，哈拉金呼独自一个人进过一次沙漠。”

“你那样说过。”

“他已经找到了另外一条穿过沙漠的路。”

“但水呢？水怎么解决？”

“他上次独自进入沙漠，把水都准备好了。”

“我听不明白你的话。”

“我们不能在这里等了。我们必须尽快把驼队在半路上截住。”朗和果断地说。

4 埋在沙子里的羊肚子

朗和的猜测一点都不错，哈拉金呼这次走的是任何一支驼队都没有走过的路线。这支没有驼铃的驼队每天夜里可以悄无声息地往前赶几十华里，天将破晓时找个沙窝子歇息。只要不发现他们留在沙子上的脚印，就没有人会找得到他们。他们的前方和后方各十来华里的地方是护送他们的两股骑兵，每一股十个人。让护送的骑兵与驼队拉开距离，是哈拉金呼为了防备被人家包抄的一个计谋。从前锋到后卫绵延二十华里，任何一支人数众多的强盗都没有可能把他们全部包围起来，要是走在中间的驼队一旦受到袭击，前锋和后卫的两支骑兵却可以迅速来支援他们。

哈拉金呼早已想到了，要是真有打劫的，那么他们八成就在三眼井那里等，因为谁都会认为三眼井是任何一支驼队必然要经过的地方。正因为如此，哈拉金呼这次决意要绕过三眼井。为此他想到了一个谁都想不到的办法——早在驼队出发前他独自一个人带着几十只装满清水的羊肚子进了趟沙漠，每隔二三十里便把一只羊肚子埋进沙子里。现在驼队行进的路线正是他上次埋羊肚子的路线。他们带出来的水前几天已经用完了，现在他们全靠埋在沙子里的那点水走着。再坚持十来天，他们就可以走出大漠了。

但情况却变得越来越艰难。二十四峰骆驼和三个牵驼人还好说，骆驼可以几十天不喝水，哈拉金呼和另两个年轻牵驼人也早已具备了忍耐干渴的能力。但那二十名骑兵和二十匹战马却成了大问题。装在羊肚子里的水只有那么一点点，每个骑兵和每匹马每次只能喝那么一两口水，那些干渴到了极点的骑兵恨不得把自己撒出来的尿再喝进去。那些马匹的体力也在迅速消耗着，身上的毛都像是被火燎过的一样卷了起来。随着困难日益增加，两个骑兵头目与哈拉金呼之间的矛盾也越来越激烈。

“咱们应该到三眼井补充水。”骑兵头目说。

“不行。那里会遇到劫匪。”哈拉金呼坚决不同意。

“但现在这样下去，没有遇到劫匪以前咱们都得完蛋。”

这样的争吵几乎每天都发生。凡是大小骑兵头目一般都有一种骄横的脾气，按说他们绝不会把一个牵驼人放在眼里，但这次出来之前王爷下了死命令，要求这两个头目必须无条件地服从哈拉金呼。所以争吵归争吵，这两个人还是不敢违抗哈拉金呼的主张。但话说回来，要是遇到非常情况，出现什么事情就难说了。

5 哈巴狗的鼻子

如果将大沙漠比喻为大海，那么哈拉金呼他们这支驼队就是游动在大海里的一条小鱼。赛西亚和朗和两个人正在全力寻找这条小鱼的行踪。

朗和断定，哈拉金呼肯定想出了一个解决饮水的办法，但他猜不透哈拉金呼想出的办法究竟是什么。说起来大漠里有数不清的绿洲，那些绿洲都有水源，但朗和想哈拉金呼决不会去那些绿洲。因为那些绿洲并不在一条直线上，而是东一个西一个，南一个北一个。所以别说是哈拉金呼，其他任何一个牵驼人都不会去那些绿洲。因为那样绕来绕去，走一年都走不出沙漠。那么哈拉金呼究竟在哪里?

但朗和毕竟是戈壁上长大的蒙古人，他明白怎么样才能够找到哈拉金呼。他回忆起驼队离开王府的那天夜里的情况，从方向上判断，驼队似乎是朝着翁根大沙漠的方向走的。那么现在唯一的办法就是到那里去寻找。只要驼队不是长出翅膀从空中飞过去，那么总会留下蹄印的。只要找到蹄印，找到驼队并不是很难。

他和赛西亚一人骑一峰骆驼，还专门带着一峰骆驼驮水，半夜从三眼井出发，第二天中午已经走出了七八十里地。

赛西亚骑在骆驼上摇晃着打盹。他怀里的哈巴狗大概渴得要命，不停地小声叫唤着。它就那么叫唤着，突然从驼背上跳了下去，朝着一个方向跑去。赛西亚大声叫它回来。

“别叫它。”朗和说。

因为他看见小哈巴狗跑跑停停，停下来时仰起脑袋，鼻子一抽一抽的，显然是在捕捉某一种气味。朗和目不转睛地盯着它。最后，哈巴狗低着头一路嗅下去，到了一个地方，用两只前腿刨开了沙子。

哈巴狗终于从沙子里刨出一个装着水的羊肚子，又叫唤起来。

“那是什么?”赛西亚看着哈巴狗问。

“水!”朗和咬着牙说。

“可怜的狗，它渴坏了。让它喝饱吧。”

“不行。”

“为什么?”

“让它一直渴着，它会为我们找出很多很多装在羊肚子里的水。”

赛西亚和朗和抱着哈巴狗继续往前走去。哈巴狗时而安静，时而叫唤着跳下骆驼向前跑去。每次跳下去它就从沙子里刨出一羊肚子水。朗和用蒙古刀捅破羊肚子把水倒掉，把羊肚子扔到一边。他们这样走了一天一夜，总共找出二十五只羊肚子。

6 危机

天亮很久，太阳才从东边的沙梁上懒洋洋地升起。驼队停下来了。前后两边的骑兵头目每天这时候来跟哈拉金呼碰头。

哈拉金呼和两个年轻的牵驼人在一个沙窝子里为骆驼卸驮子。两个骑兵头目就站在哈拉金呼身边。卸完驮子，一个年轻的牵驼人爬上了沙梁，很快传来他的惊叫声。

“水……没有了!”

惊叫声在早晨干燥的空气里并不显得响亮。但站在沙窝子里的哈拉金呼和两个骑兵头目听着却像头顶上响了炸雷一样。

“什么?”哈拉金呼叫道。

站在沙梁上的年轻人手里拿着晒干了的羊肚子喊着：“被人用刀子捅破了……”

哈拉金呼和两个骑兵头目拼命跑上了沙梁。他们看到了两个人的脚印和一只哈巴狗的爪印，当然还有驼蹄印。

“你骑上骆驼往前走，看看前面是什么情况……”哈拉金呼对年轻的牵驼人说。亲身经历过不少风险的哈拉金呼这时候已经满头冷汗了。

年轻的牵驼人到了中午才回来。“埋在沙子里的水全被倒掉了。”他说。

“怎么办？”一个骑兵头目说。

“还用说吗？现在必须直奔三眼井。”另一个头目说，“现在出发，明天一早就到。”

“不能去那里。”哈拉金呼说。

“什么？你说什么？”

“有人断了我们的水，目的是什么？就是想逼着我们去三眼井。”哈拉金呼说。

“你究竟想干什么？”刚才那个骑兵头目脸色狰狞起来，“你该不会是打算等我们都死掉以后一个人独占这些金银财宝吧？”

“王爷已经交代过，这一路你们必须按我说的去做。”哈拉金呼说。

“要是没有按你说的做，我们也许还不会陷入现在这样的境地吧？你把大家带到了这样一个地方，我们都快干死的时候偏偏你埋在沙子里的水也没有了。谁敢说，断了我们水的人跟你不是一伙的呢？”

“你瞎说什么？”哈拉金呼快要气炸了。

“你先别喊叫。我就想不明白，那些人怎么就能那么容易找到你埋在沙子里的水呢？”

哈拉金呼不想争论下去了。

“我们决不能去三眼井，但可以派一些骑兵去那里取水。”他说。

“我看这个办法可以。”另一个骑兵头目说。

7 不平静的夜晚

赛西亚又做噩梦喊叫了起来。这些天他一直噩梦不断，有时候梦见留在遥远家乡的亲人们遇到了灾祸，有时候梦见自己弄到了很多很多的钱但被劫匪抢了，甚至有时候还梦见自己被魔鬼追赶。

“啊啊啊……哈哈哈……”

他叫得像哭又像笑，而且断断续续。睡在他怀里的哈巴狗也跟着叫了起来。

“汪汪汪……汪汪汪……”

睡在十来米以外的朗和被他们的叫声惊醒了，静静地听着。

“啊啊啊……哈哈哈……”

“汪汪汪……汪汪汪……”

大漠的夜空中散布着稀疏的星星。让他们这样叫下去可不行，朗和想。要是驼队这时候正朝三眼井过来，听见这种叫声就麻烦了。

赛西亚仍在似哭似笑地叫着。刚来到戈壁的时候他五十二岁，如今已经六十四了。与十二年以前相比，他的身体、精力、心理承受能力已经大不如从前了。

他突然大叫了一声坐了起来。哈巴狗叫得也更凶了。

“你怎么了？”朗和冷冷地问。

“我梦见……掉进海里了。”

“这哈巴狗这样叫下去可不行。得想个办法。”朗和说。

“什么办法？”

“弄死它。”

“啊，不行，不行。”

“可它老是叫。”

“是啊，这倒是个问题……”

哈巴狗又叫了起来，好像是为了证明它只要活着就决不会停止叫唤。朗和走过去，抓住它的脖子提了起来。

赛西亚急了，连忙站起来奔向朗和，想救他的哈巴狗。“等等，我叫你等等……”他叫着。

但已经迟了，朗和拧断了哈巴狗的脖子扔在地上，还狠狠地踏了几脚。

赛西亚的嘴唇在颤抖，但什么都没有说。他肯定想到了：站在他面前若无其事地用蒙古袍的下摆擦着手的这个戈壁汉子，连他的脖子都可能拧断。

“听，马蹄声！”朗和突然说。

“是吗？那么……”

朗和迅速地行动起来，从怀里掏出一个纸包，将包在里边的粉末撒进了三个井口上的三个水斗。

赛西亚也听到了马蹄声，他用颤抖的手不停地在胸前画十字。天仍很黑。

8　快速转移

十来个骑兵来到了三眼井。他们纷纷跳下马来，争先恐后地拿起水斗提出水来喝了个饱。他们自己喝饱了，接着要饮战马。他们提出水倒进石头水槽里，但那些干渴的战马却只是嗅了嗅水，没有喝。

骑兵们把所有能装水的容器都带来了，现在他们在那些容器里装满了井水，快速往回返。中午时分他们回到了驼队那里。等在那里的骑兵们和除了哈拉金呼以外的两个年轻牵驼人看到水来了，便不要命地拥了上去。

哈拉金呼并没有急着去喝水。他现在满脑子都是那些被人用刀子捅破了扔在沙子上的羊肚子。看脚印他们是两个人，那么这两个人现在在哪里？他们下一步会怎么行动？他不知道。但有一点是清楚的，那就是驼队已经被人盯上了，随时都会遇到意外。

骑兵们仍拥挤在那里喝着水。哈拉金呼突然发现了那些战马，它们怎么肚子都是瘪的呢？它们没有喝水吗？这时候一个年轻牵驼人端着一碗水朝他走来。

“那些马……没有喝水吗？”他问。

“他们说，这些战马只是用鼻子嗅了嗅，并没有喝。”

“什么？”哈拉金呼跳了起来。他朝着那些骑兵边跑边喊：“别喝了。赶快上驮子，离开这个地方！……”

第十一章　幸存者

1　地下通道

人们早已忘记，在炼油厂下边有一个废弃的地下通道网络。那是十年前刚建厂时挖的，原来准备用于自来水和取暖管道的铺设，但后来发现设计不合理，就废弃不用了，另外重新挖了一条通道。

虽说被废弃了，但这个通道网络至今完好无损。现在有三个人在这个漆黑的通道里摸索着行走。这三个人就是昨天夜里炼油厂发生爆炸时的幸存者。他们在最危急的时刻和非常偶然的情况下幸好找到了地下通道的入口，便不顾一切地钻了进去。但现在他们却连东南西北都分不清了。

丹巴是这三个幸存者中的一个。

昨天夜里他来到炼油厂，是为了家乡几个牧民的孩子。油田占了很大一片草场，牧民放牧的空间就小了，放牧越来越困难。出现这个情况以后，一些戈壁牧人的孩子就不愿意放牧了，他们想打工。他们的目光首先盯住了油田，因为油田就在他们的身边，于是几乎每天都有人来求丹巴，让他帮助他们的孩子在油田找活儿干。丹巴也没有办法，成天为那些年轻人奔波。

昨天晚上丹巴找人力资源部负责人。有人告诉他说，那个负责人已经去了炼油厂大院。于是他又自己开着车到了炼油厂，进大院里去找，结果发现那位负责人在电控室玩麻将。丹巴一看到那个场面就高兴了，但并不是为了玩麻将，而是因为他找到了送钱的好机会。那些牧民求丹巴给他们的孩子找工作，总是给他留下钱。他们明白如今办事需要送钱，但却不懂得怎么送。他们不懂得，丹巴却懂得。他知道麻将桌上输钱是送钱的比较简便的办法。

这样，丹巴就加入了打麻将的行列，目的很明确，就是为了输钱。过了凌晨四点，丹巴带去的钱也已经输得差不多了的时候，突然一声巨响，震得桌子上的麻将牌连同玩麻将牌的人同时跳了起来。灯已经灭了，烈火却封住了所有的出口。

丹巴曾好几次企图从门口冲出去，但每次冲到门口都被巨大的冲击波所冲倒。在他最后一次被冲倒的时候，他意外发现地板上有一块带着铁把手的水泥盖子。他什么都没有来得及想，抓起铁把手就掀开了水泥盖子，发现那里有一个洞。

他滚进了洞里。

2　黑暗世界里的爱

地下通道伸手不见五指。阿拉坦苏都和青巴图两个人也在这个通道里手拉着手摸索着前进。他俩也是昨天半夜时分走进炼油厂大院的，但他们的目的跟丹巴完全不同。

在整个油田里大概没有一个人，其中包括阿拉坦苏都的丈夫桑嘎都不知道，阿拉坦苏都和青巴图两个人曾经是高中同学，而且还谈过恋爱。他们曾经有过共同的美好的理想，就是考上大学学新闻。但不知道为什么，临近毕业考试的时候青巴图却不辞而别了。那是一次谁都说不清楚原因的失踪。学校着了急向公安局报了案，公安局不仅动用警察，还动员好多老百姓去寻找一个突然“蒸发了”的高中生，但毫无结果。阿拉坦苏都更是痛不欲生。正这样折腾得不可开交，学校领导和阿拉坦苏都同时收到了青巴图从火车站发出的信。信中并没有解释他为什么突然失踪，只是写道："请原谅，我是为一件十分重要的事情离开你们的。不要找我。"

一个叫青巴图的人就这样消失了。

过了许多年，阿拉坦苏都和桑嘎早已结婚生子，而且他们的孩子都到国外留学以后的某一天，青巴图却突然出现在阿拉坦苏都的面前微笑着。当时她以为他是从天上掉下来的。

那是五年前一个夏天的傍晚。油田报社的记者阿拉坦苏都整理好桌子上的稿件准备下班，突然看见一个脸色黝黑的男子站在门口朝她微笑着。

"你要找谁?"她很有礼貌地问。

"我找你。"那个人仍在微笑。

"是吗? 那么请进来吧。有什么事吗?"

他却不说话，也没有进来，仍站在门口微笑着。

她以为自己遇到了一个无赖，沉着脸走出办公室，再也不想理他了。但她发现那人却跟在她身后。

到了楼梯口她突然转身，严厉发问："你究竟想干什么?"

"啊，多么幽静的傍晚，咱们一起散散步多好。"

"你说什么?"

"我不相信你会那么健忘。就在这样的傍晚，你和我在学校外边的树林里散步，树林中的小溪在流淌，晚霞在天边燃烧……"

他的话引起了阿拉坦苏都淡忘已久的回忆。她盯着他看，看了很久突然喊了起来。

"天！你是从天上掉下来的吗?"

青巴图笑了笑说："咱们边走边谈。"

戈壁的黄昏宁静而美丽。铺了沙石的简易公路两旁的小杨树静静地立着。两个人都不说话，但都想起了多少年以前那些同样的黄昏。这样的回忆是美好的，包括他当年的不辞而别和她当时的悲伤，现在回忆起来都觉得很美好。

“我昨天才调进了你们油田宣传部。让我写矿志。”青巴图说。

“是吗？你家里都好吧？”

“孩子在呼和浩特念书。我老婆没有文化，将来在油田当临时工算了。”

“不管有没有文化，只要人好就行。”阿拉坦苏都说，“那年你怎么突然就走了？去了什么地方？”

青巴图叹了口气说：“我遇到了一个谁都想不到的事情。但……说起来话长，以后告诉你吧。”

就这样，青巴图和阿拉坦苏都在同一栋楼内上班了。下午下了班，两个人经常在一起散步。他们一起散步的时间变得越来越长，有时候走到天黑，有时候甚至走到半夜。两个人都用不着急着回家。青巴图家里的活儿有老婆承担，阿拉坦苏都回了家也没什么事。桑嘎经常不回家，有时候回来也是吃完饭就钻进工作室看图纸，回来跟不回来没有什么区别。这样时间长了，阿拉坦苏都有时候都不愿意回到那个冷清的家了。

落日的余晖在遥远的天边慢慢地消失着，晚风从戈壁深处吹来，后来天黑了，距他们很远的地方一些楼房的窗户上开始有了灯光。这时候他们来到一个水池子边，这里有一块石头，他们经常坐在石头上说话。

那天晚上两个人坐在石头上说话，青巴图握住了阿拉坦苏都的手。阿拉坦苏都觉得这很自然，往青巴图身边靠了靠，把头靠在青巴图的肩膀上。

“你现在可以告诉我了吧，那年你为什么丢下我走了？”她问。

“那是为了解开一个谜。”青巴图说。

“谜！什么谜？”

“一个非常奇特的谜。为了解开那个谜，我辜负了你的爱，丢弃了本来可以跟你一起享受的幸福。所以，我应该把事情的缘由都告诉你。但那是一个非常漫长的故事，一个晚上根本讲不完，还是以后讲给你听吧。”

就在那天夜里，两个人中断已久的爱又连接起来了，就像两根带电的电线连接在一起一样。以后他们的幽会更加频繁但也更加隐秘了。他们都是聪明绝顶的人，不会让别人抓住把柄的。

昨天他们一开始并没有来炼油厂的约定，但到了晚上阿拉坦苏都突然接到拍摄炼油厂夜间生产情况的任务，就住进了炼油厂招待所。进了客房以后她突然想见青巴图了。于是一个电话就把他叫到了炼油厂。青巴图登记在阿拉坦苏都的隔壁，放下包就走进阿拉坦苏都的房间，两个人紧紧拥抱在一起。

“咱们先去工作，完成工作任务以后，所有的时间都归咱们了。”阿拉坦苏都说。

他们拍完照片准备回招待所，已经走到车间走廊了，突然大火封住了走廊的两头。事情来得那么突然，而且几乎在一瞬间把他们逼到了绝境，火焰像长长的金黄色的绸子一样朝他们不断地挥舞过来。

“你看，这里……好像有一个门……”青巴图的声音传来。

烈焰和刺鼻的气味使阿拉坦苏都睁不开眼睛，但她还是看到青巴图好像朝着墙壁踢去。

那里确实有一个被封死的门，现在被青巴图踢开了。

他们不知道这是什么门，通向什么地方，但现在已经没有时间想这些了。几乎在门被踢开的同时，青巴图拉着阿拉坦苏都的手钻了进去。一开始他们连滚带爬地跑了一气，后来站在那里喘粗气。他们都不明白这里是什么地方，但有一点是清楚的，他们已经逃过一劫了。

“我再也不离开你了。”阿拉坦苏都对青巴图说，说完就搂住了青巴图的脖子。这是她发自内心的话。因为她现在突然意识到人的生命是十分有限的，该追求的一定要毫不犹豫地去追求。

“我们永远不分开。”青巴图也搂住了她。

两个人在地道里摸索着向前走去。但他们很快发现走出这个地道并不是一件容易的事。他们早已分辨不清方向，什么都看不到。更为要命的是这个地下通道网非常庞大，主通道弯弯曲曲，还有数不清的支通道，简直像一个巨大的迷魂阵。

“歇一会儿吧。”青巴图说。

两个人靠着洞壁坐了下来。洞壁硬冷而潮湿。他们现在并不担心什么，因为他们相信总能够走出地道。

3　青巴图开始讲一个奇特的故事

“真没有想到，我们好不容易久别重逢，却又遇到这样的事……”阿拉坦苏都说。

“是啊……”

“当年你究竟是为了什么事突然离开了我？现在可以告诉我了吧？”

“当然可以。我们有的是时间。”

地道里有滴水的声音，很有节奏，这个有节奏的声音大概从地道建成的那一天就开始了，一直持续了十来年。青巴图的声音低沉而缓慢。

“……那时候我们正面临着毕业考试。有一天我父亲突然得了急病被送到了旗医院。我跑到医院的时候父亲已经不行了。经过急救，他稍微缓和了一点。夜里我守着他，他对我讲了一件非常奇特的事情……”青巴图说。

“什么事情？”

“父亲对我说，在大沙漠里埋藏着很多很多的金银财宝。”

“什么？你说什么？”阿拉坦苏都叫了起来。

第十二章　死亡与复仇

1　骑兵和牵驼人一路走一路倒

傍晚时分，急促出发的驼队已经走出了五十华里左右。就在这个时候突然有十来个骑兵从马背上滚落下来。他们是去三眼井取水的士兵，在那里喝饱了水，放在水里的毒药现在发作了。哈拉金呼跳下骆驼想把他们拉起来，但他们已经不行了，嘴吐白沫，四肢在可怕地抽搐着。

“继续走，一刻都不能停！”哈拉金呼喊道。

他心里非常清楚，往井水里下毒的人肯定距他们很近。但他自己没有喝水，骆驼也没有喝水，要是走得快一点，也许还能够摆脱他们。

大家丢下那些倒下的骑兵继续赶路。但没走多久，又有骑兵接二连三地从马背上掉下来。他们的战马拖着缰绳嘶鸣着跑进沉沉夜色之中。这样走到后半夜，哈拉金呼身边只剩下两个年轻牵驼人和三个骑兵了。一路跟他吵个不停的那个骑兵头目就走在他身旁。哈拉金呼听到他咬牙切齿的声音就像咬碎石头一样刺耳。哈拉金呼不明白他为什么咬牙，是因为强忍着毒性发作的痛苦？还是因为愤怒？

没走多久，两个年轻的牵驼人也终于倒下了。哈拉金呼的眼泪流了下来。他想记住这里的地形，仔细地看了看周围。但绝没有停留片刻。又走过两道沙梁，最后三个骑兵中的两个也倒下了，现在哈拉金呼身边只剩下那个骑兵头目。看来他也不行了，在马背上痛苦地扭曲着身体，但仍在坚持着没有掉下去。

“你……浑蛋！”他倾斜着身躯向哈拉金呼说。

哈拉金呼觉得无话可说。这个人已经快死了，而且是在辜负王爷的嘱托，让自己的骑兵全部送了命的情况下走近生命的终点的。哈拉金呼理解他心中的痛苦和愤怒。

“你们的阴谋很出色……”骑兵头目从牙缝里挤出这么一句话。

“什么？……”

“我将很快死去。你骗一个快要死的人干什么？”

“我不明白。”

“为什么大家都死了，你却活着？”

“因为我没有喝水嘛。”

“为什么大家都喝水，唯独你一个人不喝？”

“这……”

“因为你早就知道水里有毒。你知道你的同伙在井水里下了毒。”

哈拉金呼不知道说什么好，其实对方也没有给他说话的机会。

“人都死光了，这些金银财宝也很快落入你同伙的手中。但我却不会让你活下去。”

骑兵头目突然向哈拉金呼开了一枪。哈拉金呼摇晃了几下，死命地抱住驼峰没有掉下去。他往侧旁看了一眼，看到骑兵头目已经摔在地上不动了……

2　这里的夜晚静悄悄

黎明前的黑暗中，有两个骑着骆驼的人悄无声息地来到驼队旁。其中一个人下了骆驼看了看躺在地上的骑兵头目说：“没错，总共二十个骑兵，这是最后一个。”

“啊，这么多的金银财宝真的成了我们的吗？”另一个人用颤抖的声音说。

“但没有看到驼队老大的尸体呀。”

“是吗?”

“刚才怎么听到枪声?”

“是呀。”

接着谁也不说话了。夜风轻轻地吹过，大沙漠显得出奇地安静。

3　自责

那个骑兵头目是在从马背上掉下去的时候开的枪，所以虽说距离很近，但并没有命中哈拉金呼的致命处。但他的伤势仍然不轻。他抱着驼峰走着，剧烈的疼痛使他摇摇欲坠。多亏他骑的这峰骆驼很体贴主人，一直走得很轻也很稳。而且它似乎懂得，必须把自己的主人带离驼队，于是他离开了驼队一刻不停地朝一个方向走去。

他的神志却一直很清楚。一想到把那么多的金银财宝都丢了，他就陷入深深的自责之中。要是那个骑兵头目没有朝他开枪，他也许会摆脱危险。即使摆脱不了，他也会与劫匪拼命抗争的。抗争的结果他很清楚，肯定是个死。他觉得自己应该死，应该与那些金银财宝共存亡。但那个骑兵头目偏偏向他开了枪。

我应该立即回到王府，向王爷报告事情的全过程，他想。王爷肯定要砍我的头。砍头也是应该的，但……老婆孩子怎么办?

这么一想他又想到了临出发前对老婆的嘱咐。他曾嘱咐老婆，要是自己遇到什么不测，就让儿子骑着那峰母驼进入沙漠找他。一想起这事他现在后悔得要死。让十五岁的儿子骑着骆驼去找驼队，那不是让儿子去送死吗?

我不能回王府，也不能死，我还有老婆和孩子，他想道。

两天以后的黎明时分，他的骆驼终于把他带到了一个小水泡子边上。骆驼轻轻地卧了下去，他从驼背上滚到了柔软的沙子上。他爬到水边，几乎把脑袋伸进水里喝了个够。

他相信自己活过来了。

4 噩耗

乌吉木跌跌撞撞地跑在荒原上。就是刚才，她正在毡包门口的木头架子上晒奶酪，旗王府的走差带着几个兵突然来到她家。一看到那几个兵她就猜到肯定出事了。

“哈拉金呼没有回来吗?”走差问她，满脸的悲戚。

“没有……怎么啦?”乌吉木抓着奶酪的手在颤抖。

“护送驼队的那些骑兵的马跑回来一些了。”走差说着，又叹气又摇头。

“啊！究竟出什么事了?”

“不清楚，但肯定是出事了，而且是大事。”

“那……我丈夫呢?”

“不清楚，所以我们才来你这里找他。”

乌吉木浑身发软，靠在木头架子上才没有倒下去。

“要是你男人回来，让他立刻到王府认罪。”一个士兵说。

乌吉木眼前一黑就倒了下去。等她醒来时她身边已经没有人了。她挣扎着站起来，就跌跌撞撞地朝着野外跑去。她现在只有一个想法，那就是让儿子骑着母驼去找他的父亲。

5　骑着母驼的男孩

儿子在野外放驼。她跑到儿子跟前的时候，十五岁的儿子惊奇地望着披头散发的母亲。

“儿子，你现在就骑上母驼去找你的爸爸。要是你爸爸已经死了，你就亲手埋葬他。要是你爸爸还活着，你就跟他改名换姓远走他乡。你听明白了吗？……”

儿子终于明白已经发生了什么，于是他的泪水也顺着脸颊流了下来。

“不要为妈妈担心，我一定会好好活着。将来有一天，我们也许会又生活在一起……”

戈壁西北方向的天空中升起了雨云，越升越高。

“儿子你必须马上走。旗王府的兵已经来过咱们家了。他们一旦知道你干什么去了，肯定会跟踪你。因此你千万要小心。”

儿子哭着跪下去了，但母亲立刻把他拉了起来。

“快走！”母亲说。

儿子骑上母骆驼走了，很快变成了天边的一个小黑点。她一动不动地望着。

戈壁上下起了大雨。儿子早已看不见了，但她仍然站着。

6　主仆二人

赛西亚和朗和二人牵着驮满金银财宝的二十四峰骆驼走在大漠里。他们已经这样走了好几天，但直到现在还没有想好下一步应该怎么办。他们懂得，现在满世界都知道了驼队被劫的消息。官府肯定会想尽办法寻找他们的行踪，而其他一些劫匪盗贼也会寻找驼队。因此他们现在并不急着走出大漠。因为他们知道待在大漠里比走出去更安全一些。

赛西亚现在已经脱形了。劫持驼队前他是那样地惊恐万状，劫持成功以后他又是那样地欣喜若狂，接着又为了怎么处理这些金银财宝而大伤脑筋，再加上疲劳和紧张，这个已经六十四岁的洋老头早已没有了人样。他蓝色的眼珠深陷在眼眶里，腮帮上的胡子像荒草一样，苍白的脸上积着厚厚的污垢。其实还有一件事在日夜折磨着他。那就是他身边的这个仆人朗和。他不得不时刻提防着这个人。谁能保证这家伙不会要了他的命一个人独吞这些金银财宝呢？有了这种想法以后他总是心惊肉跳，夜里睡觉都睁一只眼闭一只眼。

朗和却没有什么变化，虽说他不是牵驼人，但他从小在戈壁上长大，很有耐力。

“歇一会儿，喝点水吧。”赛西亚用沙哑的声音说。

“好吧。”

两个人下了骆驼坐在沙梁上。

“咱们……究竟怎么办？”赛西亚问。

“这些东西都是你的。应该你自己拿主意。”朗和说。

“不，不，这是咱们两个人共有的。而且，我现在必须靠你。”

“我看把这些东西先埋在沙漠里，我们再去兰州，跟你们洋人的银行那里贷款。”朗和说。

“埋在沙漠里？将来能找得到吗？”

“不要紧，只要我活着，就肯定能够找得到。”

赛西亚没有说话。但他已经想到了，按朗和的说法把这些东西埋进沙漠里，那将来这些东西就不一定是他的了。

“我们该动身了。我们的水现在只够用五六天，我们应该再去三眼井。”朗和说着站了起来。

7　他们迷路了

赛西亚和朗和走了三天也没有找到三眼井，他们迷路了。

不管朝哪个方向看都是无边无际的沙漠，现在他们连东南西北都分不清了。白天，赛西亚总是拿出指北针来看，到了晚上朗和开始观察天上星星的位置，但两个人对方向的判断完全是南辕北辙，于是他们吵个不停。

“这是东，没错。”

“不对，是西。”

“我这叫指北针，懂吗?”

“你没有看见北斗星在哪个方向？你是瞎子吗?”

“你等着，看明天的太阳从什么地方升起。”

“按你那个指北针，大概会从西边出来。”

他们不仅找不到三眼井了，而且连走出沙漠的方向都弄不清了。他们带着的水却越来越少，现在只有三羊肚子水了。

8　最后的夜晚

母驼带着哈拉金呼的儿子很容易就找到了驼队，那时候正是深夜。

这是一个没有月亮的夜晚。母驼突然叫了一声，一个劲地往前跑去，于是骑在上面的小主人便看见了前面沙窝子里有一些骆驼的影子。他看清楚了，那是一些没有卸驮子的骆驼。接着从那些骆驼那里又传来了小驼羔的叫声，与这边的母驼相呼应。男孩飞快地跳下骆驼，用驼缰绳把母驼的嘴捆了个结实，这样它就叫不出声了。

他牵着母驼慢慢地靠近驼队。

他听到两个人带着睡意的说话声。

“它怎么叫开了？”一个人用奇特的蒙古语嘟哝。

“它不是每天都在叫吗？”

口音奇特的人大声地打着哈欠说：“看明天能不能弄清楚方向吧。”

“这事到明天再说，现在睡你的觉。”

沙漠里又恢复了寂静。时间无声地流逝着，过了很久。

这边的男孩现在冷静得很。平时他是个十分善良的孩子，甚至有时候显得有点胆小。但巨大的仇恨让他现在变成了另外一个人。他什么都不怕了，而且对下一步的行动胸有成竹。

他慢慢地朝驼队走去，抽出了挂在腰间的蒙古刀。

他复仇的方法再简单不过了，只是用刀子捅破了装水的三个羊肚子。

9 一个巨大的秘密被埋进了沙漠

他回到母驼旁边坐等天亮。等了很久，大漠的东方出现了曙色。沙窝子里的两个人起来了，开始大声嚷嚷着。

他从沙梁上露出脑袋观察，看到一个个头很高长相古怪的人站在那里正在疯狂地喊叫，他想起来了，那个人是洋人，叫赛西亚，他小时候见过。另一个人手里拿着什么站在一旁。他手里的东西肯定是被捅破的羊肚子，男孩想。

那边的两个人喊叫声越来越高。

“现在怎么办？”

“我怎么知道怎么办？”

"想想办法呀。"

"什么办法都没有。"

"我们是不是会死掉?"

"你还想活命呀?"

"啊啊啊……"长相奇特的那个人仰天喊叫起来，声音似乎是在哭。

那另一个人把手里的东西扔出好远，大声叫着把卧在沙窝子里的骆驼拉了起来。

两个人牵着骆驼走远了。他们走得很快，大概是想在没有渴死以前走出沙漠。但他们做不到，因为从这里不管朝哪个方向走，走出沙漠至少也要四五天，而且天又这么热。男孩这么想着，远远地跟在他们后面。

不出他所料，走了一天一夜，到了第二天早上，前面的两个人先后从骆驼上掉了下来，躺在地上挣扎着。骆驼们停下来，静静地望着天边。

等到两个人不动弹了，男孩走了过去。

"你们好吗?很辛苦是吧?"他大声说着，走到两个人身边。那两个人仍然躺着，用死羊一样的眼睛看着他。其中一人是深陷在眼眶里的淡蓝色的眼睛，另一个人却是戈壁蒙古人褐色的眼睛。

男孩先走到"蓝眼睛"的身边。

"请看在上帝的分上，救我一命吧。水……"这个人说。

男孩没有说话，用充满泪水的眼睛看着他。男孩自己都不明白，这眼泪是因为仇恨还是因为难过。

"水……给我水。我给你很多的银子……"

"我爸爸呢?"男孩问。

"什么?你的爸爸?……"

"我爸爸是牵驼人，叫哈拉金呼。"

“是……他呀？”

这个长相奇特的人闭上了眼睛。男孩静静地看他。那个人喘息了一阵，把颤抖得很厉害的手伸进了怀里，但已经没有力气抽出手来了，脑袋向一旁一歪，没有了动静。他在怀里摸什么呢？男孩想着，把他的手抽了出来，那手里握着一支左轮手枪。男孩把左轮手枪抓过来，很想对着对方的脑袋搂火，但他胆怯了，同时也想到，让这个家伙慢慢地干死吧。

他提着枪走到第二个人身边。

“你知道我是谁吗？”他问。

这个人没有说话，但用充满仇恨的眼睛望着他。

“你就这样死了，后悔吗？”他又问。

对方仍然没有说话，但眼睛里仇恨的火焰已经熊熊燃烧了起来。

“好了，你就这样慢慢地死去吧。”

男孩牵着那些驮满金银财宝的骆驼走了，他再也没有回头。

男孩一直走到傍晚，为骆驼们卸下了驮子。他看到因为连续好多天没有给骆驼卸驮子，骆驼的背都被磨出血来了。他心疼得不得了，便骂了一句：“畜生！”

他仰面躺在仍在发烫的沙子上，看到大漠灰白色的天空中那些稀疏的大星星。他是为了寻找父亲而来的，现在没有找到父亲，却得到了这么多的金银财宝。他不知道这些东西的价值，更不知道他应该怎么处置这些东西。但他知道，这些东西会引起无穷无尽的麻烦。

怎么办？

他当然还知道，为了这些东西他父亲很可能已经送了命，还有跟随父亲出发的两个牵驼人和那二十名骑兵……

吃饱了母奶的小驼羔叫了一声，那是一种心满意足的幸福的叫声。母驼也叫了一声。

他的心激烈地颤抖了，因为他突然想起，听说戈壁上的人们为了某种原因将珍贵的财物埋进沙漠里，又怕日后找不到，就把一峰带羔的母驼牵过来，当着母驼的面把小驼羔杀死，埋在那里。不管过多久，那母驼一定会找得到埋葬它驼羔的那个地方……

男孩痛苦地坐在沙梁上。过了好久，他提起蒙古刀走向小驼羔。

第十三章　大漠奇遇

1　一个奇怪的少年驼倌

青巴图讲的真是一个十分奇特的故事，让阿拉坦苏都听得目瞪口呆。在黑暗的地道里，青巴图的声音显得低沉而缓慢，说明他已经陷入了一种久远的回忆。

他讲的故事是从一个十五六岁的少年开始的……

“据说那个少年在大漠里放牧着一群骆驼。其实很少有人知道他，因为大漠太大了，而居住在沙漠里或者进入大漠的人又很少。

“大漠里有很多绿洲，这些绿洲面积都很小，一个小小的水面，四周是同样很小的草滩，水里长着芦苇，一些水鸟栖息在其中。有些绿洲住着一两户人家，他们甚至连续几年都见不到外人。

“但还是有人发现了这个少年。当然发现他的人肯定很少，因为大漠里本来人就很少，但既然发现了，消息就会传出去。当然没有人刻意去传播，只是在无意中说出去的。因此后来好多人都议论这个少年。为什么大家对这个少年那么感兴趣？原因有两个。一个是大漠里十分闭塞，任何一件很平常的事都会被当作新闻去传播。另一个原因是那个少年确有引起人们注意的地方：比如说那么小的一个孩子，怎么就一个人赶着驼群进入沙漠？他的父母呢？他带的用具很少，除了身上穿的衣服几乎没有别的东西，他是个穷人吗？但穷人不会有那么多峰骆驼呀。还有，这个少年好像不愿意见人，见了人也不怎么说话，那是为什么？……”

“我想到了，他是哈拉金呼的儿子。”阿拉坦苏都说。

“你猜对了。”青巴图说。

2 青巴图的爷爷进沙漠

接着青巴图讲起一个年轻的驼倌。他说那一年戈壁上闹土匪，有一个年轻的驼倌为了躲避匪祸赶着驼群进入了沙漠。青巴图说这个年轻人就是他的爷爷。他爷爷那时候很年轻，二十出头，还没有成家。

他爷爷赶着驼群进入沙漠，因为是躲土匪，所以没有明确的目标，就那么走着，有一天他走到了一个小绿洲，而且意外地发现那里有一座简陋的小窝棚，草滩上有一群骆驼在吃草。

那座窝棚的主人是一个十五岁左右的少年。

年轻的驼倌去见那个少年，但他发现这个少年对他很不友好，不愿意跟他说话。于是年轻的驼倌认为自己遇到了一个性格古怪的人，但也没有什么不高兴，因为人与人的性格是不同的，什么性格的人都会有。只是有一件事让他感到奇怪。那个少年有一峰褐黄色的母驼，少年总是把它拴在树上。而那母驼总是在悲凉地叫着。有一天他走过母驼旁边，意外地发现母驼奶头鼓胀，还滴着奶水。于是他才想到，这是一峰失去驼羔的母驼，但却怎么也不明白它的主人为什么老是把它拴着。

反正他感到那个少年有点不可思议。

3 青巴图的爷爷差点送命

接着便发生了一件事，让年轻驼倌差点丢了性命。

一天傍晚，年轻驼倌发现自己的一峰两岁小驼不见了，便出去寻找。他走着，天很快黑了，无法看得到小驼的蹄印，他正犹豫着，突然看到一轮圆月已从浩瀚的沙漠中升起。那月亮刚升起时呈暗红色，不怎么亮，只是把周围照得很朦胧，但没过多久月亮升高了，像一个大银盘挂在空中，将水银般的光洒向了大漠。年轻驼倌这时候便看到了一行驼蹄印。

也许这就是我小驼的蹄印，年轻驼倌想着，但他低着头看了半天，觉得那蹄印似乎比自己的小驼蹄印大一些。他犹豫着，最后还是决定跟着这行蹄印走，也许月光下的蹄印看着比平常显得大一些，他想。

于是他就跟着蹄印走，爬过了一道又一道沙梁。驼蹄印一直在他前面，后来他感到有点奇怪，这个牲口是怎么了？一直在走，好像没有一点犹豫，也没有一次停顿，就这么走了下去。在月光下看去，那蹄印就像在沙子上画了一道直线。

他一直走到后半夜，月亮快要落了。就在这时候他突然看到，前面的沙坡上有一峰骆驼。他站住了脚，静静地望着，前面那骆驼不是他的小驼，而是一峰成年驼，他突然又看到，那骆驼的脑袋下边有一截被挣断了的缰绳在晃荡着。他这才认出来，前面的骆驼就是那峰失去驼羔的母驼，它大概终于挣断了缰绳，走到了这里。

母驼在前面的沙坡上低着头嗅来嗅去，偶尔发出悲凄的叫声。于是他明白了，它的孩子就埋在那个沙坡上。

他叹了口气朝前走去。他没有其他想法，只是想为邻居把母驼拉回去。

就在这时，身后传来一声断喝。

“你在干什么？浑蛋！”

他大吃一惊，回过头，便看到骑在骆驼上怒目圆睁的少年。少年还举着一把手枪，手枪的造型很奇特。

“我……找我的小驼……”他说。黑洞洞的枪口在他眼里比锅口还大。他的腿在发抖，好像有点站不住了。

“浑蛋!”少年咬牙切齿地说，把枪口稍微往上抬了一下。

年轻驼倌知道他要开枪了，便飞快地滚下了沙坡。枪响了，子弹好像紧贴着他的头皮飞了过去。

他跑着，跳着，滚着，没命地逃窜。枪也在不停地响。他总算没有被打中。正在这个要命的时刻，天地突然变得昏暗起来，月亮落了。

他仍在拼命地跑，后来他意识到枪声早已听不到了，但还是在跑。他自己都不知道跑了多久，大概天快亮了，突然又刮起了大风，大风很快又变成了大沙暴。

他总算逃过一劫，就再也没有回头。他想尽快走出沙漠，回到戈壁，而且发誓这一辈子再也不进沙漠。

4　青巴图的爷爷似乎明白了一点什么

青巴图的爷爷后来跑不动了，就慢慢地走。当他相信危险已经过去的时候就坐下来休息，并开始思考自己究竟遇到了一件什么样的事情。

一峰哀鸣的母驼，一个拿枪的少年……他想着。他现在已经想明白了，他之所以差点被打死，是因为他在无意中靠近了一个秘密！但那是什么秘密呢？巨大的问号占据了他整个思维，强烈的好奇心使得他心神不宁。他苦苦地思索着，就慢慢想到了王爷的金银财宝。

他差点叫出声来。

王爷的驼队被劫的消息一直在戈壁上风传。在通过众人的口不断传播的过程中，一些想象、推理的成分不断地被加了进去，不久便出现了好几种说法。但其基本过程还是一致的：一个叫赛西亚的洋人和一个叫朗和的蒙古人抢掠了驼队，后来驼队老大哈拉金呼的儿子又将那些财宝和骆驼弄到了手……

那个少年也许就是哈拉金呼的儿子！青巴图的爷爷激动地想着。“再大的宫殿，也只有一把锁。只要找到钥匙，就能够进去。”这是戈壁上的一句谚语。年轻的驼倌现在确实找到了那把钥匙，于是他曾经遇到的那些支离破碎离奇古怪的事情一下子变得连贯而顺理成章：驼队老大的儿子把那些金银财宝埋进了沙漠，而埋的地方就在那峰母驼哀鸣的地方！

他激动异常地站起来。原来我已经走到了那个巨大的财富的旁边，他想道。那个巨大的财富就在那个绿洲的旁边，他接着想。只要不屈不挠，我也许能够找到那些财富，他又想。

他回头望了望，大沙漠静悄悄的。他似乎明白了自己活着的意义是什么……

“但你爷爷最后也没有找到那些金银财宝。”阿拉坦苏都说。

“是的，我爷爷付出毕生的精力也没有找到那些东西。据我父亲说，我爷爷死的时候真是不甘心呀，那叫死不瞑目。爷爷临死前才把这个天大的秘密告诉了我父亲……”

“于是你父亲又继续寻找。但他也没有找到。”阿拉坦苏都说。

“对。”

“你父亲又把这个秘密告诉了你。所以你才突然失踪。”

“是这样。”

第十四章　因为他没有死，故事将继续

1　深夜，一个人苏醒了

沙漠里静静的，真是死一般的寂静。干燥的风偶尔吹过。

他慢慢地睁开了眼睛，看到夜空中的星星。他一动不动地望着那些星星好久，才开始缓慢地移动僵硬的四肢，侧过身去。于是他看到了十来步以外躺着的另一个人。

“喂！……”他轻轻地叫道。

那个人一点反应都没有。

“喂！”

仍然没有动静。

“嘿，你真的死了吗?”

他这样嘟哝着坐了起来。坐了一会儿他开始朝那个人爬去，爬到跟前用手试探了一下那个人的鼻息，便叹了口气。

“完了，只有出气没有进气了。完了。”他说。

他开始在那个人身上搜索，搜得很认真，搜出了日记本和图纸什么的。而那个快要死的人这时候却突然伸出无力的手，死死地抓住了日记本和图纸。

“别这样了，对你这个很快就要死去的人，这些东西已经没有用了。”他说着，掰开对方的手，将日记本和图纸装进自己的怀里。

他已经气喘吁吁，满头冷汗了。他用颤抖的手解开了裤腰带，把手伸进裆里，拉出一小羊肚子水。他喝了两口水，是很小的两口。

躺在地上的那个人大概被水的气息或者被他喝水的声音激出了力气，突然把手伸向了他。他却看都没有看他一眼，重新系好羊肚子放进裆里，把系羊肚子的绳头拴在裤腰带上。接着他站了起来，摇晃了几下，开始艰难地行走。

2　他走出了沙漠

一个月色朦胧的夜晚，他终于走出了沙漠。他拄着一根棍子，一直在摇晃着走路。其实他一天也走不了多少路，因为他需要不断地坐下来休息，但他确实很顽强，一直坚持着走了下来。走出沙漠后他一直是昼伏夜行，这天夜里，他终于走近了一座蒙古包。

牧羊狗听到动静狂吠着跑过来，但跑到近前却开始友好地摇起了尾巴。因为它认出了主人。主人想弯下腰摸摸狗的脑袋，结果却自己摔倒了。他并不急着起来，就那么躺着。当他觉得体力得到了一点点恢复，才慢慢站起身，走到了蒙古包门口，用微弱的声音说："把灯点上。"

蒙古包里的人没有听到他的话，只传来一个女人在梦中喃喃了什么。

"把灯点上……"

"谁呀？"女人睡意很浓地问了一句。

"是……我。"他说完就倒了下去。

女人端着油灯开了门，发现倒在地上的人便尖叫起来。

东方开始破晓。

摔倒在门口的这个人是朗和。他被老婆搀扶进蒙古包，老婆给他灌了两口茶以后才醒了过来。老婆惊奇地望着他。

"咱们家……来过人吗？我走了以后。"他问道。

"旗府的士兵来过一次。"老婆说。

"什么时候?"

"十多天以前吧。"

"他们说什么?"

"他们问你回来没有。"

"再没有来吗?"

"没有。"

"还有谁来过?"

"再……没有人来。"老婆有点慌乱地说。

"煮点干肉。"他说。

自从进入沙漠以后他就考虑一旦遇到危险将怎么去拯救自己。当他和赛西亚抢了驼队在沙漠转悠的时候他就已经想到必须准备一点水了。他用一个很小的羊肚子装满了水，藏在了裤裆里。当他和赛西亚倒在沙漠里的时候他其实并没有绝望，因为他有水。

就靠那点水他救了自己，还走出沙漠回到了家。他现在大口地吃着老婆煮出来的肥肉，一连喝了好几碗漂着一层油的肉汤，体力在迅速地恢复。

"我要藏在暖窖里。等我进了暖窖，你把我的脚印扫干净。"他对老婆说。

于是他老婆抱着被褥，跟着他走向羊圈。戈壁上的牧户羊圈旁一般都有一口暖窖，那是为了刚出生的小羊羔准备的。母羊下羔的时候，是戈壁上最为寒冷的季节，为了防备那些幼小的羊羔冻死，就把它们放进暖窖里。现在他们家这口暖窖却成了他最理想的藏身之地。

老婆现在非常怕他，因为她现在已经明白了丈夫是个可怕的人。她想起自己过去对丈夫不好，而且还在丈夫的眼皮底下跟赛西亚鬼混过，就更加害怕，怕丈夫要了她的命。

她把丈夫的脚印扫干净以后，战战兢兢地钻进了暖窖。

“你进来干什么?”丈夫已经躺下了，问。

“你走了以后……我日夜思念你。”她说。

“什么?你想我?”丈夫冷冷地说。

“来，抱抱我……”她靠了过去。

“滚出去!”

她逃也似的钻出了暖窖。

3　月光下的血

夜里，朗和走出暖窖活动了活动腰身。老婆给他送饭来了。他走进羊圈里，坐在草棚下边吃了起来。

老婆犹豫着说：“我……怕。”

朗和没有理她，用蒙古刀割着肥肉大口地吃着。

“过这样的日子……什么时候是头啊。”老婆带着哭腔说。

“明天，让咱们的儿子去抓几峰骆驼来。”朗和说。

“咱们要走吗?”

“不该问的别问。”

牧羊狗突然狂吠了起来，接着传来一个男人呵斥狗的声音。老婆一听到那个人的声音就慌乱起来，把本来准备端给丈夫的茶碗掉到地下。

“来的人是谁?”朗和低声问。

“一个……游走念经的喇嘛，就是……人们说的召奇喇嘛。”老婆战战兢兢地说。

“他来干什么?”

“他……是来找我……”

“不要脸的婆娘，儿子都这么大了，你还找一个喇嘛!”

“儿子不知道这个事情。他来了不进蒙古包，我们就在这个羊圈里……咱们把他赶走吧，要不我们把他揍一顿……”

“你去把他领到这里来。”朗和说。

“我……不敢。”

“快去。”

老婆犹豫着，但还是按照丈夫的话走出羊圈。朗和又割了一大块肥肉放进嘴里，用手指轻轻地试了试刀刃。他听到老婆跟一个男人在说话。

“你一直在等我吗？你怎么知道我今天夜里要来？”这是一个男人的声音。

“我……”

“你怎么在哆嗦？夜里倒是有点冷。来，让我来暖和暖和你。”

“啊，别……”

“你怎么了？”

“到羊圈里……”

“啊，你别急，我马上来……”

一男一女相互拉扯着走进了羊圈。召奇喇嘛迫不及待地要抱她，而她却拼命想挣脱，他们就这样来到了草棚前面。他们两个人在月光下，而朗和在草棚的阴影里，因此那个召奇喇嘛根本就看不见他。

到了草棚跟前，召奇喇嘛急着要脱女人的衣服，于是两个人之间发生了更为激烈的拉扯。突然，召奇喇嘛停止了动作，似乎正在对自己身上某一种感觉感到奇怪，接着便一头栽倒在地。女人也愣在那里了，她看到召奇喇嘛的手脚在抽搐，挂在身上的法鼓、骨号等器物随着他的抽搐叮当作响。她的丈夫站在召奇喇嘛身旁，若无其事地擦着蒙古刀上的血。

召奇喇嘛停止了抽搐，安静地躺在地上，他身上流出来的血，在月光下已经是黑乎乎的一片了。

女人吓得昏了过去，但她仍能听见丈夫在说：“哼，不要你的命，我的命也许就保不住了。”

4　在大漠的边缘

十几天后，三个骑骆驼的人走在大沙漠的边缘。他们是刚从沙漠走出来的，他们前面是甘肃的荒原。

“好了，现在把帐篷搭起来，把骆驼放出去吃草，熬茶喝。”三个人中一个四十多岁的汉子说。

他身边是一个四十多岁的女人和十七八岁的青年。那个女人担心地朝身后看了看。

“现在不用害怕，这里属于甘肃。”汉子说。

汉子吃饱了就钻进帐篷里呼呼大睡起来。儿子去放骆驼，女人坐立不安地进进出出。落日时分汉子醒了，儿子也放骆驼回来了。汉子坐在帐篷门口喝着茶，把老婆和儿子叫到了跟前。

“现在你们听我说。”汉子说。

老婆和儿子静静地望着他。

“我现在告诉你们，就在咱们家乡的那个大戈壁上，贮藏着你们根本想象不到的无尽的财富，那就是一种会燃烧的水。谁把那种水挖出来，谁就会变成这个世界上最为富有的人。”

老婆和儿子静静地听着。

“儿子，你要明白。”他对儿子说，“就因为我明白了那种会燃烧的水是一种无法想象的巨大财富，我才忍气吞声地跟随那个洋人那么多年。要不是为了那个巨大的财富，我早就可以把那个家伙的脖子拧断扔在戈壁上。我真是忍气吞声啊，那家伙打我、骂我，还当着我的面搂着你妈睡觉。他有时候也去咱们家，他在蒙古包里搂着你妈睡觉，我却抱着你睡在羊圈里。”

老婆的脸红得像涂抹了羊血一样。她很难为情地看了看丈夫，却不敢看儿子的表情，接着低下了头。

“为了挖出那个会燃烧的水，我带着那个洋人劫了旗王爷的驼队。在这个世界上，除了我以外没有人会想出那样的计谋，没有一个人有胆量干出那样惊天动地的事情。在整个过程中，那个洋人吓得差点没有疯掉。最后我们还是失败了。但是我的儿子，你要知道，那个会燃烧的水，那个巨大的财富仍然被埋在我们家乡的戈壁下边。你要是把它挖出来，你就会变成这个世界上最富有的人。到那时候，在你面前王爷都只不过是个叫花子。”

“我……怎么挖？”儿子傻着脸问。

“你先去学会挖那种水的技术。”

“……”

“我很快把你送到兰州去，那里的外国人的办事处会把你送到洋人的家乡。”

“那得……花多少钱呀？”

“别忘了，你爸爸我曾经拉着王爷驮满金银财宝的驼队在沙漠里走了十多天。我有足够的钱让你去那个地方。”

“为什么让我的儿子去那么远的地方？不去不行吗？”女人带着哭腔说。

“不能。”

“那……咱们的儿子什么时候能回来？”

“肯定有一天会回来。但那时候咱们两人不一定还活着。”

“我不让我的儿子走……”女人哭了起来。儿子也哭。

“你们不要像牛一样叫行不行？”

母亲儿子立刻噤了声。

朗和按照自己的思路说了下去：“我手里有一张图纸。我不明白图纸上画了一些什么，但我知道那图纸很值钱，因为那个洋人用十二年的时间才画出了那样一张图纸。我想了半天，才想到那张图纸不能让你带走。因为那些洋人知道你身上带着那样的图纸，他们就很可能要了你的命，把图纸抢走。”

“那……”

“所以，那图纸就留在我的手里。你从国外回来以后，一定要进入大漠里，找到你的叔叔。你叔叔是个喇嘛，在大漠里一个叫甘珠尔庙的地方。我把图纸存在你叔叔那里。你要记住，你叔叔的名字叫扎拉森……”

“我们就这么一个儿子。让他走了，你我怎么办?”女人说。

“我不管你怎么办。你完全可以找任何一个男人过日子。你跟那个洋人都睡过觉，今后就可以不嫌弃任何男人了吧。至于我，今后我这个人就会从人间消失掉的。”

晚霞久久不肯退去。帐篷门口的哭声持续了很久。当父亲和儿子两个人骑着骆驼远去的时候，一个女人边哭边叫地跑着去追他们。她跑着跑着跌倒了，爬起来又跑……

5　一个召奇喇嘛走在沙漠里

召奇喇嘛是佛教僧侣中的一个修行群体。他们身带巨大的双面鼓和用年轻女人的腿骨制作的骨号，寻找一百零八棵树，一百零八座坟墓，一百零八个水面等去念经。为了寻找那个一系列的“一百零八”，他们总在不停地游动。

如今，这样一个召奇喇嘛走在大漠里。

他是个中年人。见了人便说：“我的一百零八个水面还没有走够呢。听说沙漠里绿洲很多，我想把这里的绿洲都走遍。”他就这样，把沙漠里的绿洲一个一个地走过去。

见了人他还打听一些离奇古怪的事情。

“听说有一个男孩赶着骆驼走在沙漠里。你们看见他没有?”他问。

“男孩?”

“一个十五岁左右的男孩，赶着二十多峰骆驼……”

“没有见过。”

但有的人却听说过那个男孩。

“听说真的有那样一个孩子。”有人对他说。

“是吗?”

“有人猜测，那个男孩的那些骆驼，很有可能就是为旗王爷运送财宝的那些骆驼。”

“有意思。那个孩子现在在什么地方?”

“不清楚。但如果真的是那些骆驼，那他应该还在沙漠里。”

“啊啊……”

第十五章　一旦走进地道，就永远没有光明

1　地道里的谈话

“你父亲没有告诉你那个小绿洲的地名吗?”阿拉坦苏都问。

“没有。那个地方很可能就没有地名，因为那里很偏僻，而且也很小。但据我父亲说，我爷爷对他说过一个地名，叫母驼湖。”青巴图说。

“母驼湖？什么意思?”

“那是我爷爷走出沙漠之后。他偶然听别人说，沙漠里有一个小绿洲叫母驼湖，因为那里有过一峰褐色的母驼，老是不停地哀鸣……”

“啊，八成就是那个地方。”阿拉坦苏都激动地说，“你父亲没有告诉你那个地方的大致方位吗?”

“告诉了。说我爷爷曾经告诉过他，当年他是先到了一个叫三眼井的地方，再从那里走了整整三天，才到的那个小绿洲。大致方向在三眼井的北边，但是不是正北或者西北、东北我爷爷就说不清楚了。他去的时候是为了躲土匪，走得很慌张，而回来时又很害怕，慌不择路。”青巴图说。

“走了三天……在三眼井以北……”阿拉坦苏都自语着，突然喊了起来，“我们可以找到那个地方！……”

“是吗？你想到了什么?”青巴图问。

“你想啊。”阿拉坦苏都的语气热烈起来，说，“第一，那个地方在三眼井以北九十度的范围里。不管正北，还是西北或者东北，

都在九十度的范围内。第二，那个地方离三眼井大概有一百二十到一百五十华里的距离。一个人骑着骆驼又赶着骆驼走，三天里也只能走那么远。”

“你真是一个聪明的女人。”青巴图喊道。

“咱们出去以后，可以搞到一张地图，在上边画出一个三角形或者扇面，就很容易框定范围。”阿拉坦苏都激动地说。

“对呀。油田技术部就有航拍地图。”

阿拉坦苏都兴奋地说：“我们现在就画一个示意图……你没有带手电筒吧?”

“当然没有。”青巴图说。

“太可惜了，这里什么都看不见。”

“不过我有打火机。”青巴图说着掏出打火机。打火机“喀嚓”一声燃起来了，他和她终于看到了彼此兴奋的脸，阿拉坦苏都迫不及待地要画示意图。但她手里没有任何用具。墙壁和地面都是坚硬潮湿的水泥，没有相应的工具根本无法画出任何痕迹。

“啊，我有办法了。”阿拉坦苏都说，摘下了发卡。那发卡是三角形的铁片。她让青巴图把打火机拿得近一点，自己就在洞壁上刻画起来。她吃力地刻着，终于刻出了一个九十度的扇面，扇面上又刻出了“母驼湖”三个字。

“别看我刻得歪歪扭扭，很不成样子，但这是有纪念意义的。将来我们找到那些金银财宝以后，一定要再次钻进这个地道里，来到这个地方。”她说着。

因为点燃的时间过长，打火机突然炸裂了。洞里又变得漆黑。她把发卡重新别在头发上。她觉得这个发卡也具有非同寻常的纪念意义。

他们手牵着手，又向前摸索着走去。

2 他们对“命运”的理解

他们不得不又一次坐下来休息了。地道里什么都看不见，但他们心中却充满着希望之光。他们又一次迫不及待地紧紧拥抱在了一起。

一次长长的吻过去以后阿拉坦苏都终于透了一口气。她喘着气说：“命运这东西我们不能不信。其实我们的命运早就被确定了。只是我们到现在才明白……”

“你是说……”青巴图吻着她的头发说。

“你想，当初我们在同一个学校念书，而且开始恋爱。后来你走了，过了二十年你又突然出现在我面前。这不是命运在起作用吗？还有，我们的头顶上发生了那么大的事，大概好多人都死了，但偏偏你和我却找到了这个地道口，手拉手走进了地道。这是为什么？不是命运吗？而且我们与一个巨大的秘密越来越近了……我现在才明白我们活着的意义了。尽快找到那笔巨大的财富，这就是我们生命的全部意义……”

“但这些年我总是想，肯定还有一些人也在寻找那笔财富……”青巴图说。

“大概是吧。”

“不是大概，而是肯定在找。几十年前那件惨案谁没有听说过？再说几十年前那些人的后代还在，难道他们就不会找那些东西？谁找到那些财富，谁就是大富翁呀。只要他们中有一个人在找，他就有可能抢在我们前面。”青巴图说着，声音变得诡秘起来，说，“一个问题我想了很久。你知道你那个丈夫是谁的后代？”

“你说的是桑嘎？”阿拉坦苏都问。

“你想想呀，想想你丈夫的父亲、爷爷……”

“什么？”

“你对我说过，你丈夫的父亲是个谜，一个穷苦人的孩子在解放前怎么就能够去欧洲学习？但我们已经知道，确实有一个穷苦人的孩子去过欧洲，那个朗和的儿子不是去欧洲学习过吗？”

“我的天！”阿拉坦苏都惊叫了起来，“是呀，我公公回来后还进入沙漠找过什么图纸。”

“对呀。”

“那……桑嘎会不会也在找那些财宝？”

“我观察了很久。我觉得他没有那个想法。”

“我看也是。他大概连想都没有想过那些金银财宝。”阿拉坦苏都说，“但我们必须抓紧找。也许其他人会抢先我们一步，那就完了。”

“我现在比任何时候都有信心了，因为我遇到了你这样一个聪明的女人。”

“我们想办法快点走出这个地道，完了尽快找到一张地图。我们该办的事情多着呢。”

“走！”

他们继续走下去。地道里什么都看不见，他们只是跟着感觉走。他们觉得走了很长时间，但仍然没有找到出口。

“休息一会儿吧。”阿拉坦苏都说。

“好吧。你很累吗？”

“我很累，但我很受鼓舞。既然老天爷让我们看到幸福的曙光，他老人家也肯定会让我们沐浴在幸福的阳光之下。”

青巴图突然闻到一种怪味。他抽了抽鼻子说：“这是什么味？”

“能有什么味？大概是金银财宝的气息吧？……”

青巴图感觉到不对劲了，使劲摇晃着她喊：“你怎么了？啊！你怎么了？”这时候他自己也感到很难受了。他使劲吸气，吸进去的气很充足，但他仍然感到憋气。

“你摸摸这里……”阿拉坦苏都抓着他的手，放在洞壁上。

他的手指在慢慢地摸索过去。他摸到的是潮湿又坚硬的水泥墙壁。

“你让我……摸什么?”青巴图问。

“你……用心摸呀……”

青巴图在凹凸不平的地道墙壁上摸到了一些痕迹，他慢慢摸索着，终于明白这些痕迹就是几个小时前阿拉坦苏都用发卡刻画出来的那个示意图。

“我们……又回来了。”他说。

“这是……我们的……命!”

“是……啊，命……”青巴图已经开始迷糊了。

3　丹巴也开始窒息

怎么就这么难受啊!

丹巴想着，便开始有了一种预感：也许我快要死了。他使劲摇了摇脑袋，似乎又清醒了一些，于是自嘲地微笑了。

怎么能死呢?

他知道自己的“官运”已经到头了，但他没有完成的使命还很多。比如说孝敬父母、岳父岳母……他甚至想，等妻子调到油田以后他把一切家务事都揽起来，做饭、洗衣服、准备早点、送孩子上学……参加工作不久他就被提拔了，一直很忙，所以似乎很少有一个长远的打算，有一种“有今天没有明天”的感觉。但现在他才意识到，其实自己的“打算”很多。现在一旦发觉自己有这么多的打算，他感到很幸福。他觉得“活着”原来还有这么多的内容。

他使劲呼吸着。也许，我们这个地方将来是个全世界都知名的地方呢，他想着微笑起来。什么地方出名？有金矿、银矿的地方，有稀土的地方，有稀有元素的地方，有石油和天然气的地方……这些地方像一个大盆底，全世界高处的资金就像雪崩和泥石流一样滚滚而来，挡也挡不住……

他的家乡出名了，他干什么呢？他希望大家忘掉他！他希望自己有充足的时间陪妻子，做家务，甚至还想学拉马头琴。当然还有孩子！他想把孩子——现在的儿子和将来的女儿——送到国外去上学，让他们学石油，将来回到家乡做贡献！……

他微笑着，脑袋歪向了一边，很甜蜜地睡着了。

第十六章　最后的较量

1　一个骑骆驼的男人

一个骑骆驼的男人走在沙漠里。看似他身架很壮实，但脸色苍白，额头上不断渗出冷汗。这个人就是哈拉金呼。

他已经活过来了，但身体很虚弱。在那个水泡子旁边他躺了好几天。等自己能够站立起来的时候他就骑上骆驼出发了。骆驼的蹄印很容易找到——沙漠里的天气就这么怪，有时狂风大作，遮天蔽日，湮没所有的痕迹，有时却连续多天一丝风都没有，好多天以前人畜留下的印迹都会清晰地保留下来——从蹄印上看一开始那些骆驼是一直朝着一个方向走的，但后来却变得走走停停，很犹豫的样子。

他们迷路了，他想。

他一直跟着蹄印走去，当那峰母驼的蹄印突然出现在他眼前的时候他的心提到了嗓子眼。他知道儿子已经追上强盗了，但结果会怎么样呢？他知道强盗是两个人，却不知道他们身上带着什么武器。一个十五岁的孩子能对付他们吗？

正走着，突然看到前面沙梁上躺着一个人。他第一个反应是以为那是自己的儿子。但到跟前看又好像不是。他下了骆驼，突然认出这个人是赛西亚。

难道他就是劫匪？哈拉金呼想着。赛西亚的尸体已经高度腐烂，肚子鼓得高高的。那么他是怎么死的？谁杀死了他？

哈拉金呼终于看到了儿子的脚印和另一个陌生人的脚印。而那个陌生的脚印说明这个人徒步离开了这里。接着他又看到驼队从这里出发一直是朝北走的，那峰母驼的蹄印清晰可见。

他基本可以做出判断了，那就是：很可能是儿子带着驼队离开了这里。于是他想尽快找到儿子。也许那些金银财宝仍然在骆驼上，那就对儿子又多了一份危险。

他继续跟着驼蹄印走去。但后来刮起了大风，那蹄印很快被埋得无踪无影了。

他仍然在走，而且日夜兼程。作为一个出色的牵驼人，他对驼队的走向有自己的判断。他知道任何一个人，包括一个十五岁的孩子，哪怕他根本没有一个明确的目标，但他一旦上路，他的行走轨迹是有一定的规律的。那规律取决于地形和天气变化。因此虽然骆驼的蹄印已经被大风埋掉，但他仍然能够大致知道它们是朝哪个方向走的。

后来他从路上偶然遇到的牧人那里终于听到了儿子的消息。

有人对他说，确实有一个十五六岁的孩子赶着一群骆驼经过了这里。还有人说，那个男孩有一峰褐黄色的母驼，那母驼总是在叫唤。

哈拉金呼断定，儿子肯定不会离开沙漠，因为沙漠里总比外边安全一些。而一个人带着二十多峰骆驼在沙漠里待下去，那他必须找到一个有水草的地方安身。

这样一想他便信心大增。他想儿子肯定在大漠里的某一处绿洲，于是他向那些绿洲一个一个地走过去。但这样走了好几个月，他却没有找到儿子。大沙漠可真是太大了。

2　大漠深处的一座小庙

甘珠尔庙是大沙漠里一个很小的寺庙。这里总共有三尊泥菩萨和六个喇嘛。而且这座庙在大漠的最深处，一般人都只是听说过有这么一个庙，却几乎没有一个人真正来过这里。但那六个喇嘛却毫无怨言地待在这里，而且一待就是几十年。他们唯一的职责就是看护一座塔。那是一座镇邪塔，据说不知是哪年哪月，沙漠里匪祸肆虐，同样不知道是哪一世班禅下令，在这里建了那么一座塔，为的是镇压土匪。那座塔就在甘珠尔庙北边五华里远的沙窝子里。

扎拉森喇嘛是另外五个喇嘛的头儿。他六岁从戈壁到这里当小喇嘛，就再也没有离开过这个庙一天，他今年四十二岁。

这一天一早，他要去看看塔。他每天早晨都要去看看，三十六年来一天也没有间断过。昨天夜里刮大风，他估计流沙又将塔埋掉了半截，于是去的时候又扛了一把铁锹。

昨夜的风一直刮到天亮才止住。现在大漠里静静的，太阳刚刚升起。他走到塔前，发现塔真的被埋了一尺多深，于是他挥动着铁锹挖了起来。挖了好半天，总算把流沙清理掉了，他休息了一会儿，便掏出钥匙，打开了塔底座上的一个小门。门内是一个小小的空间，那里放着保存镇邪咒语的木头箱子。扎拉森每天早晨都要钻进去，擦拭那个箱子，还把周围打扫干净。

大约半个小时以后，他扛着锹往回走着。也许有点累了，他一直低头走路。后来他抬起头朝前看了一眼，结果吓得站在那里不动了。

距他十步之遥，有一匹狼蹲在那里看着他！

那肯定是一匹饿狼，很瘦，肚皮贴在脊梁上，眼睛射出贪婪的光，似乎要把他一口吞掉。

“佛爷！……”

扎拉森轻轻地说着往后退。他懂得现在只能这样慢慢地退，决不能跑。一跑，那狼就会扑过来。

他一直在倒退着走着。终于退到了塔跟前。他心里踏实了，从六岁到现在，他就是为了这座塔活着的，现在即便要死，他也可以死在塔旁边了，他死而无憾。那狼现在更近了，看样子它很快就要扑过来。

他手里本来就有一把锹，按说他应该用锹来自卫。但他是喇嘛，根本就没有那个意识，却念起了咒语。

“班泽尔瓦尼帕德!”

狼又靠近他一步。他着急了。

“班泽尔瓦尼帕德！……帕德！帕德！……”

狼用冰冷的眼睛盯着他，似乎对他的念念叨叨有点厌恶，又朝他走了一步。

他的后背碰到了塔，这样他突然想到塔的底座有一个小门，现在唯一的办法就是从那个小门钻进塔里边。他掏出钥匙，虽说手抖得很厉害，总算把锁头打开了，就以使自己都吃惊的速度钻了进去。他以为那狼这时候会扑过来，但没有。他迅速关了门，又从木板门缝隙里朝外看去。那狼又蹲在那里了，偶尔伸出长长的红舌头舔一下嘴和鼻子。看来它打算就这么等下去了。

我宁可死在塔里，也不能被吃进狼肚子里，他想着，又念起经来，而且闭上了眼睛。

不知道过了多久，他觉得外边有动静，于是又睁开了眼，通过门缝望去。他意外地看到了一个喇嘛。那喇嘛脖子上挂着双面鼓和腿骨号，显然是个召奇喇嘛，正朝塔走来。而那匹狼仍在原处。

“快走开！这里有狼……”他喊道。但不知为什么，他的声音很低很低。

那喇嘛大概没有听到他的喊声，仍在走。于是他又喊。他也只能是喊了，因为他绝没有勇气走出去救那个喇嘛。

他看到狼缓慢地转过脑袋，便看见了那个喇嘛。它忽然把身体收缩了一下，接着便是一跃。扎拉森不敢看了，赶紧闭上了眼睛。他以为马上会听到外边喇嘛的惨叫，但没有，他听到的只是打斗声。于是他又睁开了眼睛。

外边的召奇喇嘛与狼正在进行殊死搏斗。那狼早已红了眼，一次比一次更为凶狠地扑向喇嘛，而那喇嘛好像并不太着急，每次都很灵巧地躲过了狼的进攻。后来那个喇嘛抽出了挂在腰带上的蒙古刀，当狼再一次扑过来时，非常准确地把刀子插进了狼的胸口。

“罪过！罪过！……”扎拉森嘟哝着。他看到那狼又一次扑向了喇嘛，但已经没有力气了，喇嘛把它踢出好远。

狼倒地抽搐着四肢，扎拉森也钻出了塔。

“僧侣您安康!”他问候道。

召奇喇嘛没有回答，用袖口擦拭着刀。

“僧侣您是从什么地方来？要去哪里?”他又问。

召奇喇嘛把刀放回刀鞘里，凶狠地盯着他说：“你不是扎拉森吗?我是你的哥哥。”

3　日记本，图纸

朗和就这样住在了甘珠尔庙。当然他还是经常出去寻找那些绿洲去念经。

扎拉森对哥哥关怀备至。他知道自己只有这么一个哥哥，而且六岁那年离开以后过了三十六年才见面。只要哥哥在庙里，他总是来到哥哥身边说说话。这样说了几次话，他却对哥哥的身份产生了怀疑。因为哥哥所说的话真是漏洞百出。

比如哥哥说他去过塔尔寺。但当扎拉森问塔尔寺那里的情况时，哥哥却信口胡诌一气。于是扎拉森便怀疑哥哥也许从来就没有去过塔尔寺。再说哥哥是个召奇喇嘛，但扎拉森发现他对召奇喇嘛一些最基本的行为都缺少了解。还有哥哥带在身上的那把刀。扎拉森怎么也想不明白一个喇嘛为什么还要带刀。

久而久之，扎拉森甚至怀疑起自己的哥哥究竟是不是喇嘛了。

这一次哥哥走了好几天才回来。晚上哥哥就把扎拉森叫到了自己住的那间小屋，拿出了一个小包。

“今天夜里我又要走了。这次走，我也许不回来了。我把这个包托付给你。”哥哥说。

“这是什么？”扎拉森问。

“这里边有一个日记本，还有一些图纸。这些东西对你一点用处都没有，但对你的侄子却十分重要。将来有一天你的侄子会来找你，那时候你把这些交给他。”朗和说。

“侄子？我还有个侄子？”扎拉森问。

“我以前是俗人，娶妻生子过日子，前几年才出家当的喇嘛。”

“那……我那个侄子叫什么名字？”

“名字不重要。将来要是有一个人来找你说，我是朗和的儿子，我来要我父亲留给我的东西，这个人肯定就是你的侄子，你把东西交给他就行了。”

“好吧，那我的侄子什么时候来？”

“也许十年以后，也许二十年。”

扎拉森听着。

“你决不能让任何人知道你手里有这些东西。我看你把它放进塔肚子里的那个木头箱子里吧。那样保险。”

哥哥走了以后扎拉森打开了小包。他发现里边有一个写满字的本子，还有一张长相奇特的人的照片和几张看不明白的图纸。

4　又有一个人来到甘珠尔庙

第二天傍晚，又有一个人来到了甘珠尔庙。他是个骑着骆驼的男人，大约四十来岁。他在离庙很远的地方就下了骆驼，牵着走过来，向扎拉森喇嘛问好。接着他把骆驼拴在一棵树上，便走进庙里，对着菩萨磕了头。

扎拉森提着一壶茶，请这个人到屋里休息。

“施主这是要去什么地方？”他问。

“我是想到沙漠里的每个绿洲看一看。”来人说。

“哦，您也是召奇喇嘛？”

“什么召奇喇嘛。我不是喇嘛。”那个人说。

“我还以为您也跟我哥哥一样，是个召奇喇嘛呢。我哥哥也说要到每一个绿洲看一看，念念经。”

“什么？你的哥哥？他也要到绿洲？”

“是呀，他是召奇喇嘛。他昨天晚上又走了。这就是他住的房子。”扎拉森说。

来人仔细地观察起这间小屋。当他看到挂在门后墙上的一截驼缰绳的时候，眼睛里突然射出了奇异的光，看来他很吃惊。

“你哥哥是什么时候来的？”他问。

“来了几个月了。我六岁出家，我没有跟他见面已经三十多年了。”

“这样说来你不了解你哥哥，也不知道你哥哥以前都干了一些什么？”

“是呀。”

“你哥哥昨天晚上朝哪个方向走的？”

“大概是东南吧。”

“好了，我要走了。”那个人说。

“已经是黑夜了。在这里住一晚上，明天再走吧。”

“谢谢你的好意。但我必须赶路。”

扎拉森把客人送到骆驼旁。他并没有注意到这个客人把挂在墙上的缰绳拿走了。他只是感到沙漠里这一晚上很凉爽，是个难得的好天气。

5　少年遇到险情

哈拉金呼的儿子现在必须又一次紧急转移了。

刚才太阳落下去的时候他走上了草滩旁边一个高高的沙梁。这早已成了他的习惯，每天晚上睡觉以前他都要走上高处观察周围。就在那个沙梁上他意外地看到了一个人的脚印。脚印告诉他，有一个人在这里俯伏了很久，后来又走了。

肯定是来者不善！他飞快地跑下沙梁，骑上自己常骑的那峰骆驼，又牵上那个母驼就走了。现在他已经没有时间带走其他骆驼了，他怕拖的时间长了，会有麻烦。

多么宁静的夜晚。但他想，这样的夜晚，驼蹄印会清晰地留在沙漠上。到了明天也许有人会追来，因此他必须不停地走。

6　寻找儿子

这天夜里哈拉金呼也走在沙漠里。他在甘珠尔庙意外地发现自己的驼缰绳挂在墙上。他记得很清楚，这根缰绳是他亲手搓的，后来在沙漠里这条缰绳与二十多峰骆驼一同落入了别人的手。现在这缰绳竟出现在甘珠尔庙，而且缰绳的主人在成天寻找沙漠里的绿洲。

他基本明白扎拉森喇嘛的哥哥是谁了。他在找自己的儿子，而别人也在找他的儿子。也许，人家已经先他一步发现了他儿子的踪迹，因此他必须抓紧。据扎拉森的说法，他哥哥是朝着东南方向走的，因此现在他也朝着同一个方向走去。

走到后半夜，在前面的黑暗中传来骆驼的叫声。他认出来了，正是自己的骆驼。他的眼泪流了下来。这些骆驼原来在这里！他找了它们多少天啊。他走着，看到黑暗中一些骆驼熟悉的身影，空气中水的气息很浓，他想这里有一个小水面。他在水面周围走来走去，后来遇到了一个窝棚，他点了火把进去看，发现儿子的单袍子扔在里边，却没有人。他又走出窝棚。

也许儿子刚刚离开这里，也许出了其他什么事，他一时难以做出判断，只好等待天亮。

大漠的东方终于出现了曙色。水面附近灌木丛中过夜的小鸟开始唧啾。长满芦苇的水泡子，小草滩，散开来站在草滩上的骆驼，一小片灌木丛以及灌木丛那边的窝棚等等，从黑暗中显现出来。哈拉金呼这时候坐在水泡子旁边的草地上，偶尔看一眼那座窝棚。

他突然看到了一个人。从穿戴上看，那个人是个喇嘛，却拿着刀子，弯着腰，正在悄悄地接近窝棚。他明白那个人是什么人了。

“喂，你别那样，窝棚里没有人。你过来。”哈拉金呼大声说。

那个人惊得跳了起来，看到了坐在草滩上的哈拉金呼，犹豫着。

“过来吧。你是朗和吧？多少年没有见面了，叙叙旧也好啊。”

“哦，你是哈拉金呼……”朗和说着，提着刀子警惕地走了过来。

“你没有想到我还活着吧？”哈拉金呼说，“你来这里干什么？是找我的儿子吗？我也在找他，但他却不见了。”

“他去哪儿了呢？”朗和左右看着说。

“天已经亮了，咱们俩一起去找他吧。”

“一起去找？咱们两个人？”

“你我在寻找同一个人，为什么不能一起去呢？”

“我不跟你一起去。”朗和说。

“咱俩见一次面不容易。应该把账目结清。”

朗和微笑着说：“你是想跟你儿子合伙要我的命吧？我不会上你的当。”

“其实要你的命很容易。你徒步，我有骆驼。我骑上骆驼拿鞭子追着抽你，你跑不出多远就会气绝而死。”哈拉金呼说着站了起来。

“那好，我跟你走。”朗和咬着牙说。

“你也抓一峰骆驼，骑上。”哈拉金呼把挂在腰带上的驼缰绳扔给了朗和。

7　最后的较量

哈拉金呼很快找到了儿子的行踪。

“我们不能老跟在他后边，应该到前面等他。”他说。

“到前面等？你怎么能知道他会朝什么方向走？”朗和在他身后说。他一直走在哈拉金呼后边，而且保持着一定的距离。

“跟我走不会错，你知道，我是牵驼人。”哈拉金呼说着，扯开驼缰绳，离开了前面的蹄印。

走了一整天，眼看天要黑了。哈拉金呼带着朗和勒住骆驼站在一个很高的沙梁上。他突然看到一个人骑着骆驼又拉着一峰骆驼从前面两道沙梁的中间走出来了。他认出来了，没错，是儿子！

“儿子！……”他喊道。

儿子停在远处，犹豫着。

哈拉金呼流着眼泪又叫了一次。

儿子终于认出了他，催动着骆驼奔过来。这个十五岁的孩子曾一度好像变了一个人，好像过早地告别了少年时代，但他现在又变回来了，因为他见到了父亲。他流着泪奔了过来，后来就号啕大哭起来。

哈拉金呼也流着眼泪。儿子简直像个野人，衣衫褴褛，头发很长。

他回过头对朗和说：“下来吧，我们下来谈。”

朗和似乎并不在乎，下了骆驼。

哈拉金呼把儿子拉到自己身边，说："朗和你听着。驼队带着金银财宝走出王府的时候，我们三个牵驼人和二十名骑兵加起来总共有二十三个人。现在活着的只有我一个人了。你们害了二十二条命呀！二十二个人身后有二十二个家庭。你们为什么要害死那么多人，造成那么多家庭的悲剧?"

"别说了。"朗和说，"你现在想要我的命是吧？但我告诉你，我这个人不是那么好对付的。"他说着，抽出了刀子。

但他没有敢再动，因为哈拉金呼的儿子已经用手枪对准了他的胸膛。他认出来了，那是他主子赛西亚的那把左轮枪。

哈拉金呼平静地望着朗和："你肯定也想到了，那一大批金银被埋进了大沙漠里的某一个地方。就让那些东西永远消失吧。该结束了。"

"其实我们可以好好谈谈。毕竟，为了那些金银财宝那么多人送了命。白白浪费那些东西不是太可惜了吗?"朗和说。

"别说了。在这个世界上，知道那些金银财宝具体位置的只有这峰母驼。它一旦不在了，谁也找不到那些东西。"哈拉金呼说。

"你说什么?"朗和眨了眨眼问道。

"还没有听明白呀?"哈拉金呼对儿子说，"把枪给我。"

朗和这才明白哈拉金呼要干什么了。"等等，我们再商量商量……"他喊道。

哈拉金呼朝母驼的脑袋开了一枪。母驼无声地倒了下去。

"儿子，咱们走，去找你的母亲。"哈拉金呼说。

当父子二人骑上骆驼开始走的时候，朗和突然追着他们喊叫起来。

"你们为什么不打死我？……你们打死我吧！……"

哈拉金呼带着儿子走远了。

朗和摇晃了几下倒了下去。他似乎不打算起来了，因此他没有挣扎，就那么静静地躺着。

第十七章　并不是结尾

大火终于被扑灭了，一切似乎都已过去。但有几件事还是需要简单交代一下。

大油库保住了，消防队官兵又用几天几夜清理暗火便撤出。在灭火中受伤的几个战士被送到了油田医院。其中有一个人伤得很严重，身上的衣服基本烧没了，脸像烤煳了的马铃薯一样发黑，谁也认不出他是谁。消防队领导心里在流血，他们的一个战友伤成这个样子，他们却不能认定他是谁。于是他们开始点名，结果大出他们的意料：没有受伤的加上那几个受伤的却多出了一个人。接着他们又很快弄清楚，多出来的正是被烧得面目全非的那个人。他肯定不是消防战士，那么他是谁呢？那个人虽然伤得很重，但神志一直清醒。于是在医院里一边对他进行急救一边问他叫什么名字。他嚅动着烤煳的马铃薯皮一样的嘴唇吐出了四个字：额毕勒图！消防队军官当然不知道额毕勒图是什么人，在场的油田办公室主任却知道。办公室主任流着泪说："你怎么变成了这个样子？"烤煳的马铃薯皮一样的脸抽搐起来，那是额毕勒图在微笑。"这次我可不是来索赔的。"他用微弱的声音说。

炼油厂副厂长牺牲了，被评为烈士。

寻找丹巴等三个失踪人员费了不少力气。他们三个人的尸体是事故后过了一个月才找到的。消防队官兵、油田抽调的部分职工，还有医护人员，差点把每一块砖头都翻过来看，但毫无结果。后来有人发现了地道的入口处开着，就打电棒下去，终于发现了他们的尸体。青巴图和阿拉坦苏都两个人紧紧拥抱在一起靠墙坐着，他们身后的墙壁上刻着一个九十度的扇面和“母驼湖”三个字。有人用电棒照着看了半天，也没有弄明白是什么意思。丹巴的尸体距地道的出口已经不远了，但那时候他大概把最后一点力气都耗尽了，就永远地躺在了那里。对他们三个人做死亡鉴定时出现了不同意见：有的说他们是在地道里迷路，找不到出口，饥渴而死的。有的说他们是被地道里的毒气熏死的。争论了半天，最后写成“衰竭、中毒而亡”。死亡的性质被确定为“因公死亡”。其实除了阿拉坦苏都是受报社的派遣到炼油厂拍摄新闻照片以外，谁也不清楚丹巴和青巴图为什么也在那里，但人已经死了，而且都死在生产第一线，就按照“宜粗不宜细”的原则，认定为因公死亡。发现他们的时候其他遇难者的追悼会已经开过了，因此专门为他们又开了一次追悼会。

炼油厂厂长被逮捕追究刑事责任，分管安全生产的另一个副厂长、安检科长等几个人有的被开除，有的被撤职。桑嘎被停职，据说上级有关部门收到了一份检举书，检举事故的原因是油田当初的设计者桑嘎设计不合理造成的。桑嘎没有为自己辩解，只说了一句话：“人都死了，我无所谓。”

重建炼油厂的工程很快启动，推土机在日夜轰鸣着，每天夜里工地上的灯火从很远的地方都能看到。有一天夜里桑嘎溜达到工地，无意中发现了一个女人也在那里劳动。他认出她是丹巴的妻子。后来他听说，为丹巴他们举行追悼会的那一天她就要求调入油田，而且当场得到了批准……

图书在版编目（CIP）数据

阿云嘎文集 / 阿云嘎著. -- 北京：作家出版社，2024. 1
ISBN 978-7-5212-2615-7

Ⅰ. ①阿… Ⅱ. ①阿… Ⅲ. ①阿云嘎 - 文集 Ⅳ. ①I217.2

中国国家版本馆CIP数据核字（2023）第234225号

阿云嘎文集

作　　者：阿云嘎
责任编辑：兴　安
特约策划：锡林巴特尔　哈达奇·刚
特约编辑：戴塔娜　那日苏
封面设计：王一竹
内文设计：张　亮
出版发行：作家出版社有限公司
社　　址：北京农展馆南里10号　　**邮　　编：**100125
电话传真：86-10-65067186（发行中心及邮购部）
86-10-65004079（总编室）
E-mail:zuojia@zuojia.net.cn
http://www.zuojiachubanshe.com
印　　刷：北京盛通印刷股份有限公司
成品尺寸：152×230
字　　数：3000千
印　　张：171.75
版　　次：2024年1月第1版
印　　次：2024年1月第1次印刷
ISBN　978-7-5212-2615-7
定　　价：600. 00元（全九卷）